O sorriso das mulheres

CB020280

NICOLAS BARREAU

O sorriso das mulheres

Tradução
Karina Jannini

2ª edição

Rio de Janeiro-RJ / São Paulo-SP, 2022

VERUS
EDITORA

Editora: Raïssa Castro
Coordenadora Editorial: Ana Paula Gomes
Copidesque: Cleide Salme
Revisão: Maria Lúcia A. Maier
Projeto Gráfico: André S. Tavares da Silva
Capa: Christina Krutz, Riedstadt
Imagens da Capa: Ayal Ardon / Trevillion (mulher)
Christopher Steer / iStockphoto (Torre Eiffel)

Título original: *Das Lächeln der Frauen*

Copyright © Thiele Verlag, 2011
Todos os direitos reservados.
Publicado originalmente na Alemanha por Thiele Verlag.
Edição brasileira publicada mediante acordo com SalmaiaLit.

ISBN: 978-85-7686-175-1

Copyright © Verus Editora, 2013

Direitos reservados em língua portuguesa, no Brasil, por Verus Editora. Nenhuma parte desta obra pode ser reproduzida ou transmitida por qualquer forma e/ou quaisquer meios (eletrônico ou mecânico, incluindo fotocópia e gravação) ou arquivada em qualquer sistema ou banco de dados sem permissão escrita da editora.

Verus Editora Ltda.
Rua Argentina, 171, São Cristóvão, Rio de Janeiro/RJ, 20921-380
www.veruseditora.com.br

CIP-BRASIL. CATALOGAÇÃO NA FONTE
SINDICATO NACIONAL DOS EDITORES DE LIVROS, RJ

B256s

Barreau, Nicolas, 1980-
    O sorriso das mulheres / Nicolas Barreau ; [tradução Karina Jannini]. - 2.ed. - Rio de Janeiro, RJ : Verus, 2022.
    23 cm

    Tradução de: Das Lächeln der Frauen
    ISBN 978-85-7686-175-1

    1. Romance frances. I. Jannini, Karina. II. Título.

12-6756   CDD: 843
                           CDU: 821.133.1-3

Revisado conforme o novo acordo ortográfico

Impresso no Brasil pelo Sistema Cameron da Divisão Gráfica da
DISTRIBUIDORA RECORD DE SERVIÇOS DE IMPRENSA S.A.

A felicidade é um casaco vermelho com forro rasgado.

— Julian Barnes

1

E m novembro do ano passado, um livro salvou minha vida. Eu sei, agora parece muito improvável. Alguns podem até considerar exagerado ou melodramático eu dizer algo do gênero. Só que foi exatamente o que aconteceu.

Não estou querendo dizer que alguém apontou uma arma para o meu coração e a bala milagrosamente se alojou nas páginas de uma espessa edição das poesias de Baudelaire, encadernada em couro, como às vezes se pode ver nos filmes. Não levo uma vida tão emocionante assim.

Não, meu tolo coração já havia sido ferido antes. Em um dia que se parecia com outro qualquer.

Ainda me lembro muito bem. Os últimos clientes no restaurante – um grupo de americanos bastante barulhentos, um casal de japoneses discreto e outro de franceses, que discutia acirradamente – ficaram sentados por um bom tempo, e depois do *gâteau au chocolat* os americanos lamberam os beiços, exclamando vários "aaahs" e "ooohs".

Como sempre, depois de servir a sobremesa, Suzette viera me perguntar se eu ainda precisava dela e em seguida fora embora correndo, toda feliz. E, também como sempre, Jacquie ficara de mau humor. Dessa vez ele se irritara com os hábitos gastronômicos dos turistas e, depois de esvaziar os pratos, revirara os olhos enquanto os colocava ruidosamente na máquina de lavar.

– *Ah, les Américains!* Não entendem *nada* de *cuisine* francesa, *rien du tout!* Sempre comem a decoração. Por que tenho de cozinhar para esses bárbaros? Minha vontade é de largar tudo. Isso me deixa de mau humor!

Ele tirara o avental e ao sair resmungara *bonne nuit* para mim, antes de subir na sua velha bicicleta e desaparecer na noite fria. Jacquie é um grande cozinheiro, e eu gosto muito dele, embora carregue sua rabugice da mesma maneira que exibe uma panela de *bouillabaisse*. Ele já era cozinheiro no Le Temps des Cerises quando o pequeno restaurante, com toalhas de mesa quadriculadas de vermelho e branco, e que ficava um pouco afastado do movimentado Boulevard Saint-Germain, na Rue Princesse, ainda pertencia a meu pai. Meu pai adorava a canção "Tempo de cerejas", que é tão bonita e saiu tão rapidamente de moda; uma canção otimista e ao mesmo tempo um tanto melancólica sobre amantes que se encontram e voltam a se perder. Embora mais tarde a esquerda francesa tenha escolhido essa velha canção como hino não oficial e símbolo de otimismo e progresso, acho que a verdadeira razão pela qual meu pai deu esse nome ao seu restaurante devia-se menos à memória da Comuna de Paris que a recordações inteiramente pessoais.

Esse é o local onde cresci. Quando voltava da escola e ficava sentada na cozinha com meus cadernos, em meio ao retinir de panelas e frigideiras e a milhares de odores promissores, eu podia ter certeza de que Jacquie sempre tinha uma guloseima para mim.

Jacquie, que na verdade se chama Jacques Auguste Berton, é da Normandia, onde é possível enxergar até o horizonte, onde o ar tem gosto de sal e o mar infinito, sobre o qual o vento e as nuvens brincam incansavelmente, não tira a visão dos olhos. Mais de uma vez ao dia ele me assegura adorar ver ao longe, *ao longe!* Às vezes, Paris se torna apertada e barulhenta demais para ele, e é quando sente saudade da costa.

– Quem já tem o cheiro da Côte Fleurie no nariz, como é que consegue se sentir bem com os gases dos escapamentos de Paris, me diga?!

Ele abana a faca de cortar carne e com seus grandes olhos castanhos me lança um olhar repreensivo, antes de afastar com um movimento impaciente os cabelos escuros da testa, que cada vez mais – noto com certa comoção – estão entremeados por fios prateados.

No entanto, só faz alguns anos que esse homem robusto, de mãos grandes, mostrou a uma menina de catorze anos, com longas tranças louro-escuras, como se prepara um perfeito *crème brûlée*. Foi o primeiro prato com o qual impressionei minhas amigas.

Obviamente, Jacquie não é um cozinheiro *qualquer*. Quando jovem, trabalhara no famoso Ferme Saint-Siméon, em Honfleur, uma cidadezinha à beira do Atlântico com uma luz toda especial – ponto de encontro de pintores e artistas.

– Tinha um pouco mais de estilo, minha querida Aurélie.

Entretanto, por mais que Jacquie resmungue, sorrio em silêncio, porque sei que ele jamais me abandonaria. E foi assim também naquele último novembro, quando o céu de Paris ficou branco como leite e as pessoas andavam apressadas pelas ruas com seus espessos cachecóis de lã. Um novembro muito mais frio que todos os outros que já vivi em Paris. Ou será que só eu o senti assim?

Poucas semanas antes, meu pai havia morrido. Um belo dia, de uma hora para outra, sem aviso prévio, seu coração decidiu parar de bater. Jacquie o encontrou ao abrir o restaurante à tarde.

Meu pai estava pacificamente deitado no chão – cercado por verduras frescas, pernas de cordeiro, vieiras e hortaliças, que ele havia comprado de manhã no mercado.

Ele me deixou seu restaurante, a receita do seu famoso *menu d'amour*, com o qual há muitos anos supostamente teria conquistado o amor de minha mãe (ela morreu quando eu ainda era muito pequena, por isso nunca saberei se ele não inventou essa história), e algumas frases inteligentes sobre a vida. Tinha sessenta e oito anos, e achei que sua morte tinha chegado cedo demais. Mas as pessoas que amamos sempre morrem cedo demais, não é mesmo? Pouco importa a idade que têm.

"Os anos nada significam. Só o que acontece neles", meu pai dissera certa vez, ao colocar rosas no túmulo de minha mãe.

Um pouco desanimada, mas decidida, no outono segui seus passos; e foi quando o reconhecimento de que eu estava bastante sozinha no mundo se abateu sobre mim com toda a força.

Graças a Deus eu tinha Claude. Ele trabalhava como cenógrafo no teatro, e sua imensa mesa, que ficava sob a janela de seu pequeno apartamento-ateliê no bairro da Bastilha, estava sempre transbordando de desenhos e pequenas maquetes de papelão. Quando tinha uma grande encomenda, muitas vezes desaparecia por alguns dias. "Na próxima semana não estarei disponível", ele dizia então, e eu tinha de me acostumar ao fato de que ele realmente não atenderia o telefone nem abriria a porta, mesmo que eu tocasse a campainha sem parar. Pouco depois ele voltava a aparecer, como se nada tivesse acontecido. Parecia um arco-íris no céu, impossível de se pegar e magnífico; beijava-me impetuosamente na boca, me chamava de "minha pequena", e o sol brincava de esconde-esconde em seus cachos dourados.

Depois, pegava minha mão e com um olhar cintilante me puxava para me mostrar seus projetos.

Não se podia dizer nada.

Certa vez, depois de alguns meses que eu já o conhecia, cometi o erro de manifestar espontaneamente minha opinião e, com a cabeça inclinada, pensar em voz alta no que ainda poderia ser melhorado. Claude me fitara desconcertado; seus olhos azul-claros pareciam quase querer sair da órbita, e com um único movimento violento da mão ele varrera sua mesa. Tintas, lápis, folhas, vidros, pincéis e pequenos pedaços de papelão rodopiaram pelo ar como confetes, e a minuciosa maquete para a peça *Sonho de uma noite de verão*, de Shakespeare, concluída com esmero, partiu-se em mil pedaços.

Desde então, abstive-me de fazer observações críticas.

Claude era muito impulsivo, muito volúvel em seu humor, muito carinhoso e muito estranho. Tudo nele era "muito"; parecia não haver um meio-termo.

Ficamos mais ou menos dois anos juntos, e nunca me ocorrera pôr em dúvida o relacionamento com essa pessoa complicada e extremamente obstinada. Pensando bem, cada um de nós tem suas complicações, suas sensibilidades e seus caprichos. Há coisas que fazemos ou coisas que jamais faríamos, ou que faríamos apenas em circunstâncias bem determinadas. Coisas das quais os outros riem, balançam a cabeça e se admiram.

Coisas estranhas, que pertencem somente a nós.

Eu, por exemplo, coleciono pensamentos. No meu quarto há uma parede com papeizinhos coloridos, cheios de pensamentos que guardei para não se perderem em sua volatilidade. Pensamentos sobre conversas entreouvidas no café, sobre rituais e sua importância, pensamentos sobre beijos no parque durante a noite, sobre o coração e quartos de hotéis, sobre mãos, bancos de jardim, fotos, sobre segredos e quando são revelados, sobre a luz nas árvores e sobre o tempo, quando ele está parado.

Minhas breves anotações estão presas ao papel de parede claro como borboletas tropicais, momentos capturados que não servem a outro objetivo que não permanecer perto de mim, e quando abro a porta da sacada, e uma leve corrente de ar passa pelo quarto, elas tremem um pouco, como se quisessem sair voando.

– O que é *isto*?! – Claude levantou incrédulo as sobrancelhas ao ver minha coleção de borboletas pela primeira vez. Ficou parado na frente da parede e leu interessado algumas anotações. – Está querendo escrever um livro?

Fiquei vermelha e balancei a cabeça.

– Pelo amor de Deus, não! Faço isso... – precisei refletir por um momento, mas não encontrei nenhuma explicação convincente – sabe, simplesmente faço. Sem razão. Assim como outras pessoas tiram fotos.

– Será que você não anda viajando um pouquinho, *ma petite*? – Claude perguntara, e depois enfiara a mão debaixo da minha saia. – Mas não tem problema, não tem problema nenhum, eu também sou meio louco... – passou os lábios pelo meu pescoço, e eu comecei a ficar com calor – ...por você.

Poucos minutos depois estávamos deitados na cama, meus cabelos se transformaram num maravilhoso emaranhado, o sol brilhava através das cortinas semicerradas, pintando círculos trêmulos no chão de madeira, e então eu poderia ter pregado outro papelzinho na parede com um pensamento sobre *fazer amor à tarde*. Mas não o fiz.

Claude estava com fome. Fiz omelete para nós, e ele disse que uma moça capaz de fazer uma omelete como aquela poderia se permitir qualquer capricho. Portanto, aqui vai mais um:

Sempre que estou triste ou inquieta, saio e compro flores. É claro que também gosto de flores quando estou feliz, mas nos dias em que tudo dá errado as flores são para mim como o começo de uma nova ordem, alguma coisa que sempre é perfeita, não importa o que aconteça.

Coloco algumas campânulas azuis no vaso e me sinto melhor. Planto flores na minha velha sacada de pedra que dá para o pátio e logo me sinto satisfeita por ter feito algo totalmente sensato. Perco-me em pensamentos ao desembalar as plantas do papel-jornal, tirá-las cuidadosamente dos recipientes de plástico e transplantá-las para os vasos. Quando enfio os dedos na terra úmida e a revolvo, tudo se torna bastante simples, e bloqueio meus problemas com verdadeiras cascatas de rosas, hortênsias e glicínias.

Não gosto de mudanças em minha vida. Sempre tomo os mesmos caminhos ao ir para o trabalho, tenho um banco determinado nas Tulherias, que secretamente considero *meu* banco.

E jamais me viraria em uma escada no escuro, pois tenho a sensação indefinida de que alguma coisa atrás de mim estaria à espreita para me pegar caso eu a olhasse.

Aliás, nunca contei a ninguém essa história da escada, nem mesmo a Claude. Acho que na época ele também não me contou tudo.

Durante o dia, nós dois seguíamos nosso caminho separados. Eu nunca soube ao certo o que Claude fazia à noite enquanto eu trabalhava no restaurante. Talvez também não quisesse saber. Mas, de madrugada, quando a solidão caía sobre Paris, quando os últimos bares fechavam e alguns notívagos caminhavam tremendo de frio pela rua, eu ficava deitada em seus braços e me sentia segura.

Naquela noite, ao apagar as luzes do restaurante e encher uma caixa de *macarons* de framboesa para levar para casa, eu ainda não imaginava que meu apartamento estivesse tão vazio quanto meu restaurante. Como eu disse, era um dia como outro qualquer.

Só que Claude se despediu da minha vida com três frases.

No dia seguinte, ao me levantar, eu sabia que alguma coisa não estava em ordem. Infelizmente, não sou do tipo de pessoa que desperta totalmente de uma só vez, e no começo foi mais um mal-estar estranho e indefinido do que o pensamento concreto que aos poucos entrou em minha consciência. Eu estava deitada, com a cabeça nos travesseiros macios e cheirando a lavanda. De fora vinham os sons abafados do pátio. Uma criança chorando, a voz da mãe que a acalentava, passos pesados que se afastavam aos poucos, a porta do pátio que se fechou rangendo. Pisquei e me virei para o lado. Ainda meio adormecida, estiquei a mão e tateei à procura de alguma coisa que já não estava no lugar.

– Claude? – murmurei.

Então, viera o pensamento. Claude tinha me deixado!

O que na noite anterior ainda parecia estranhamente irreal, e que depois de várias taças de vinho tinto se tornou tão irreal que eu poderia até ter sonhado, passou a ser definitivo no início daquela cinzenta manhã de novembro. Fiquei deitada, imóvel, tentando ouvir alguma coisa, mas o apartamento permaneceu em silêncio. Da cozinha não vinha nenhum ruído. Ninguém batendo a grande xícara azul-escura e praguejando baixinho porque o leite tinha fervido demais. Nenhum cheiro de café para espantar o cansaço. Nenhum zumbido baixo de barbeador elétrico. Nenhuma palavra.

Virei a cabeça e olhei para a porta da sacada. As cortinas leves e brancas não estavam fechadas, e uma fria manhã se imprimia contra os vidros. Enrolei-me no cobertor e pensei que no dia anterior eu entrara com meus *macarons* no apartamento vazio e escuro sem suspeitar de nada.

Apenas a luz da cozinha estava acesa e por um momento fitei sem entender a solitária natureza-morta que se oferecia ao meu olhar sob o brilho do lustre de metal preto.

Um bilhete manuscrito estava aberto sobre a velha mesa da cozinha, embaixo do pote de geleia de damasco que de manhã Claude passara em seu *croissant*. Uma vasilha com frutas. Uma vela queimada pela metade. Dois guardanapos de pano, enrolados com displicência, estavam enfiados em dois anéis de prata.

Claude nunca me escrevia, nem mesmo um bilhete. Tinha uma relação maníaca com seu celular, e quando seus planos mudavam ligava para mim ou deixava uma mensagem na minha caixa postal.

– Claude? – chamei, de algum modo ainda esperando por uma resposta, mas a mão fria do medo já havia me pegado. Deixei os braços penderem. Os *macarons* caíram da caixa e em câmera lenta foram para o chão. Fiquei um pouco tonta. Sentei-me em uma das quatro cadeiras de madeira e puxei a folha com enorme cuidado, como se isso pudesse mudar alguma coisa.

Li e reli as poucas palavras que Claude colocara no papel, com sua letra grande e inclinada, e no final tive a impressão de estar ouvindo sua voz rouca bem perto do meu ouvido, como um sussurro na noite:

Aurélie,
Conheci a mulher da minha vida. Sinto muito por isso ter acontecido justamente agora, mas em algum momento ia acontecer de qualquer maneira.
Cuide-se,
Claude

Primeiro fiquei sentada, imóvel. Só meu coração batia como louco. É como alguém se sente quando perde o chão. De manhã, Claude ainda se despedira de mim no corredor com um beijo que me parecera especialmente carinhoso. Eu não sabia que era um beijo que me traía. Uma mentira! Que deplorável fugir dessa forma!

Em um impulso de raiva impotente, amassei o papel e o joguei em um canto. Segundos depois, me agachei soluçando diante dele e o desamassei. Bebi uma taça de vinho tinto, depois outra. Peguei meu telefone na bolsa e fiquei ligando para Claude. Deixei pedidos desesperados e xingamentos descontrolados. Andei de um lado para outro do apartamento, tomei outro gole para criar coragem e gritei ao telefone que ele tinha de me ligar imediatamente. Acho que tentei umas vinte e cinco vezes, até reconhecer, com a lucidez indistinta que o álcool às vezes oferece, que minhas tentativas permaneceriam em vão. Claude já estava a anos-luz de distância, e minhas palavras já não poderiam alcançá-lo.

Minha cabeça doía. Usando uma camisola curta – na verdade era a parte de cima do enorme pijama azul e branco de Claude, que de alguma maneira à noite acabei vestindo –, me levantei e caminhei tateando pelo apartamento como uma sonâmbula.

A porta do banheiro estava aberta. Deixei meu olhar vaguear, para me assegurar. O aparelho de barbear tinha desaparecido, assim como a escova de dentes e o perfume Aramis.

Na sala estava faltando a manta de caxemira que eu lhe dera de presente de aniversário, e sobre a cadeira não estava, como antes, seu pulôver escuro, jogado de qualquer jeito. A capa de chuva no vestíbulo à esquerda, ao lado da porta de entrada, também tinha ido embora. Escancarei o armário do corredor. Alguns cabides tilintaram baixinho uns contra os outros. Respirei fundo. Tudo desocupado. Claude se lembrara de pegar até mesmo as meias na gaveta inferior. Deve ter planejado sua saída com muito cuidado, e me perguntei como não percebi nada. Não percebi que ele planejava ir embora. Que tinha se apaixonado. Que já estava beijando outra mulher quando ainda me beijava.

No espelho alto de moldura dourada, que ficava no corredor, sobre a cômoda, meu rosto pálido de choro se refletia como uma lua branca, circundada por ondas trêmulas e louras. Meus cabelos longos, divididos ao meio, estavam desgrenhados como após uma louca noite de amor, só que não houvera abraços intensos nem juras sussurradas. "Seus cabelos são de uma princesa de conto de fadas", dissera Claude. "Você é minha Titânia."

Sorri com amargor, aproximei-me do espelho e me examinei com o olhar implacável dos desesperados. Naquele estado e com aquelas olheiras profundas, achei que estava parecendo a Louca de Chaillot. À direita, acima de mim, estava presa à moldura do espelho a foto de nós dois, da qual eu gostava tanto. Tinha sido tirada em uma noite quente de verão, quando passeávamos pela Pont des Arts. Um africano corpulento, que havia espalhado bolsas na ponte para serem vendidas, tirara nossa foto. Ainda lembro que ele tinha mãos incrivelmente grandes – entre seus dedos, minha pequena câmera parecia um brinquedo de boneca – e que levou certo tempo até finalmente apertar o disparador.

Na foto, estamos os dois sorrindo, com a cabeça encostada uma na outra, diante de um céu bem azul que envolvia carinhosamente a silhueta de Paris.

Será que as fotos mentem ou dizem a verdade? Na dor nos tornamos filósofos.

Peguei a foto, coloquei-a sobre a madeira escura e me apoiei com ambas as mãos sobre a cômoda. "Que ça dure!", gritara, rindo, o negro africano com voz profunda e "r" gutural. "Que ça dure!" Que continue assim!

Percebi que meus olhos estavam novamente se enchendo de lágrimas. Elas correram por meu rosto e caíram como grossas gotas de chuva sobre Claude e mim, sobre nosso sorriso e toda essa bobagem de Paris para apaixonados, até tudo ficar irreconhecível.

Abri a gaveta e enfiei a foto entre cachecóis e luvas. "Pronto", disse. E depois novamente: "Pronto".

Então, fechei a gaveta e pensei em como era fácil desaparecer da vida de outra pessoa. Para Claude, bastaram algumas horas. E, ao que parecia, a blusa listrada de um pijama masculino, que deve ter sido esquecida embaixo do meu travesseiro, fora a única coisa que me restara dele.

Muitas vezes, felicidade e infelicidade estão bem próximas. Em outras palavras, também se poderia dizer que de vez em quando a felicidade toma desvios estranhos.

Se naquela nublada e fria segunda-feira de novembro Claude não tivesse me deixado, provavelmente eu teria ido encontrar Bernadette. Não teria andado por Paris como a pessoa mais solitária do mundo, e ao anoitecer não teria me demorado tanto olhando a água na Pont Louis-Philippe, dominada pela autocompaixão; não teria me refugiado na pequena livraria da Île Saint-Louis para escapar do jovem policial preocupado, e nunca teria encontrado aquele livro, que converteria minha vida em uma aventura tão maravilhosa. Mas vamos por partes.

Foi no mínimo muito atencioso da parte de Claude me deixar em um domingo. O Le Temps des Cerises sempre fica fechado às segundas-feiras. É meu dia de folga, quando costumo fazer alguma coisa agradável. Vou a uma exposição. Passo horas no Bon Marché, meu supermercado favorito. Ou então vejo Bernadette.

Bernadette é minha melhor amiga. Nós nos conhecemos há oito anos em uma viagem de trem, quando sua filhinha Marie correu tropeçando e derrubou todo o copo de chocolate no meu vestido de malha creme. As manchas nunca saíram, mas, ao final daquela divertida viagem de Avignon a Paris, e após a tentativa conjunta, e não muito bem-sucedida, de limpar o vestido com água e lenço de papel em um banheiro oscilante de trem, já éramos quase amigas.

Bernadette é tudo o que eu não sou. É difícil de impressionar, inabalável em seu bom humor e muito prática. Com uma serenidade admirável, ela aceita as coisas que acontecem e tenta tirar o melhor delas. É aquela que põe em ordem e torna extremamente simples aquilo que às vezes considero muito complicado.

– Meu Deus, Aurélie! – ela diz e me olha, rindo, com seus olhos azul-escuros. – Como você se *preocupa*! É tudo tão *simples*...

Bernadette mora na Île Saint-Louis e é professora na *école primaire*, mas também poderia facilmente ser conselheira de pessoas complicadas.

Muitas vezes, quando olho para seu rosto claro e bonito, penso que ela é uma das poucas mulheres que realmente ficam bem usando um coque simples. E quando usa os cabelos louros soltos, na altura dos ombros, os homens olham para ela.

Tem uma risada alta e contagiante. E sempre diz o que pensa.

Essa também foi a razão pela qual, naquela manhã de segunda- -feira, eu não quis encontrá-la. Desde o começo, Bernadette não suportava Claude.

– Ele é um cara estranho – ela dissera depois que eu a convidara para uma taça de vinho e lhe apresentara Claude. – Conheço o tipo. Egocêntrico e não olha direito nos olhos das pessoas.

– Bom, nos *meus* ele olha – respondi e dei risada.

– Você não vai ser feliz com alguém assim – ela insistiu.

Na época, achei isso um pouco precipitado, mas agora, enquanto colocava o pó de café no bule de vidro e despejava a água fervente, fui obrigada a reconhecer que Bernadette estava certa.

Mandei-lhe um SMS e desmarquei nosso almoço com palavras pouco claras. Depois, bebi meu café, vesti o casaco, o cachecol e as luvas e saí na manhã fria de Paris.

Algumas vezes, saímos para chegar a algum lugar. Outras, simplesmente para andar e andar e continuar andando, até a neblina se dissipar, o desespero baixar ou concluirmos um pensamento.

Naquela manhã, eu não tinha nenhuma meta, minha cabeça estava curiosamente vazia, e meu coração, tão pesado que eu era capaz de sentir seu peso, e involuntariamente apertei a mão contra o casaco áspero. Ainda não havia muita gente na rua. O som do salto das minhas botas ecoou perdido no pavimento antigo quando enveredei pelo arco de pedra do portão que unia a Rue de L'Ancienne Comédie ao Boulevard Saint-Germain. Eu ficara tão feliz quando, quatro anos antes, encontrara meu apartamento nessa rua. Gostava daquele bairro pequeno, cheio de vida, que, do outro lado do grande boulevard, se estendia com suas ruas e seus becos estreitos e sinuosos, com as barracas de verduras, ostras e flores, bem como os cafés e as lojas até as margens do Sena. Moro no terceiro andar de um antigo prédio com escadas gastas de pedra e sem elevador, e quando olho pela janela consigo ver o célebre Procope, restaurante que há séculos está no mesmo lugar e que deve ter sido o primeiro café de Paris. Nele se encontravam literatos e filósofos. Voltaire, Rousseau, Balzac, Hugo e Anatole France. Grandes nomes cuja companhia espiritual causa um calafrio agradável à maioria dos clientes que ali se sentam em bancos vermelhos de couro e comem sob enormes lustres.

– Você teve sorte – dissera Bernadette quando lhe mostrei meu novo lar. Então, à noite, fomos ao Procope para comemorar com um *coq au vin* realmente delicioso. – Só de pensar em todos que já se sentaram aqui, e você mora tão perto... Incrível!

Entusiasmada, ela olhava o ambiente, enquanto eu garfava um pedaço do meu frango embebido em vinho e, admirando-o absorta, refleti por um instante se eu não seria uma ignorante.

Para ser sincera, preciso confessar que saber que o Procope foi o primeiro lugar onde se podia tomar sorvete em Paris me maravilhava muito mais do que homens de barba que punham suas ideias inteligentes no papel, mas talvez minha amiga não entendesse isso.

O apartamento de Bernadette é repleto de livros. Eles ficam em estantes de mais de um metro, que contornam a moldura das portas; também podem ser encontrados em cima da mesa da sala de jantar, da escrivaninha, da mesinha ao lado do sofá e do criado-mudo; para minha surpresa, até no banheiro encontrei alguns deles sobre uma mesinha ao lado do vaso sanitário.

– Não consigo imaginar uma vida sem livros – ela me disse certa vez, e eu concordei um tanto envergonhada.

Em princípio, também leio. Mas geralmente alguma coisa se põe no meio do caminho. E, se posso escolher, no final acabo preferindo dar um longo passeio ou fazer uma torta de damasco. O perfume maravilhoso dessa mistura de farinha, manteiga, baunilha, ovos, frutas e creme, que depois se espalha pelo apartamento, é o que dá asas à minha imaginação e me leva às lágrimas.

Provavelmente é por causa da placa de metal, decorada com uma colher de pau e duas rosas, que até hoje está pendurada na cozinha do Le Temps des Cerises.

Quando aprendi a ler na escola elementar e consegui juntar uma letra a outra, dando sentido a um todo, parei com meu uniforme azul-escuro na frente da placa e decifrei as palavras ali inscritas: "A rigor, existe apenas uma espécie de livro que aumenta a felicidade em nosso mundo: os livros de culinária".

A frase era de um tal Joseph Conrad, e até hoje lembro que por muito tempo acreditei piamente que esse homem devia ser um famoso cozinheiro alemão. Fiquei ainda mais surpresa quando depois, por acaso, me deparei com um romance dele, *Coração das trevas*, que por antigo afeto cheguei até a comprar, mas não li.

Em todo caso, o título parecia tão sombrio quanto meu humor naquele dia. Talvez agora fosse o momento adequado de recuperar esse livro, refleti cheia de amargura. Mas não leio livros quando estou infeliz; planto flores.

Pelo menos foi o que pensei naquele momento, ignorando que na mesma noite eu ainda folhearia com ávida precipitação as páginas de um romance que, por assim dizer, se lançou no meu caminho. Coincidência? Até hoje não acredito que tenha sido coincidência.

Cumprimentei Philippe, um dos garçons do Procope, que acenou gentilmente para mim pelo vidro, passei pela pequena joalheria Harem,

sem reparar nas cintilantes peças expostas, e virei no Boulevard Saint-
-Germain. Começava a chover e os carros passavam espirrando água
em mim; puxei mais o cachecol enquanto caminhava firme ao longo
do boulevard.

Por que as coisas horríveis e deprimentes tinham sempre de acontecer em novembro? Para mim, novembro era o pior período para ser
infeliz. A oferta de flores que podiam ser plantadas não era muito grande.

Bati o pé contra uma lata vazia de Coca-Cola, que rolou ecoando
pela calçada e finalmente parou no meio-fio.

"Un caillou bien rond qui coule, l'instant d'après il est coulé..." Era
como nessa canção incrivelmente triste de Anne Sylvestre, "La chan-
son de toute seule", que fala dos seixos que primeiro rolam e logo depois vão parar no fundo do Sena. Todos tinham me abandonado. Meu
pai tinha morrido, Claude tinha desaparecido, e eu estava sozinha como
nunca antes na vida. Então, meu celular tocou.

– Alô? – atendi, quase me engasgando. Senti a adrenalina dispa-
rar pelo corpo ao pensar que poderia ser Claude.

– O que aconteceu, minha querida? – Como sempre, Bernadette
foi direto ao assunto.

Um taxista freou cantando pneu ao meu lado e buzinou como um
louco, porque um ciclista não tinha observado a preferência. Parecia
o apocalipse.

– Santo Deus, o que foi *isso*? – gritou Bernadette ao telefone, antes
que eu pudesse dizer alguma coisa. – Está tudo bem? Onde você está?

– Em algum lugar do Boulevard Saint-Germain – respondi tristo-
nha, e por um momento me protegi embaixo da marquise de uma loja
que tinha guarda-chuvas coloridos com empunhadura em formato de
cabeça de pato expostos na vitrine. A chuva pingava de meus cabelos
molhados e então me afoguei em uma gigantesca onda de autocompaixão.

– Em algum lugar do Boulevard Saint-Germain? Que diabos você
está fazendo no Boulevard Saint-Germain? Você me escreveu dizendo que tinha acontecido um imprevisto!

– O Claude foi embora – eu disse fungando ao telefone.

– Como assim, foi embora? – Como sempre, quando se tratava de Claude, a voz de Bernadette ficava um tanto intolerante. – Aquele idiota sumiu de novo e não dá notícias?

Eu havia sido tola ao contar certa vez para Bernadette sobre a tendência de Claude ao escapismo, e ela não achara isso nem um pouco engraçado.

– Foi embora para sempre – respondi soluçando. – Ele me deixou. Estou tão triste!

– Ah, meu Deus – disse Bernadette, e sua voz foi como um abraço. – Ah, meu Deus! Minha pobre Aurélie. O que aconteceu?

– Ele... tem... outra... – continuei a soluçar. – Ontem, quando voltei para casa, todas as coisas dele tinham desaparecido, e havia um bilhete... um bilhete...

– Ele nem sequer lhe disse isso *pessoalmente*? Que filho da puta! – Bernadette me interrompeu e, encolerizada, respirou fundo. – Eu sempre disse a você que o Claude era um filho da puta. Sempre! Um bilhete! Realmente, isso é o cúmulo... não, é o fim da picada!

– Por favor, Bernadette...

– O quê? Você ainda defende aquele idiota?

Balancei a cabeça em silêncio.

– Agora ouça, minha querida – disse ela, e apertei os olhos. Quando Bernadette começava suas frases com "agora ouça", geralmente era o prelúdio de declarações fundamentais, que muitas vezes estavam corretas, mas nem sempre eram suportáveis. – Esqueça aquele babaca o mais rápido que puder! É claro que agora você está mal...

– Muito mal – solucei.

– Tudo bem, *muito* mal. Mas aquele cara era realmente horrível, e no fundo você também sabe disso. Agora, tente se acalmar. Tudo vai ficar bem, e garanto que logo você vai conhecer um cara bem legal, um cara *realmente* legal, que saiba valorizar uma mulher maravilhosa como você.

– Ah, Bernadette – suspirei. Para Bernadette, era fácil falar. Ela tinha se casado com um cara realmente legal, que suportava com incrível paciência seu fanatismo pela verdade.

– Ouça – ela voltou a dizer. – Pegue um táxi agora mesmo e vá para casa, e quando eu terminar de arrumar as coisas aqui vou até lá. Não é tão grave assim, por favor! Não há razão para drama.

Engoli em seco. Obviamente, era gentil de Bernadette querer ir até minha casa e me consolar. Só que tive a sensação de que sua ideia de consolo era diferente da minha. Eu não sabia se estava a fim de passar a noite ouvindo-a me explicar por que Claude era o cara mais tapado de todos os tempos. Apesar de tudo, até o dia anterior eu ainda estava com ele, e também teria achado muito bom um pouco mais de compaixão.

Então, a boa Bernadette ultrapassou todos os limites.

– Vou lhe dizer uma coisa, Aurélie – anunciou com sua voz de professora, que não tolerava contestação. – Fico feliz, isso mesmo, fico até muito feliz que o Claude tenha deixado você. Se você quer saber, foi uma verdadeira sorte! Aliás, você não teria conseguido largar dele. Eu sei que você não vai gostar de ouvir isso agora, mas vou dizer mesmo assim: para mim, o fato de aquele babaca ter finalmente saído da sua vida é motivo de comemoração.

– Que bom para você – respondi com mais aspereza do que na verdade gostaria, e senti que de repente o reconhecimento subconsciente de que minha amiga não estava totalmente errada me deixara incrivelmente furiosa – Quer saber de uma coisa, Bernadette? Vá fazer sua comemoração, se ainda lhe sobrar fôlego nessa sua grande euforia, e me deixe curtir minha tristeza por alguns dias, está bem? Me deixe em paz!

Encerrei a ligação, respirei fundo e desliguei o celular.

Que ótimo, agora eu também tinha brigado com Bernadette. Diante da marquise, a chuva caía torrencialmente no asfalto. Encolhi-me tremendo de frio em um canto e pensei se não seria melhor pegar uma condução para casa. Mas fiquei com medo só de imaginar voltar para um apartamento vazio. Eu não tinha nem mesmo um gatinho para me esperar e se apertar ronronando contra mim quando eu deslizasse os dedos pelo seu pelo.

– Veja só, Claude! Não são encantadores? – chamei-o quando madame Clément, a vizinha, nos mostrou os filhotes de gato malhado, que com pequenos movimentos desajeitados tropeçavam uns por cima dos outros dentro do cestinho.

Mas Claude tinha alergia a gatos e, além disso, não queria animal nenhum.

– Não gosto de bicho. Só de peixes – ele dissera logo que nos conhecemos, algumas semanas antes. E na verdade eu já deveria saber. Para mim, Aurélie Bredin, a possibilidade de ser feliz com uma pessoa que só gostasse de peixes era bem pequena.

Decidida, empurrei a porta da loja de guarda-chuvas e comprei um azul-celeste com bolinhas brancas e empunhadura de cabeça de pato, que tinha a cor de uma bala de caramelo.

Aquele se tornou o passeio mais longo da minha vida. Após certo tempo, as lojas de roupas e os restaurantes que ficavam à direita e à esquerda do boulevard cederam lugar a lojas de móveis e outras especializadas em decoração de banheiros, que depois também chegaram ao fim. Tomei meu caminho solitário pela chuva, passando pelas fachadas de pedra dos grandes edifícios cor de areia, que ofereciam pouca distração aos olhos e recebiam com tranquilidade estoica meus pensamentos e sentimentos desordenados.

Ao final do boulevard, que termina no Quai d'Orsay, virei à direita e atravessei o Sena em direção à Place de la Concorde. Como um dedo indicador escuro, o obelisco erguia-se no meio da praça, dando-me a impressão de que, em toda sua grandeza egípcia, nada tinha a ver com os inúmeros e pequenos carros metálicos que o circulavam apressadamente.

Quando se está triste, ou não se vê absolutamente mais nada e o mundo afunda em insignificância, ou se enxergam as coisas com uma clareza excessiva, e então *tudo* assume de uma só vez um significado. Até mesmo coisas bastante banais, como um semáforo que passa do vermelho ao verde, podem decidir se vamos à direita ou à esquerda.

E, assim, poucos minutos mais tarde, eu estava passeando pelas Tulherias, uma pequena figura triste debaixo de um guarda-chuva de bolinhas, que, com leves movimentos para cima e para baixo, se movia lentamente pelo parque vazio, deixando-o na direção do Louvre, e pairava ao anoitecer à margem direita do Sena, passando pela Île de la Cité, pela Notre-Dame, pelas luzes da cidade, que aos poucos iam se acendendo, até finalmente parar na pequena Pont Louis-Philippe, que dava na Île Saint-Louis.

Como um pedaço de veludo, o azul-escuro do céu deitou-se sobre Paris. Era um pouco antes das seis, a chuva foi parando devagar, quando me encostei, um pouco cansada, no parapeito de pedra da velha ponte e fitei pensativa o Sena. Os postes refletiam-se trêmulos e cintilantes na água escura – encantadores e frágeis, como tudo o que é belo.

Depois de oito horas, milhares de passos e mais alguns milhares de pensamentos, eu havia chegado àquele lugar tranquilo. Levara muito tempo para entender que a tristeza profunda que se instalara como chumbo em meu coração se devia não apenas ao fato de Claude ter me deixado. Eu tinha trinta e dois anos, e não era a primeira vez que um amor se despedaçava. Eu tinha caminhado, tinha sido abandonada, tinha conhecido homens muito mais legais do que Claude, o esquisito.

Acho que foi por causa desse sentimento de que tudo se dissolve e muda, de que as pessoas que tinham segurado minha mão de repente desapareceram para sempre, de que me faltava o chão e de que, entre mim e esse enorme universo, nada havia além de um guarda-chuva azul-celeste de bolinhas brancas.

Isso não melhorava a situação. Eu estava em pé, sozinha, sobre uma ponte, alguns carros passavam por mim, meus cabelos batiam no rosto, e abracei o guarda-chuva com empunhadura de cabeça de pato, como se ele ainda pudesse voar.

– Socorro! – sussurrei e cambaleei um pouco contra o muro de pedra.

– Mademoiselle? Oh, *mon Dieu*, mademoiselle, não! Espere, *arrêtez!*

– Ouvi passos apressados atrás de mim e me assustei.

O guarda-chuva escorregou da minha mão, fez meio giro, ricocheteou no parapeito e caiu em um ligeiro rodopio, antes de pousar chapinhando na água.

Virei-me perturbada e deparei com os olhos escuros de um jovem policial, que me examinava com olhar preocupado.

– Está tudo bem? – perguntou inquieto. Pelo visto, ele achou que eu era uma suicida.

Fiz que sim.

– Sim, claro. Tudo ótimo. – Forcei um breve sorriso. Ele levantou as sobrancelhas, como se não tivesse acreditado em nenhuma palavra do que eu dissera.

– Não acredito em uma palavra sua, mademoiselle – ele disse. – Faz um tempo que a estou observando, e nenhuma mulher que estivesse aí parada desse jeito poderia estar bem.

Calei-me desconcertada e, por um momento, vi o guarda-chuva de bolinhas brancas lá embaixo, balançando tranquilamente no Sena. O policial seguiu meu olhar.

– É sempre assim – ele continuou. – Já sei como são essas histórias com as pontes. Recentemente, um pouco mais adiante, tiramos uma moça da água gelada. Bem a tempo. Quando alguém fica rodeando uma ponte por muito tempo, pode ter certeza de que está muito apaixonada ou a ponto de pular na água.

Balançou a cabeça.

– Nunca entendi por que os apaixonados e os suicidas têm sempre essa afinidade com as pontes.

Terminou seu excurso e olhou desconfiado para mim.

– A senhorita parece bem perturbada, mademoiselle. Não ia fazer nenhuma bobagem, ia? Uma mulher tão bonita. Em cima da ponte.

– Claro que não! – assegurei. – Além do mais, às vezes pessoas normais também gostam de parar por mais tempo nas pontes, simplesmente porque é bonito olhar o rio.

– Mas a senhorita está com o olhar muito triste – ele não deu o braço a torcer. – E estava mesmo parecendo que queria se jogar.

– Que bobagem! – exclamei. – Só fiquei um pouco tonta – acrescentei apressada e, involuntariamente, pus a mão na barriga.

– *Oh, pardon! Excusez-moi,* mademoiselle... madame! – e, com gestos embaraçados, estendeu as mãos. – Eu não podia imaginar... *Vous êtes... enceinte?* Mas nesse caso, se me permite, a senhora deveria se cuidar melhor. Posso acompanhá-la até sua casa?

Abanei negativamente a cabeça e quase dei risada. Não, grávida eu realmente não estava.

Ele inclinou a cabeça e sorriu cortês.

– Tem certeza, madame? A proteção da polícia francesa é um direito seu. Só falta a senhora desmaiar. – Olhou preocupado para minha barriga lisa. – De quantos meses a senhora já está?

– Escute, monsieur – respondi com voz firme. – Não estou grávida e com muita certeza também não ficarei no futuro próximo. Apenas senti um pouco de tontura, só isso.

O que na minha opinião não era nenhuma surpresa, pois, além de um café, eu não havia comido nada o dia inteiro.

– Oh! Madame... quero dizer, mademoiselle! – Visivelmente embaraçado, ele deu um passo para trás. – Mil desculpas, eu não quis ser indiscreto.

– Está tudo bem – suspirei e esperei que ele fosse embora.

Mas o homem de uniforme azul-escuro ficou parado. Era o protótipo do policial parisiense, tal como eu já os vira muitas vezes na Île de la Cité, onde fica a sede da polícia: alto, magro, com boa aparência, sempre pronto a um pequeno flerte. Pelo visto, este tinha assumido a tarefa de ser meu anjo da guarda pessoal.

– Bom, então... – Apoiei as costas contra o parapeito e com um sorriso tentei me despedir dele. Um homem mais velho, de capa de chuva, passou por nós e lançou-nos um olhar de interesse.

O policial bateu dois dedos no quepe.

– Bem, se não posso fazer mais nada pela senhorita...

– Não, realmente não.

– Então, cuide-se.

– Pode deixar.

Comprimi os lábios e acenei algumas vezes com a cabeça. Ele era o segundo homem em vinte e quatro horas a me dizer que eu devia me cuidar. Levantei brevemente a mão, virei-me e apoiei os cotovelos no parapeito. Com atenção, estudei a Catedral de Notre-Dame, que se erguia como uma nave espacial da Idade Média, saída da escuridão, no fundo da Île de la Cité.

Atrás de mim, ouvi alguém pigarrear e tensionei as costas antes de mais uma vez lentamente me virar para o lado da rua.

– Sim? – eu disse.

– O que é, então? – perguntou ele, sorrindo como o George Clooney na propaganda do Nespresso. – Mademoiselle ou madame?

Ai, meu Deus. Eu queria ser infeliz em paz, e um policial estava a fim de me paquerar.

– Mademoiselle. Mais alguma coisa? – respondi e decidi escapar dali. Os sinos da Notre-Dame badalaram, então caminhei pela ponte a passos rápidos, entrando na Île Saint-Louis.

Muitos dizem que essa pequena ilha no Sena, que fica logo atrás da Île de la Cité, a qual é bem maior e que só se consegue alcançar pelas pontes, é o coração de Paris. Mas esse velho coração bate muito, muito devagar. Eu raramente ia até lá, e sempre ficava maravilhada com a paz que reinava naquele canto da cidade.

Quando entrei na Rue Saint-Louis, a rua principal, em que pequenas lojas e restaurantes se enfileiram harmoniosamente, vi pelo canto do olho que uma figura alta e magra vestindo uniforme me seguia a uma distância conveniente. O anjo da guarda não tinha desistido. O que aquele homem estava pensando? Que eu ia tentar me jogar da próxima ponte?

Apertei o passo e já estava quase correndo quando abri a porta da primeira loja ainda com luz. Era uma pequena livraria, e, ao entrar tropeçando, nunca poderia imaginar que aquele passo mudaria minha vida para sempre.

No primeiro momento, pensei que a livraria estivesse vazia. Na realidade, ela estava tão repleta de livros, estantes e mesas que não vi o dono no fundo da sala, com a cabeça inclinada atrás de um balcão de caixa antigo, sobre o qual havia mais livros, empilhados de forma temerária. Ele estava concentrado em seu livro ilustrado e folheava as páginas com muito cuidado. Sua postura parecia tão tranquila, com seus cabelos grisalhos e ondulados e os óculos de leitura em forma de meia-lua, que não ousei perturbá-lo. Fiquei parada naquele casulo feito de calor e luz amarelada, e meu coração começou a bater com mais serenidade. Com cautela, arrisquei olhar para o lado de fora. Diante da vitrine, na qual estava escrito Librairie Capricorne Pascal Fermier em pálidas letras douradas, vi meu anjo da guarda ocasionalmente observando a mercadoria exposta.

Sem querer, suspirei, e o velho livreiro olhou por cima de seu livro e se deparou surpreso comigo, antes de empurrar os óculos para cima.

– Ah... *bonsoir*, mademoiselle. Não a ouvi entrar – disse em tom amigável, e seu rosto benevolente, com olhos inteligentes e sorriso fino, me fez lembrar uma foto de Marc Chagall em seu ateliê. Só que o homem da livraria não estava segurando nenhum pincel.

– *Bonsoir*, monsieur – respondi um pouco embaraçada. – Me desculpe, eu não queria assustá-lo.

– Imagine – ele respondeu levantando a mão. – É que pensei que tivesse acabado de fechar. – Olhou para a porta, em cuja fechadura estava pendurado um molho de várias chaves, e balançou a cabeça. – Aos poucos, estou ficando esquecido.

– Então, na verdade, o senhor já fechou? – perguntei dando um passo para frente e torcendo para que o anjo da guarda incômodo que estava diante da vitrine finalmente fosse embora.

– Pode olhar com calma, mademoiselle. O tempo que for necessário. – ele sorriu. – Está procurando alguma coisa em especial?

Procuro alguém que realmente me ame, respondi em silêncio. Estou fugindo de um policial que acha que vou pular da ponte e estou fingindo que quero comprar um livro. Tenho trinta e dois anos e perdi meu guarda-chuva. Gostaria que finalmente acontecesse alguma coisa boa.

Meu estômago roncou em alto e bom som.

– Não... não, nada em especial – respondi rapidamente. – Alguma coisa... agradável. – Fiquei vermelha. Ele devia estar achando que eu provavelmente era uma ignorante, cuja capacidade de expressão se esgotava na palavra "agradável", que não diz grande coisa. Torci para que ao menos minhas palavras encobrissem meu estômago resmungão.

– Quer um biscoito? – perguntou monsieur Chagall. Então, segurou uma bandeja de prata com biscoitos amanteigados embaixo do meu nariz e, após um breve momento de hesitação, eu agradeci e peguei um. O doce tinha algo de consolador e acalmou meu estômago de imediato.

– Sabe, hoje quase não comi – expliquei mastigando. Infelizmente, sou daquelas pessoas nada tranquilas que se sentem na obrigação de sempre explicar tudo.

– Acontece – disse monsieur Chagall, sem comentar meu constrangimento. – Daquele lado – apontou para uma mesa repleta de romances –, talvez a senhorita encontre o que está procurando.

E foi o que aconteceu. Quinze minutos depois, saí da Librairie Capricorne com uma sacola de papel laranja, na qual estava impresso um pequeno unicórnio branco.

– Uma boa escolha – dissera monsieur Chagall enquanto embrulhava o livro, escrito por um jovem inglês e que trazia o título *O sorriso das mulheres*. – Vai gostar dele.

Fiz que sim e, vermelha, vasculhei a bolsa à procura do dinheiro, quase sem conseguir esconder minha surpresa, que talvez monsieur Chagall tenha tomado por uma alegria exagerada e antecipada de leitura quando fechou a porta da loja atrás de mim.

Respirei fundo e olhei para a rua vazia. Meu novo amigo policial tinha desistido de me vigiar. Ao que parece, do ponto de vista estatístico, a probabilidade de alguém que acabou de comprar um livro se jogar de uma ponte do Sena era muito pequena.

Mas não era essa a razão da minha surpresa, que logo se transformou em inquietação, acelerou meus passos e me fez entrar com o coração a galope em um táxi.

O livro, envolvido pelo belo invólucro laranja e que eu apertava contra o peito como um valioso tesouro, trazia logo na primeira página uma frase que me perturbou, me deixou curiosa e até me eletrizou:

A história que quero contar começa com um sorriso. E termina em um pequeno restaurante com o nome promissor de Le Temps des Cerises, que se localiza em Saint-Germain-des-Près, onde bate o coração de Paris.

Devia ser a segunda noite em que eu pouco dormia. Só que dessa vez não era nenhum amante infiel que estava roubando meu sossego, e sim – quem poderia imaginar, de uma mulher que era tudo, menos uma leitora aficionada – um livro! Um livro que me prendera desde as primeiras frases. Um livro que às vezes era triste, e depois voltava a ser tão engraçado que eu tinha de rir alto. Um livro que ao mesmo tempo era lindo e enigmático, porque, ainda que você leia muitos romances, raramente se depara com uma história de amor em que o seu próprio e pequeno restaurante desempenha o papel central, e no qual a heroína é descrita de um modo que leva a leitora a pensar que ela própria está se vendo no espelho – em um dia em que ela está muito, muito feliz e tudo dá certo!

Ao chegar em casa, pendurei minhas roupas úmidas no aquecedor e me enfiei em um pijama fresco e macio. Preparei uma xícara grande de chá, alguns sanduíches e ouvi os recados da secretária eletrônica. Bernadette tentara me encontrar três vezes e pedira desculpa por ter passado por cima dos meus sentimentos com a "sensibilidade de um elefante".

Não pude deixar de rir quando ouvi suas mensagens.

– Ouça, Aurélie, se quiser ficar triste por causa daquele idiota, então fique triste, mas por favor não fique mais brava comigo e me ligue, está bem? Penso tanto em você!

Meu ressentimento já tinha passado fazia tempo. Coloquei a bandeja com o chá, os sanduíches e minha xícara preferida sobre a mesinha de ratã ao lado do sofá amarelo-açafrão, refleti por um momento e enviei para minha amiga um SMS com as seguintes palavras: "Querida Bernadette, é tão ruim quando você tem razão. Quer passar aqui na quarta de manhã? Vou ficar feliz se você vier. Agora vou dormir. *Bises*, Aurélie".

Obviamente eu estava mentindo quando disse que ia dormir, mas o restante era verdadeiro. Peguei na cômoda do corredor a sacola de papel da Librairie Capricorne e a coloquei cuidadosamente ao lado da bandeja. Eu estava com uma sensação estranha, como se já tivesse percebido antes que aquela se tornaria minha sacola pessoal de milagres.

Refreei por mais um pouco minha curiosidade. Primeiro bebi o chá em pequenos goles, depois comi os sanduíches e, por fim, me levantei mais uma vez e fui buscar o cobertor de lã no quarto.

Era como se ainda quisesse adiar o momento, antes que o real começasse.

E então, por fim, tirei o livro do papel e o abri.

Se agora eu afirmasse que as horas seguintes se passaram como se tivessem voado, isso seria apenas meia verdade. Na realidade, eu estava tão absorta na história que nem poderia dizer se haviam se passado três ou seis horas. Naquela noite, perdi totalmente a percepção temporal – entrei no romance como os heróis de *Orfeu*, o filme antigo, em preto e branco, de Jean Cocteau, que eu vira com meu pai quando criança. Só que eu não atravessara um espelho que pouco antes havia tocado com a palma da mão, e sim a capa de um livro.

O tempo se estendeu, se contraiu e depois desapareceu por completo.

Eu estava na página em que um jovem inglês é arrastado até Paris por causa da paixão por esquiar de seu colega francófilo (que acaba por fraturar a perna de maneira complicada em Verbier). Eles trabalham para a fábrica automobilística Austin, e a partir de então ele deve substituir seu colega, gerente de marketing, que não poderá trabalhar por um mês, e divulgar o Mini Cooper na França. O problema é que seu francês é tão rudimentar quanto suas experiências com os franceses e, desconhecendo totalmente a alma nacional do país, espera que todos em Paris (ao menos as pessoas na sucursal parisiense) dominem a língua do império e cooperem com ele.

Além de ficar assustado com o estilo aventureiro dos motoristas parisienses, que fazem de tudo para entrar com seis carros lado a lado em uma rua de mão dupla, não se interessam nem um pouco pelo que está acontecendo atrás deles e abreviam a regra de ouro das autoescolas – "Antes de partir, olhe o retrovisor interno e os externos" – para simplesmente "partir", o jovem inglês fica horrorizado com o fato de que, por uma questão de princípio, os franceses não mandam consertar os riscos e amassados em seus carros e não se deixam impressionar por slogans como *Mini. It's like falling in love*, pois preferem fazer amor com mulheres a fazê-lo com automóveis.

Ele convida belas francesas para jantar e fica meio sem entender, pois, embora elas peçam o menu completo (e caro) ao exclamar "Ah, comme j'ai faim!",* depois só dão três garfadas na *salade au chèvre*, quatro no *boeuf bourguignon* e duas pequenas colheradas no *crème brûlée*, antes de pousar elegantemente os talheres com toda a comida que sobra.

---

* Ai, que fome! (N. da T.)

Sobre fazer fila, nenhum francês chegou algum dia a ouvir falar, e sobre o tempo, tampouco se fala no país. Por que será? Há assuntos mais interessantes. E que praticamente não são tabus. Querem saber por que ele, que já chegou aos trinta e cinco anos, ainda não tem filhos ("Nenhum *mesmo*? Nem unzinho? Zero?"), o que ele acha da política americana no Afeganistão, do trabalho infantil na Índia, se os objetos de arte de Vladimir Wroscht, feitos de cânhamo e poliestireno e expostos na Galeria La Borg, não são *très hexagonales* (ele não conhece nem o artista nem a galeria, tampouco sabe o que significa "hexagonal"), se está satisfeito com sua vida sexual e o que acha das mulheres que tingem os pelos pubianos.

Em outras palavras: nosso herói vive um show de horrores.

Ele é o típico gentleman inglês, que não gosta muito de falar. E de repente é obrigado a discutir tudo. E em todos os lugares possíveis e impossíveis. Na empresa, no café, no elevador (quatro andares são suficientes para uma discussão acalorada sobre o incêndio de carros no *banlieu*, o subúrbio de Paris), no banheiro masculino (a globalização é uma coisa boa ou ruim?) e, naturalmente, no táxi, pois os taxistas franceses, à diferença dos colegas londrinos, têm opinião sobre todos os assuntos (e a manifestam), e ao cliente não é permitido entregar-se em silêncio a seus próprios pensamentos, atrás de uma divisória de vidro.

Ele tem de *dizer* alguma coisa!

No final, o inglês encara tudo com humor britânico. E quando, depois de alguns mal-entendidos, ele perde a cabeça por Sophie, uma moça atraente e um tanto caprichosa, o eufemismo britânico encontra a complicação francesa e, antes de tudo, causa muitos equívocos e confusões. Até que tudo termina em uma maravilhosa *entente cordiale* – não em um Mini, mas em um pequeno restaurante francês chamado Le Temps des Cerises. Com toalhas de mesa quadriculadas de vermelho e branco. Na Rue Princesse.

Meu restaurante! Sem nenhuma dúvida.

Fechei o livro. Eram seis da manhã, e voltei a acreditar que o amor fosse possível. Eu havia lido trezentas e vinte páginas e não estava nem um pouco cansada. Esse romance tinha sido como uma excursão extremamente estimulante em outro mundo – e, no entanto, esse mundo me era curiosamente familiar.

Se um inglês era capaz de descrever tão bem um restaurante que não fosse, por exemplo, o La Coupole ou a Brasserie Lipp, que constam de qualquer guia turístico, é porque certamente já estivera nele.

E quando a heroína de seu romance era tão parecida com a própria leitora – até no delicado vestido verde-escuro de seda, que ela tinha pendurado no armário, e naquele colar de pérolas com uma grande gema oval, que ela havia ganhado ao completar dezoito anos –, era porque se tratava de uma enorme coincidência ou então esse homem já vira essa mulher antes.

Porém, se *essa mulher*, em um dos dias mais infelizes de sua vida, tinha escolhido justamente *esse livro* entre centenas de outros em uma livraria, já não se tratava de coincidência.

Era o destino que estava falando comigo. Mas o que será que estava querendo me dizer?

Pensativa, virei o livro e observei a foto de um homem de aparência simpática, olhos azuis, cabelos louros e curtos, sentado no banco de algum parque inglês, com os braços negligentemente estendidos no encosto e sorrindo para mim.

Por um momento, fechei os olhos e tentei lembrar se já vira aquele rosto antes, aquele sorriso jovial e desarmado. No entanto, por mais que eu procurasse nas gavetas do meu cérebro, não o encontrei.

O nome do autor também não me dizia nada: Robert Miller.

Não conhecia nenhum Robert Miller; na verdade, não conhecia nenhum inglês – a não ser os turistas ingleses que de vez em quando iam parar no meu restaurante e aquele estudante inglês de intercâmbio, da minha época de escola, que vinha do País de Gales e, com seu cabelo ruivo e uma grande quantidade de sardas, parecia o amigo do golfinho Flipper.

Estudei com atenção a biografia do autor.

Robert Miller trabalhou como engenheiro para uma grande empresa automobilística antes de escrever seu primeiro romance, *O sorriso das mulheres*. Adora carros antigos, Paris e comida francesa, e vive com Rocky, seu yorkshire terrier, em uma casa de campo perto de Londres.

– Quem é você, Robert Miller? – perguntei à meia-voz, e meu olhar voltou ao homem sentado no banco do parque. – Quem é você? E de onde me conhece?

E de repente uma ideia, que foi me agradando cada vez mais, começou a rondar minha cabeça.

Eu queria conhecer esse autor, que não apenas me devolvera o ânimo nas horas mais sombrias da minha vida, mas também parecia estar ligado a mim de alguma maneira misteriosa. Eu ia escrever para ele. Ia lhe agradecer. E depois ia convidá-lo para uma noite encantadora em meu restaurante e descobrir o que este tinha a ver com seu romance.

Sentei-me e apontei o indicador para o tórax de Robert Miller, que talvez, justamente naquele momento, estivesse passeando com seu cachorro em algum lugar nas Cotswolds.

– Mr. Miller, vamos nos ver!

Mr. Miller sorriu para mim e, curiosamente, não duvidei nem por um instante de que conseguiria encontrar meu novo (e único!) escritor preferido.

Como eu poderia imaginar que justo esse autor tinha horror a aparecer em público?

2

– Como assim, esse autor tem horror a aparecer em público? Monsieur Monsignac levantou-se com um salto. Sua imponente barriga tremeu de irritação, e, sob a trovoada de sua voz, que aumentava cada vez mais de volume, os participantes da reunião afundaram em seus assentos.

– Já vendemos quase cinquenta mil exemplares desse livro idiota. Falta pouco para esse Miller entrar para a lista de mais vendidos. O *Figaro* quer fazer uma matéria grande com ele.

Monsignac se acalmou por um momento e então, com entusiasmo no olhar, deslizou a mão direita para cima, descrevendo uma enorme manchete no ar.

– Título: *Um inglês em Paris.* O sucesso repentino das Éditions Opale. – Depois, deixou a mão bater tão abruptamente na mesa que madame Petit, que redigia a ata, levou um susto e deixou a caneta cair. – E agora você vem me dizer, todo sério, que esse homem não tem condições de levantar a maldita bunda inglesa da cadeira para vir um dia a Paris? Me diga que isso não é verdade, André, por favor!

Vi seu rosto vermelho e seus olhos claros, que lançavam raios. Não havia dúvida de que Jean-Paul Monsignac, editor e proprietário das Éditions Opale, teria um infarto nos próximos segundos.

E a culpa era minha.

– Monsieur Monsignac, por favor, se acalme. – Apertei as mãos. – Acredite, estou fazendo todo o possível. Mas monsieur Miller é inglês. *My home is my castle,** o senhor sabe disso. Ele vive muito retirado em

---

* Meu lar é meu castelo. (N. da T.)

sua casa de campo, geralmente mexendo em seus carros, não está nem um pouco acostumado a lidar com a imprensa e simplesmente não gosta de ser o centro das atenções. Acho que... que é justamente isso o que o faz tão simpático...

Percebi que minha vida estava em jogo. Por que simplesmente não lhe dissera que Robert Miller estava dando uma volta ao mundo que levaria um ano e não tinha levado seu iPhone?

– Conversa fiada. Deixe de bobagem, André! Trate de fazer com que esse inglês entre no trem, atravesse o canal, responda a algumas perguntas aqui e autografe alguns livros. É o que ainda se pode esperar dele. Em todo caso, esse cara – ele pegou o livro, deu uma olhada na quarta capa e o deixou cair novamente sobre a mesa – era mecânico de automóveis, não, *engenheiro*, antes de escrever o romance. Certamente deve ter entrado em contato com a raça humana. Ou por acaso ele é autista?

Gabrielle Mercier, uma das duas revisoras, escondeu a risadinha atrás da mão. Tive vontade de esganar a imbecil.

– É claro que ele não é autista – me apressei em dizer. – Ele só é um pouco misantropo.

– Isso, *toda* pessoa inteligente é. "Desde que conheci o ser humano, passei a amar os animais." Quem disse isso? Então? Alguém sabe? – Monsieur Monsignac olhou para o grupo com expectativa. Justamente naquele momento, ele não poderia deixar de colocar sua formação à prova. Tinha frequentado a École Normale Supérieure, a escola de elite de Paris, e não se passava um dia sem que ele citasse algum filósofo ou escritor importante na editora.

Curiosamente, a memória de monsieur Monsignac funcionava de maneira muito seletiva. Enquanto guardava com facilidade nomes de grandes literatos, pensadores e ganhadores do Prêmio Goncourt, enervando-nos com sentenças e citações, no que se referia à literatura popular tinha extrema dificuldade. Esquecia de imediato o nome de um autor, chamando-o então apenas de "esse cara", ou "esse inglês", ou "esse escritor de *Código Da Vinci*", ou então se perdia em distorções absurdas como Lars Stiegsson (em vez de Stieg Larsson), Nicolai Bark (em vez de Nicholas Sparks) ou Steffen Lark (para Stephen Clarke).

– Não acho os autores americanos grande coisa, mas por que não temos nenhum Steffen Lark no nosso catálogo? – esbravejara dois anos antes ao mesmo grupo. – Um americano em Paris parece funcionar ainda melhor hoje!

Eu era o responsável pelos livros de língua inglesa e, com cautela, lembrei-lhe que Steffen Lark era um autor *inglês*, que na realidade se chamava Stephen Clarke e que fazia muito sucesso escrevendo livros engraçados sobre a França.

– Livros engraçados sobre Paris. De um inglês. Sei, sei – dissera monsieur Monsignac, balançando a cabeça grande. – Pare de bancar o professor comigo, André, e trate de me trazer também um Clarke de vez em quando. Para que pago você, afinal? Você é ou não é um caçador de talentos?

Poucos meses depois, tirei da pasta o manuscrito de um tal de Robert Miller, que correspondia exatamente à sua concepção de texto popular engraçado e criativo. Meu cálculo estava certo. O livro vendeu além das expectativas, e agora eu estava pagando por isso. Como é mesmo o ditado? O orgulho precede a queda. E com Robert Miller eu estava, por assim dizer, em queda livre.

O fato de Jean-Paul Monsignac, por fim, ainda lembrar como se chamava seu novo autor de sucesso ("Como é mesmo que se chama esse inglês? Meller?") devia-se apenas à semelhança com o nome de uma personalidade já consagrada ("Não, monsieur Monsignac, não é Meller, é *Miller*!" "Miller? Por acaso, ele é parente do *Henry* Miller?").

Enquanto o grupo ainda refletia se a citação era de Hobbes ou nao, repentinamente pensei que Monsignac, com todas as suas horríveis características, era o melhor e mais humano editor que eu já havia conhecido em quinze anos trabalhando na área. Era difícil mentir para ele, mas do jeito que as coisas estavam eu não tinha escolha.

– E se eu mandar as perguntas do *Figaro* por escrito para o Robert Miller e depois encaminhar as respostas para a imprensa? Assim como fizemos uma vez com aquela editora coreana? Deu tão certo. – Era uma última e mísera tentativa de escapar da desgraça. E, obviamente, não o convenceu.

– Não, não, não, não gosto! – Monsignac levantou a mão, rejeitando a ideia.

– Está fora de questão. Assim se perde toda a espontaneidade – foi o que também achou Michelle Auteuil, que me lançou um olhar de desaprovação através dos óculos Chanel de armação preta. Fazia semanas que Michelle estava no meu pé, dizendo que devíamos marcar um evento com esse "simpático inglês". Até então, eu me fizera de surdo. Só que ela tinha um dos mais importantes jornais do seu lado e, o que era ainda pior, o meu chefe.

Michelle trabalha na assessoria de imprensa da editora, sempre se veste apenas de preto ou branco, e a odeio por suas observações que não aceitam contestação.

Fica sentada, com a blusa imaculadamente branca sob o *tailleur* preto, e diz frases como "É *absolutamente* impossível", quando alguém lhe apresenta uma ideia que considera ótima porque, de algum modo, ainda acredita no lado bom do ser humano que simplesmente se entusiasma com um livro. "Nenhum redator de caderno de cultura deste mundo leva romances históricos a sério, André; pode esquecer isso!" Ou então ela diz: "A apresentação de um livro com uma autora *desconhecida*, que ainda por cima escreve *contos*? Ora, por favor, André! Quem é que vai se interessar por isso? Essa mulher foi ao menos nomeada para o Prix Maison? Não?" Então ela suspira, revira os olhos azuis e fica girando impacientemente a pequena caneta prateada, que sempre tem à mão. "Você realmente não tem *nenhuma* noção de como funciona uma assessoria de imprensa, não é? Precisamos de nomes, nomes, nomes. Procure pelo menos um prefaciador importante."

E, antes que se possa dizer alguma coisa, seu telefone volta a tocar, e ela cumprimenta com voz efusiva um desses caras da TV ou do jornalismo que usam jaqueta de couro, não levam "a sério" romances históricos e se acham o máximo só porque uma beldade de pernas compridas e cabelos pretos e escorridos graceja com eles.

Tudo isso passou por minha cabeça naquele momento em que Michelle Auteuil estava sentada à minha frente como neve recém-caída, esperando uma reação.

Pigarreei.

– Espontaneidade – repeti, para ganhar tempo. – É justamente esse o problema. – Olhei para o grupo com ar de importância.

Michelle não esboçou nenhuma expressão. Definitivamente, eu estava entre mulheres que não cedem a manobras retóricas.

– Conversando, esse Miller não é nem um pouco engraçado, tampouco tem respostas prontas, como se poderia imaginar – continuei. – E, aliás, como a maioria dos escritores, ele também não é muito espontâneo. Enfim, não é nenhum desses... – não consegui conter a indireta e dei uma olhada para Michelle – ...profissionais da televisão, que falam, falam, mas precisam de um ghostwriter para os livros que escrevem.

Os olhos azuis de Michelle se apertaram.

– Nada disso me interessa! – A paciência de Jean-Paul Monsignac tinha chegado ao fim. Agitou o livro de Miller no ar e não excluiu a hipótese de lançá-lo contra mim no segundo seguinte. – Não seja infantil, André. Traga esse inglês para Paris! Quero uma bela entrevista no *Figaro*, com muitas fotos, e ponto-final!

Meu estômago se contraiu dolorosamente.

– E se ele disser não?

Monsignac semicerrou os olhos e se calou por alguns segundos. Depois, disse com a amabilidade de um carrasco:

– Então, você tratará de fazer com que ele diga sim.

Concordei, angustiado.

– Afinal, você é o único de nós que conhece esse Miller, não é?

Voltei a concordar.

– Mas se não se sente seguro para ir buscá-lo, *eu* mesmo posso conversar com esse inglês. Ou talvez... madame Auteuil?

Desta vez, não concordei.

– Não, não, não seria... bom, nem um pouco bom – respondi rapidamente e senti que tinha caído na armadilha. – Miller é realmente um pouco difícil, sabe... Quer dizer, não que ele seja desagradável, é mais do tipo de Patrick Süskind, difícil de entender, mas... vamos conseguir. Hoje mesmo vou entrar em contato com o agente dele.

Coloquei a mão na barba e apertei o queixo com os dedos, na esperança de que não vissem meu pânico.

– *Bon* – esclareceu Monsignac, recostando-se na cadeira. – Patrick Süskind, desse eu gosto! – e riu benevolente. – Esse Miller não tem uma escrita tão inteligente quanto a de Süskind; em compensação, é mais bonito, não é mesmo, madame Auteuil?

Michelle sorriu maliciosa.

– É sim! Muito mais. Finalmente nos apareceu um autor que podemos apresentar à imprensa sem hesitar. É o que venho dizendo há semanas. Além do mais, se o estimado colega se decidir a compartilhar seu maravilhoso autor conosco, não haverá mais nada no caminho da felicidade!

Ela abriu sua agenda.

– Que tal um almoço com os jornalistas na *brasserie* do hotel Lutetia?

Monsignac contorceu o rosto, mas se calou. Acho que, exceto eu, ninguém mais sabia que ele não gostava muito do Lutetia por causa de seu passado inglório. "Esse velho barracão de nazistas", dissera-me certa vez, quando fomos convidados para a recepção de uma editora no tradicional *grand hôtel*. "Você sabia que Hitler tinha seu quartel-general aqui?"

– Em seguida, acompanharemos nosso autor nas compras por Paris, toda decorada para o Natal – continuou Michelle. – Será uma história perfeita, e, no final, também podemos tirar umas boas fotos. – Estava toda ocupada em balançar a caneta prateada e folhear a agenda. – Podemos marcar no começo de dezembro? Isso daria um empurrão a mais nas vendas do livro antes do Natal...

Assisti ao restante da reunião da tarde de terça-feira como se estivesse no meio de uma espessa neblina. Eu tinha menos de três semanas e nenhum plano. Bem ao longe, ouvia a voz de Jean-Paul Monsignac. Fazia críticas sem rodeios, ria alto, flertava um pouco com mademoiselle

Mirabeau, a nova e bela assistente de revisão. Incitava sua pequena tropa, e, não sem razão, todos adoravam as reuniões nas Éditions Opale, que eram muito divertidas.

Porém, naquela tarde, eu tinha apenas um pensamento. Precisava ligar para Adam Goldberg! Ele era o único que podia me ajudar.

Esforcei-me para dirigir o olhar para quem estava falando e rezei para que a reunião terminasse logo. Falaram de diferentes datas para o evento e reviram o número de vendas do mês de outubro. Projetos de livros foram apresentados e se depararam com a recusa do editor ("Quem vai querer ler uma coisa dessas?"), bem como com sua incompreensão ("O que os outros acham?") ou concordância ("Ótimo! Vamos fazer dela uma Gavalda!"). Depois, quando a tarde já tendia ao fim, discutiram acaloradamente se deveriam oferecer um adiantamento pelo romance policial escrito pelo proprietário veneziano de uma sorveteria – até então totalmente desconhecido, mas que fora elogiado por sua eficiente agente americana como um "Donna Leon masculino" –, uma soma que permitiria aos mortais comuns comprar um pequeno *palazzo*. Monsignac encerrou os prós e contras ao pegar o manuscrito entregue por madame Mercier e enfiá-lo em sua velha pasta de couro marrom.

– Chega de discussão, amanhã continuamos. Me deixem dar uma olhada nisto.

Esse poderia ter sido o sinal para todos irem embora, não fosse mademoiselle Mirabeau pedir a palavra nesse momento. Tímida e com uma riqueza de detalhes que fez todos bocejarem, falou de um manuscrito não solicitado que havia recebido e que, já a partir da terceira frase, deixava claro que jamais veria a luz no mundo editorial. Monsignac levantou a mão, a fim de interromper a inquietação que de repente se tornou perceptível na sala. Mademoiselle Mirabeau ficou tão aflita que nem percebeu o olhar de advertência do chefe para nós.

– Você fez muito bem, menina – ele disse, quando finalmente ela pôs de lado seu último papel de anotações.

Mademoiselle Mirabeau, que fazia poucas semanas começara a trabalhar conosco no departamento de revisão, enrubesceu de alívio.

– Talvez porque não foi realmente um desafio – ela disse em voz baixa.

Monsignac fez que sim, com expressão séria.

– Temo que tenha razão, menina – disse com paciência. – Mas não se aborreça com isso. Muito do que se recebe para ler é lixo. Você lê o início: lixo. Dá uma olhada no meio: lixo. No fim: lixo. Quando chega alguma coisa assim à mesa de alguém, pode-se poupar o esforço e... – ele elevou um pouco a voz – não perder muitas palavras com ela. – Ele sorriu.

Mademoiselle Mirabeau concordou compreensivamente, os outros sorriram, contidos. O editor das Éditions Opale estava no seu universo e se balançava para frente e para trás em sua cadeira.

– Agora vou lhe revelar um segredo, mademoiselle Mirabeau – ele disse, e cada um de nós sabia o que viria pela frente, pois todos já tínhamos ouvido isso uma vez. – Um bom livro é bom em *todas* as páginas – e, com essas majestosas palavras, a reunião estava realmente terminada.

Apanhei meus manuscritos, corri até o fim do corredor estreito e me precipitei em minha pequena sala.

Totalmente sem fôlego, caí na cadeira e, com as mãos trêmulas, digitei o número de Londres.

Chamou algumas vezes, mas ninguém atendeu.

– Adam, atenda, droga! – praguejei em voz baixa, depois entrou a secretária eletrônica.

"Adam Goldberg Literary Agency. Esta é nossa secretária eletrônica. Infelizmente, você ligou fora de nosso horário de atendimento. Por favor, deixe sua mensagem após o sinal."

Respirei fundo.

– Adam! – disse, e até a meus ouvidos a exclamação soou como um grito de socorro. – Aqui é o André. Por favor, me ligue imediatamente. Temos um problema!

3

Quando o telefone tocou, eu estava no jardim de uma encantadora casa de campo inglesa, perdida em pensamentos, arrancando algumas folhas murchas de um arbusto com perfumadas rosas-chá, que cresciam junto a um muro de tijolos.

Alguns pássaros gorjeavam, a manhã estava repleta de uma paz quase irreal, e o sol brilhava suave e quente em meu rosto. O início perfeito de um dia perfeito, pensei, e decidi não atender o telefone. Mergulhei o rosto em uma flor cor-de-rosa bastante volumosa, e o toque do telefone emudeceu.

Depois ouvi um leve estalo, e uma voz que eu conhecia bem, mas que de alguma maneira não pertencia àquele lugar, soou atrás de mim.

– Aurélie?... Aurélie, você ainda está dormindo? Por que não atende o telefone? Hum... que estranho... Será que você está no chuveiro?... Olhe, só queria dizer que ainda vou demorar uma meia hora em casa e que vou levar *croissants* e pães com chocolate, de que você gosta tanto. Aurélie? Aaaalôôô! Alôalôalô! Atenda, por favor!

Suspirando, abri os olhos e cambaleei descalça pelo corredor, onde o telefone estava na base.

– Alô, Bernadette – disse sonolenta, e o roseiral inglês se desvaneceu.

– Acordei você? Já são nove e meia. – Bernadette é daquelas pessoas que gostam de levantar cedo, e nove e meia para ela já é quase meio-dia.

– Hum... hum... – bocejei, voltei para o quarto, prendi o telefone entre a cabeça e o ombro e, com o pé, pesquei minhas sapatilhas deformadas, que estavam embaixo da cama. Uma das desvantagens de ter um pequeno restaurante é que nunca se está livre à noite. Contudo, a vantagem insuperável é que, de manhã, pode-se começar o dia sem pressa.

– Acabei de ter um sonho bonito – disse, abrindo as cortinas.

Olhei para o céu – nada de sol! – e me perdi em pensamentos sobre a casa de campo inglesa.

– Você está melhor? Já estou indo para aí!

Sorri.

– Estou sim. Bem melhor – respondi e, surpresa, percebi que era verdade.

Três dias haviam se passado desde que Claude me deixara, e já no dia anterior eu quase não havia pensado nele. Embora estivesse extenuada, não me senti nem um pouco infeliz ao fazer minhas compras no mercado, e à noite, no restaurante, cumprimentei os clientes e lhes recomendei o *loup de mer*, que Jacquie havia preparado tão bem. Em compensação, pensei muito em Robert Miller e em seu romance. E na minha ideia de escrever para ele.

Uma vez apenas, quando Jacquie colocou paternalmente o braço sobre meu ombro e disse: *"Ma pauvre petite*, como ele pôde fazer isso com você, aquele filho da mãe! *Ah, les hommes sont des cochons,*[*] venha cá, coma um prato de *bouillabaisse"*, senti uma pequena pontada no coração; mas, de toda maneira, eu já não precisava mais chorar. E à noite, quando voltei para casa, me sentei à mesa da cozinha com um copo de vinho tinto, folheei o livro mais uma vez e depois fiquei um bom tempo sentada à frente de uma folha branca de papel, com a caneta na mão. Não conseguia me lembrar de quando tinha sido a última vez em que escrevera uma carta, e naquele momento estava escrevendo para um homem que eu não conhecia. A vida é estranha.

– Sabe de uma coisa, Bernadette? – disse indo para a cozinha, para pôr a mesa. – Aconteceu algo estranho. Acho que tenho uma surpresa para você.

---

[*] Pobrezinha [...] Ah, os homens não prestam mesmo. (N. da T.)

Uma hora mais tarde, Bernadette estava sentada à minha frente, olhando-me perplexa.

– Você leu um *livro*?

Ela havia chegado com um pequeno ramalhete de flores e uma enorme sacola, cheia de *croissants* e *pains au chocolat*, para me consolar e, em vez de uma infeliz com o coração partido, que puxava um lenço de papel atrás do outro para enxugar as lágrimas, encontrou uma Aurélie que lhe contou irrequieta e com os olhos brilhando uma história incrível, de um guarda-chuva de bolinhas brancas que voara, um policial em uma ponte que a seguira, uma livraria encantada, em que Marc Chagall estava sentado e lhe oferecera biscoitos, e desse livro maravilhoso que ela pegara. Como uma coisa havia levado à outra! O que era o destino! Contou também que passara a noite lendo esse livro fatídico, que afugentara seu desgosto amoroso e a deixara curiosa. Falou do seu sonho e que tinha escrito uma carta para o autor, e perguntou se tudo aquilo não era espantoso.

Talvez eu tenha falado rápido demais ou de maneira muito confusa. Em todo caso, Bernadette não entendeu o essencial.

– Quer dizer então que você comprou uma espécie de manual para as dores de amor e depois se sentiu melhor – disse, resumindo todo o meu milagre pessoal em palavras simples. – Que maravilha! Eu nunca poderia imaginar que os livros de autoajuda fizessem o seu gênero, mas o principal é que este ajudou.

Abanei a cabeça.

– Não, não, não, você não entendeu, Bernadette. Não é nenhum desses livros de psicologia. É um romance, e eu mesma apareço nele!

Bernadette assentiu.

– Quer dizer que a heroína pensa exatamente como você, e que você gostou muito disso. – Ela sorriu irônica e abriu os braços, de modo teatral. – Bem-vinda ao mundo dos livros, querida Aurélie. Preciso dizer que seu entusiasmo me deixa esperançosa. Talvez você ainda se torne uma leitora bem aceitável!

Suspirei.

– Bernadette, agora me ouça. Sim, não leio muitos livros, e não, não enlouqueci só porque agora li um romance qualquer. Gostei desse livro, e muito até. Isso é uma coisa. E a outra coisa é a seguinte: aparece uma moça na história, uma jovem, que tem a mesma aparência que eu. Embora se chame Sophie, ela tem cabelos longos, louro-escuros e ondulados, altura mediana, é magra e tem um vestido igual ao meu. Para completar, ela está no meu restaurante, que se chama Le Temps des Cerises e fica na Rue Princesse.

Por um longo instante, Bernadette não disse nada. Depois perguntou:

– E por acaso essa mulher do romance também anda com um cara doido, totalmente idiota, chamado Claude, que a engana o tempo todo com outra?

– Não, não anda. Não anda com ninguém, e mais tarde se apaixona por um inglês que acha os costumes franceses bem estranhos. – Passei um pedaço de *croissant* a Bernadette. – Além do mais, o Claude não me *enganou* o tempo todo!

– Quem é que sabe? Mas vamos parar de falar no Claude. Quero ver esse livro maravilhoso agora mesmo!

Aparentemente, Bernadette tinha se entusiasmado. Talvez fosse apenas porque ela achava maravilhoso tudo o que me afastasse de Claude e me devolvesse a paz de espírito. Levantei-me e fui buscar o livro, que estava no aparador.

– Aqui está – eu disse.

Bernadette deu uma olhada no título.

– *O sorriso das mulheres* – leu em voz alta. – Um belo título. – Folheou as páginas, interessada.

– Dê uma olhada... aqui – disse eu, fervorosa. – E aqui... leia isto!

Os olhos de Bernadette iam de um lado para o outro, enquanto eu aguardava tensa.

– É – ela disse por fim. – É meio estranho mesmo. Mas, *mon Dieu*, essas coincidências incríveis acontecem. Quem é que sabe? Vai ver o autor conhece o seu restaurante ou já ouviu falar dele. Um amigo que tenha passado por lá, em uma visita de negócios a Paris, pode ter lhe falado entusiasmado a respeito. Alguma coisa do tipo. E, por favor, não me entenda mal, você é muito especial, Aurélie, mas certamente não é a única mulher com cabelos louro-escuros e longos...

– E o vestido? O que você me diz do vestido? – interrompi.

– Sim, o vestido... – Bernadette refletiu por um momento. – O que você quer que eu diga? É um vestido que você comprou em algum momento, em algum lugar. Suponho que não seja um modelo que o Karl Lagerfeld tenha desenhado especialmente para você, não é? Em outras palavras: outras mulheres também poderiam ter o mesmo vestido. Ou então estava exposto na vitrine, em algum manequim. Há tantas possibilidades...

Suspirei chateada.

– Mas entendo que tudo isso deve ter parecido espantoso para você. Em um primeiro momento, certamente eu também ficaria assim.

– Não posso acreditar que tudo isso seja uma coincidência – desabafei. – Simplesmente não acredito.

– Minha querida Aurélie, *tudo* é coincidência ou destino, quando assim se deseja. Particularmente, acho que para todas essas estranhas coincidências existe uma explicação simples, mas essa é apenas uma opinião minha. Em todo caso, você descobriu esse livro no momento certo, e fico feliz que ele tenha levado você a pensar em outras coisas.

Assenti com a cabeça e fiquei um pouco decepcionada. De certo modo, eu tinha imaginado uma reação um pouco mais dramática.

– Mas você reconhece que esse tipo de coisa não acontece com frequência – eu disse. – Ou já aconteceu alguma coisa assim com você?

– Reconheço tudo – ela disse, rindo. – E, não, nunca me aconteceu algo semelhante.

– Embora você leia muito mais que eu – completei.

– Sim, embora eu leia muito mais – ela repetiu. – É mesmo uma pena.

Lançou um olhar examinador ao livro e depois o virou.

– Robert Miller – ela leu. – Nunca ouvi falar. Em todo caso, ele é bem bonitão, esse Robert Miller.

Concordei.

– E o livro dele salvou minha vida. Por assim dizer – acrescentei rapidamente.

Bernadette levantou os olhos.

– Você escreveu *isso* a ele?

– Não, claro que não – respondi. – Em todo caso, não diretamente. Mas agradeci, sim. E o convidei para vir comer em meu restaurante, que, conforme você mesma disse, ele já deve conhecer ou ter ouvido falar. – Da foto, não lhe contei nada.

– *Uh, lá, lá* – disse Bernadette. – Você está mesmo a fim de ter certeza, não é?

– Estou – respondi. – Além disso, às vezes os leitores escrevem cartas aos autores quando gostam dos livros. Não é tão incomum assim.

– Quer ler a carta para mim? – perguntou Bernadette.

– De jeito nenhum – abanei a cabeça. – É confidencial. E, depois, já selei o envelope.

– E já enviou?

– Não. – Somente então me dei conta de que ainda não tinha me preocupado com o endereço. – Como é que se faz quando se quer escrever para um autor?

– Bom, você pode escrever para a editora, que eles encaminham a carta ao destinatário. – Bernadette pegou novamente o livro. – Deixe-me ver – disse ela, procurando na página de crédito. – Ah, aqui está: copyright Éditions Opale, Rue de l'Université, Paris – e colocou o livro de volta sobre a mesa da cozinha. – Não é longe daqui – comentou e bebeu mais um gole de café. – Você poderia passar lá pessoalmente e entregar a carta. – Piscou para mim. – Assim, ele aparece mais rápido.

– Como você é boba, Bernadette – eu disse. – Quer saber de uma coisa? É isso mesmo que vou fazer.

E foi assim que, ao anoitecer, fiz um pequeno desvio e passeei ao longo da Rue de l'Université, para deixar na caixa de correio das Éditions Opale um envelope comprido e forrado. "Ao escritor Robert Miller/Éditions Opale" era o que estava escrito no envelope. Inicialmente, eu havia escrito apenas "Éditions Opale – aos cuidados do senhor Robert Miller", mas, de certo modo, achei que "ao escritor" soaria mais solene. E confesso que, ao ouvir a carta pousar do outro lado da grande porta com um suave ruído, tive uma breve sensação de solenidade.

Quando se manda uma carta, sempre se coloca alguma coisa em movimento. Entra-se em um diálogo. Há um desejo de comunicar todas as próprias novidades, as próprias vivências e o próprio estado de espírito, ou então de saber alguma coisa. Uma carta sempre consiste em um remetente e em um destinatário. Em regra, requer uma resposta, a menos que se escreva uma carta de despedida – e, mesmo nesse caso, o que se escreve refere-se a um interlocutor vivo e, diferentemente do registro em um diário, desencadeia uma reação.

Eu não seria capaz de exprimir com palavras exatas qual reação estava esperando com aquela carta. Em todo caso, era mais que simplesmente colocar um ponto-final depois do meu agradecimento por um livro.

Esperei por uma resposta – à minha carta e às minhas perguntas –, e a expectativa de conhecer o autor que fez sua narrativa terminar no Le Temps des Cerises era emocionante. No entanto, não tão emocionante quanto o que realmente aconteceu.

4

Adam Goldberg tinha sumido do mapa. Não atendia, e fui ficando cada vez mais nervoso a cada hora que passava. Desde a noite anterior eu estava tentando encontrá-lo. O fato de alguém teoricamente poder ser encontrado em quatro diferentes números de telefone, mas depois, quando era o caso, não estar disponível, deixou-me com ódio da era digital.

Em sua agência, em Londres, apenas a secretária eletrônica, cuja gravação eu já tinha até decorado, atendia incansavelmente. Também no celular comercial de Adam ninguém atendia, mas eu podia deixar uma mensagem, e o proprietário ainda ficaria sabendo da minha chamada por um SMS, o que já era um alívio! Em sua linha residencial, o telefone tocou por vários minutos no vazio, antes de emitir a resposta da secretária eletrônica, em que se ouvia Tom, o filho de seis anos de Adam, tagarelar.

"Hi, the Goldbergs are not at home. But don't worry; we'll be back soon and then we can taaaaalk…"* Seguiam-se uma risadinha e um estalo, depois mais um trecho informando que em caso de urgência o chefe da família Goldberg também podia ser encontrado no celular particular. "In urgent cases you can reach Adam Goldberg on his mobile…" Novo estalo, depois um sussurro. "What's your mobile num-

---

* Oi, os Goldbergs não estão em casa. Mas não se preocupe; logo estaremos de volta e poderemos conversaaaaar. (N. da T.)

ber, Daddy?"* Então, a voz infantil anunciava a plenos pulmões outro número de telefone que eu ainda não conhecia.

Digitando-se esse número, ficava-se sabendo por outra simpática voz automática que o proprietário da linha estava "temporariamente indisponível". Desta vez, não pude nem mesmo deixar uma mensagem, mas fui convidado a tentar novamente mais tarde. "This number is temporarily not available, please try again later", disse a voz de modo lapidar. Rangi os dentes.

De volta à editora, escrevi logo de manhã um e-mail para a Literary Agency, na esperança de que Adam, onde quer que estivesse, lesse seus e-mails.

> Caro Adam, estou tentando encontrá-lo por todos os meios. Onde você se meteu?! A casa caiu!!! Por favor, me ligue COM URGÊNCIA, de preferência no celular. Trata-se do nosso autor Robert Miller, que deverá vir a Paris. Abraço, André.

Um minuto depois, lá estava a resposta, e suspirei aliviado, até abrir a mensagem bilíngue:

> Sorry, I'm out of the office. In urgent cases you can reach me on my mobile number.
> Infelizmente não estou no escritório. Em caso de urgência, você pode me encontrar no meu celular.

O que dizer? Seguiu-se o mesmo número que respondia com o "temporarily not available". E, assim, o círculo se fechou.

Tentei trabalhar. Revi manuscritos, respondi a e-mails, escrevi alguns textos de orelha, bebi meu café expresso, que parecia ser o centésimo quinquagésimo, e fiquei de olho em meu telefone. Já tinha tocado muitas vezes naquela manhã, mas nunca era meu amigo e sócio Adam Goldberg do outro lado da linha.

---

* Qual o número do seu celular, papai? (N. da T.)

Primeiro ligou Hélène Bonvin, uma autora francesa muito simpática e com tempo de sobra. Quando me liga, ou é porque se encontra extasiada com o que está escrevendo, e então começa a me contar cada detalhe que pôs no papel – e, por ela, provavelmente me leria o manuscrito inteiro pelo telefone –, ou porque está em meio a uma crise de escrita, e, nesse caso, preciso reunir todas as minhas forças para convencê-la de que é uma grande escritora.

Desta vez, era uma crise de escrita.

– Estou totalmente vazia, não tenho uma única ideia – queixou-se ao telefone.

– Ah, Hélène, você sempre diz isso e no final sempre vem com um romance incrível.

– Desta vez, não – ela me explicou com voz triste. – A história toda não tem pé nem cabeça. Sabe, André, ontem passei o dia inteiro na frente dessa máquina idiota e à noite apaguei tudo o que tinha escrito, porque estava simplesmente *horrível*. Banal, sem ideias e cheio de clichês. Ninguém vai querer ler uma coisa dessas!

– Mas, Hélène, isso não é verdade. Você escreve muito bem. Leia as críticas entusiasmadas dos seus leitores na Amazon. Além disso, é perfeitamente normal ter fases sem ideias. Talvez seja melhor você passar um dia sem escrever nada. Você vai ver como as ideias voltarão a fluir.

– Não. Estou com uma sensação muito estranha. Não vai dar mais. É melhor esquecermos esse romance... e eu...

– Que bobagem você está dizendo! – interrompi-a. – Quer jogar a toalha nos últimos metros? O livro já está quase pronto.

– Pode ser, mas não está *bom* – ela respondeu obstinada. – Preciso reescrever tudo. Posso apagar tudo que já fiz.

Suspirei. Era sempre a mesma história com Hélène Bonvin. Enquanto a maioria dos autores com os quais eu trabalhava rodeava com medo as primeiras páginas e levava um tempo inacreditável até conseguir iniciá-las, essa mulher estranhamente entrava em pânico sempre depois que três quartos do manuscrito já estavam prontos. De repente, já não gostava de nada, tudo era uma grande porcaria, o pior que já havia escrito.

– Hélène, agora me ouça. Não apague nada! Me mande o que você já escreveu que vou dar uma olhada agora mesmo. Depois conversamos, está bem? Aposto que deve estar fantástico, como sempre.

Ainda tentei convencer Hélène Bonvin por dez minutos, depois, esgotado, desliguei. Em seguida, levantei-me e fui à secretaria, onde madame Petit estava batendo papo com mademoiselle Mirabeau.

– O Adam Goldberg chegou a ligar? – perguntei a madame Petit, que naquela manhã havia coberto suas formas barrocas com um vestido de grandes flores coloridas. Ela sorriu para mim por cima da xícara de café.

– Não, monsieur Chabanais – respondeu amigavelmente. – Acabei de lhe dizer isso. Só aquele tradutor, o monsieur Favre, que ainda tem umas perguntas, mas disse que volta a ligar mais tarde. E... ah, sim, sua mãe ligou e pediu que ligue para ela com urgência.

– Santo Deus! – levantei as mãos, defendendo-me. Quando minha mãe me pede para ligar com urgência, a conversa não demora menos que uma hora. Mas nunca é urgente.

Ao contrário de mim, ela tem tempo de sobra e adora me ligar na editora, pois lá há sempre alguém que atende o telefone. Quando não estou disponível, fica batendo papo com madame Petit, que ela acha "muito simpática". Em algum momento dei meu número de telefone na editora a minha mãe – para um caso de urgência. Infelizmente, sua noção de urgência é muito diferente da minha, e ela parece adivinhar quando estou correndo para um compromisso ou muito ocupado examinando um manuscrito que deve ir para a composição, se possível, até a tarde.

– Imagine só que o velho Orban caiu da escada quando estava colhendo cerejas e agora está no hospital... Quebrou o colo do fêmur! O que você me diz? Quero dizer... nessa idade, ele precisa subir em árvores?

– *Maman*, por favor! Não tenho tempo agora!

– *Mon Dieu*, André, você está sempre correndo – disse ela então, e a repreensão em sua voz não passou despercebida. – Achei que fosse interessá-lo. Pelo menos, quando você era criança, ia tanto à casa dos Orbans...

Geralmente, esse tipo de telefonema terminava de forma desagradável. Das duas, uma: ou eu acabava me sentando à mesa, muitas vezes deixando a conversa entrar por um ouvido e sair pelo outro, e ao mesmo tempo tentando continuar o trabalho e dizendo, geralmente nos momentos errados, "sei, sei" ou "nossa!", de maneira que minha mãe, a certa altura, gritava furiosa: "André, você está ouvindo o que estou lhe dizendo?!"; ou então, ainda antes de ela começar, eu lhe cortava a palavra com um irritado "agora não posso!", e depois tinha de ouvir que eu estava muito nervoso e que provavelmente não me alimentaria direito.

Para evitar que *maman* ficasse magoada comigo por uma eternidade, em seguida eu tinha de prometer que à noite ligaria para ela de casa, "com calma".

Dessa maneira, para ambas as partes, era melhor quando ela nem sequer conseguia me encontrar.

– Se minha mãe ligar, diga que estou em uma reunião e que ligo para ela à noite – é o que volta e meia eu recomendava expressamente a madame Petit, mas a secretária estava mancomunada com *maman*.

– Mas, André, ela é sua *mãe*! – dizia depois que, mais uma vez, havia solapado minha ordem. E, quando queria me irritar, ainda acrescentava: – Também acho que, às vezes, você fica muito irritado.

– Escute aqui, madame Petit – eu disse, lançando-lhe um olhar ameaçador. – Já tenho pressão suficiente, e a senhora está proibida... proibida de passar minha mãe para a minha linha. Ela ou qualquer outra pessoa que tome meu tempo, a não ser o Adam Goldberg ou alguém da agência dele. Espero ter sido claro!

A bela mademoiselle Mirabeau olhou para mim com os olhos arregalados. Nas primeiras semanas, quando eu a orientava e lhe explicava pacientemente como funcionava o departamento de revisão, ela me sorrira admirada, dizendo, por fim, que eu era exatamente como aquele simpático editor inglês do filme baseado no romance policial *A casa da Rússia*, de John Le Carré – aquele de barba e olhos castanhos –, só que mais jovem, claro.

Fiquei muito lisonjeado. Bom, quero dizer, que homem não gostaria de ser o Sean Connery na pele de um editor britânico e gentleman (mais jovem), que não apenas é letrado, mas também inteligente o bastante para enganar todos os serviços secretos? Naquele momento, percebi seu olhar consternado e, contrariado, passei a mão na minha barba curta e castanha. Provavelmente, ela devia estar me achando um monstro.

– Como quiser, monsieur Chabanais – respondeu madame Petit, mordaz. E, quando saí, a ouvi dizer para mademoiselle Mirabeau: – Pelo visto, hoje esse aí está de mau humor. Mas a mãe dele é uma senhora tão encantadora...

Bati a porta da minha sala e caí na poltrona. Mal-humorado, fitei a tela do computador e estudei meu rosto, que se refletia na superfície azul-escura. Não, naquele dia, nada me ligava ao bom e velho Sean. A não ser o fato de ainda estar à espera do telefonema de um agente que, embora não possuísse nenhum documento secreto, compartilhava um segredo comigo.

Adam Goldberg era o agente de Robert Miller. Um inglês inteligente e hábil com as palavras, que dirigia havia anos, e com grande sucesso, sua pequena agência literária em Londres e, desde nossa primeira conversa, fora simpático comigo. Nesse meio-tempo, já tínhamos passado por tantas feiras de livros e, no mínimo, pela mesma quantidade de noites divertidas em *clubs* de Londres e bares de Frankfurt que nos tornamos bons amigos. Fora ele quem me oferecera o manuscrito de Robert Miller e quem o vendera para mim por uma soma bastante modesta, que servia como adiantamento.

Pelo menos era o que dizia a versão oficial.

– Muito bem, André! – exclamara monsieur Monsignac quando lhe contei que o contrato havia sido concluído, e me senti um pouco mal.

– Ah, deixe de bobagem – dissera Adam. – Vocês queriam um Stephen Clarke, agora têm um. Vocês vão recuperar o adiantamento facilmente. E você ainda vai economizar na tradução. Melhor que isso, impossível.

Tudo correra bem demais, e a cobiça cresceu. Afinal, quem poderia imaginar que o pequeno romance de Robert Miller sobre Paris venderia tão bem?

Recostei-me pesadamente na poltrona e pensei em como, na época, por ocasião da Feira de Livros de Frankfurt, eu me sentara com Adam no Jimmy's Bar e lhe contara que tipo de romance estávamos procurando para a editora.

Inspirado por alguns drinques, esbocei a traços largos um possível enredo e lhe pedi para procurar um romance daquele tipo.

– *Sorry*, mas no momento não tenho nada assim para oferecer – respondera Adam. Depois, dissera sem pensar: – Mas gostei do enredo. Parabéns! Por que você mesmo não escreve o livro? Depois o vendo com prazer para as Éditions Opale.

E esse foi o começo de tudo.

Primeiro, rejeitei dando risada.

– Que ideia! Nunca! Eu não poderia fazer isso. Sou revisor, não *escritor* de romances!

– *Bullshit* – dissera Adam. – Você já trabalhou com tantos autores, sabe muito bem como as coisas funcionam. Você tem ideias originais, sensibilidade para criar suspense; ninguém escreve e-mails tão engraçados como você, e um Stephen Clarke como esse, você cria com o pé nas costas.

Três horas e alguns mojitos depois, eu já estava quase me sentindo um Hemingway.

– Mas não posso pôr meu nome nesse livro – aleguei. – Eu *trabalho* nessa editora.

– Mas nem precisa, *hombre*! Quem é que hoje ainda escreve livros com o nome verdadeiro? Isso é realmente muito *old school*. Eu mesmo represento alguns autores que chegam a ter dois ou três nomes e, assim, escrevem para editoras completamente diferentes. O verdadeiro nome de John Le Carré é David Cornwell. Inventamos um belo pseudônimo para você – considerou Adam. – Que tal Andrew Ballantine?

– Andrew Ballantine? – fiz uma careta. – Mas Ballantine já é o nome de uma editora. Além do mais, eu me chamo André e ainda compro o manuscrito, alguém pode desconfiar...

– Okay, okay, espere, já sei: Robert Miller! Então, o que me diz? É tão normal que parece mesmo autêntico.

– E se essa história não der certo?

– Vai dar certo. Você escreve um livro pequeno. Eu o ofereço à editora de vocês, ou seja, a você. Os contratos correm todos por minha conta. Vocês vão ganhar um bom dinheirinho com isso, é o que sempre acontece. E você vai receber sua parte. O velho Monsignac finalmente vai ter seu romance à la Stephen Clarke. No final, todos ficam satisfeitos. Fim da história.

Adam bateu seu mojito contra meu copo.

– A Robert Miller! E a seu romance. Ou não tem coragem? *No risk, no fun*. Vamos, vai ser bem divertido! – e riu como um menino.

Olhei para Adam, que estava sentado à minha frente, todo bem-humorado. De repente, tudo me pareceu muito simples. E quando pensei no meu salário, que não era nada espetacular, e na minha conta, sempre no vermelho, considerei que a ideia seria uma fonte adicional e bem atrativa de renda. Nessa profissão de revisor ou até de revisor-chefe, como era meu caso, não se ganhava nenhuma maravilha, nem perto disso. Muitos revisores que eu conhecia ainda trabalhavam no tempo livre como tradutores ou organizavam antologias de Natal, para melhorar o modesto salário. O ramo dos livros não era exatamente o ramo automobilístico. Em compensação, as pessoas tinham um aspecto mais interessante.

Isso sempre me ocorria quando, em alguma feira de livros, eu estava na escada rolante e uma falange de livreiros, conversando, pensando ou rindo, passava em sentido contrário. Por toda a feira pairava um entusiasmo animado, e milhões de pensamentos e histórias faziam os pavilhões vibrarem. Era como uma família irrequieta, inteligente, divertida, vaidosa, respondona, exaltada, vigilante, tagarela e extremamente ágil do ponto de vista intelectual. E era um privilégio fazer parte dela.

Obviamente, além das grandes personalidades editoriais, firmes de caráter, que eram admiradas ou odiadas, havia aqueles executivos simplistas, segundo os quais, em princípio, era indiferente vender latas de Coca-Cola ou livros, pois no fim tudo dependia de um marketing profissional e, claro, também de um pouco de conteúdo, que eles chamavam de *content*. Mas mesmo esses sujeitos não ficavam por muito tempo insensíveis ao produto com o qual lidavam no dia a dia, e, afinal, era bem diferente segurar um livro pronto e uma lata de Coca--Cola.

Em lugar nenhum se encontravam juntas tantas pessoas impressionantes, inteligentes, intrigantes, astutas, curiosas e rápidas. Todos conheciam tudo, e com a frase: "Já sabem da última?", todos os segredos que o ramo tinha a oferecer eram revelados sob a promessa do silêncio.

Já sabem da última? Parece que a Marianne Dauphin tem um caso com o gerente de marketing da Garamond e está grávida. Já sabem da última? A editora Borani faliu e ainda este ano será vendida a uma companhia de perfumes. Já sabem da última? Agora os revisores das Éditions Opale escrevem seus próprios livros, e esse Robert Miller na verdade é francês, hahaha!

Percebi que o espaço ao meu redor começou a girar. Na época, ainda se podia fumar no interior dos bares, e, às três da manhã, o Jimmy's Bar era um conglomerado singular e ensurdecedor, feito de fumaça, drinques e vozes.

– Mas por que tem de ser um nome inglês? Vai ficar complicado demais para mim – eu disse, pouco persuadido.

– Ah, Andy, *come on!* É justamente *aí* que está a graça! Um parisiense que escreve sobre Paris, ninguém vai querer comprar. Não, não, tem de ser um autêntico autor inglês que se sirva de todos os clichês. Humor britânico, um hobby extravagante, de preferência um solteirão com boa aparência e que tenha um cachorrinho. Já o estou vendo à minha frente. – Ele acenou um sim com a cabeça. – Robert Miller é perfeito, pode acreditar.

– Muito *clever* da sua parte – eu disse, impressionado, e peguei um punhado de amêndoas torradas e salgadas.

Adam bateu as cinzas de sua cigarrilha e encostou-se comodamente na poltrona de couro.

– *It's not clever, it's brilliant* – disse ele, tal como King Rollo, seu personagem preferido, costumava proferir a cada dez minutos no desenho animado de mesmo nome.

O resto era história. Escrevi o livro, e foi mais fácil do que eu imaginava. Adam fez os contratos e até contribuiu com uma foto do autor – a imagem de seu irmão dois anos mais velho, um dentista bonachão de Devonshire, que lera no máximo cinco livros na vida e que ficou sabendo mais ou menos – na verdade, bem menos que mais – que tinha se tornado autor de um romance. "How very funny" fora tudo o que ele dissera a respeito, segundo Adam.

Arrisquei duvidar que esse homem tranquilo fosse achar divertido ir a Paris para conversar com jornalistas e fazer uma leitura de seu livro para o público. Conheceria ele a cidade pela qual tinha um fraco em consequência de sua história de vida? Ou nunca teria saído de sua pacata Devonshire? Teria condições de falar e ler em público? Talvez tivesse algum problema de fala ou, por uma questão de princípio, não aceitaria ser um testa de ferro. Somente então me ocorreu que eu nada sabia sobre o irmão de Adam, a não ser que ele era do signo de libra com ascendente em libra (e por isso, segundo Adam, era o equilíbrio em pessoa) e que era um dentista puro-sangue (seja lá o que isso quisesse dizer). Nem sabia o seu nome. Quer dizer, claro que sabia: Robert Miller.

– Que merda! – desatei a rir, desesperado, e maldisse a noite em que todo esse plano maluco tinha surgido. "It's not clever, it's brilliant!", imitei meu amigo. Pois é, de fato, foi a ideia de jerico mais brilhante que o esperto Adam jamais tivera, só que agora tudo ameaçava sair do controle, e eu teria toda sorte de aborrecimentos.

– O que é que vou fazer? O que é que vou fazer? – murmurei, fitando hipnotizado o descanso de tela que nesse intervalo se acendera e mostrava alternadamente praias paradisíacas do Caribe. O que eu não daria naquele momento para estar bem longe, em uma daquelas espreguiçadeiras brancas, debaixo de algumas palmeiras, com um mojito na mão e olhando o céu azul e limpo, por horas a fio.

Bateram à porta.

– O que foi agora? – perguntei mal-humorado e me endireitei na cadeira.

Mademoiselle Mirabeau entrou cuidadosamente na sala. Estava segurando um grosso maço de papel impresso e me olhou como se eu fosse um devorador de humanos, que consumisse mocinhas louras no café da manhã.

– Desculpe, monsieur Chabanais, não queria incomodar.

Santo Deus, eu devia ter me controlado!

– Não, não, não me incomoda... Entre! – Tentei sorrir. – Algum problema?

Ela se aproximou e colocou a pilha sobre minha mesa.

– Esta é a tradução italiana que o senhor me passou na semana passada para examinar. Já terminei.

– Ótimo, ótimo, vou dar uma olhada mais tarde. – Peguei a pilha de papéis e coloquei-a de lado.

– A tradução está muito boa. Não deu muito trabalho.

Mademoiselle Mirabeau pôs as mãos nas costas e ficou parada na sala, como se estivesse plantada.

– Fico feliz em ouvir isso – eu disse. – Às vezes damos sorte.

– Também tentei escrever os textos para as orelhas. Estão em cima.

– Excelente, mademoiselle Mirabeau. Obrigado. Muito obrigado.

Um delicado tom de rosa estendeu-se por seu singelo rosto em forma de coração. Então, ela disse subitamente:

– Sinto muito que o senhor esteja tão aborrecido, monsieur Chabanais.

Meu Deus, ela era realmente um doce! Pigarreei.

– Nem tanto assim – respondi, esperando que soasse como se tudo estivesse sob controle.

– Parece que esse Miller não é nada fácil. Mas o senhor vai conseguir convencê-lo. – Ela sorriu, encorajando-me, e foi para a porta.

– Pode apostar – eu disse, e por um feliz momento esqueci que meu problema não era Robert Miller, e sim o fato de que ele não existia.

Aconteceu o que eu esperava. No momento em que tirei o sanduíche de presunto do papel e dei uma bela mordida, o telefone tocou. Peguei o fone e tentei empurrar o pedaço ainda não mastigado para o canto da boca.

– Hum... sim? – disse eu.

– Tem uma senhora na linha. Ela disse que é sobre Robert Miller. Devo passá-la ou não? – Era madame Petit, ainda claramente magoada.

– Sim, sim, claro – respondi com dificuldade e tentei engolir o pedaço do sanduíche. – Deve ser a assistente do Goldberg, pode passar, pode passar! – Às vezes, madame Petit realmente não conseguia somar dois mais dois.

Houve um estalo na linha, depois ouvi uma voz feminina, um pouco ofegante:

– É o monsieur André Chabanais?

– Ele mesmo – respondi, já livre do pedaço de sanduíche. Sempre achei que as assistentes do Adam tinham uma voz muito agradável.

– Que bom que retornou a ligação tão rápido. Preciso urgentemente falar com o Adam. Onde ele se meteu, afinal?

A longa pausa do outro lado da linha me irritou. De repente, gelei e não pude deixar de pensar numa história horrível, ocorrida no último outono, quando um agente americano que estava a caminho da feira de livros sofreu um AVC e despencou da escada de sua casa.

– Está tudo bem com o Adam, não está?

– Ahn... Bem... A esse respeito, infelizmente não sei dizer nada. – A voz pareceu um pouco confusa. – Na verdade, estou ligando por causa de Robert Miller.

Obviamente ela devia ter lido meu e-mail para Adam. Na época, Adam e eu combinamos que não contaríamos a *ninguém* o nosso segredinho, e torci para que ele tivesse cumprido a promessa.

– E justamente por isso tenho urgência em falar com o Adam – eu disse com cautela. – É que o Robert Miller terá de vir a Paris, como a senhora deve saber.

– Ah – disse a voz, contente. – Isso é *ótimo*! Não, eu não sabia. Mas me diga uma coisa... o senhor recebeu minha carta? Espero que não tenha problema eu ter simplesmente jogado na caixa de correio para o senhor. Poderia fazer a gentileza de enviá-la a Robert Miller? É muito importante para mim, sabe?

Aos poucos, fui me sentindo como Alice no País das Maravilhas ao se encontrar com o coelho branco.

– Que carta? Não recebi nenhuma carta – esclareci confuso. – Me diga: a senhora *é* da agência Goldberg International, não é?

– Ah, não. Aqui quem fala é Aurélie Bredin. Não sou de agência nenhuma. Acho que se enganaram ao passar a ligação. Eu queria falar com o revisor responsável por Robert Miller – disse a voz com segurança amigável.

– Sou eu mesmo. – Aos poucos tive a sensação de que a conversa estava começando a se repetir. Eu não conhecia nenhuma Aurélie Bredin. – Bem, madame Bredin, o que posso fazer pela senhora?

– Ontem à noite deixei uma carta para Robert Miller na sua caixa de correio e gostaria de ter certeza de que ela foi recebida e de que será encaminhada.

Finalmente, minha ficha caiu. Para esse pessoal da imprensa, as coisas nunca são rápidas o suficiente.

– Ah, sim, agora sei... A senhora é do *Figaro*, não é isso? – ri preocupado.

– Não, monsieur.

– Sim, mas... quem é a senhora, então?

A voz suspirou.

– Aurélie Bredin, já disse.

– E o que mais?

– A carta – repetiu a voz, impaciente. – Gostaria que o senhor encaminhasse minha carta ao monsieur Miller.

– De que carta a senhora está falando? Não recebi nenhuma carta.

– Não pode ser. Ontem a levei pessoalmente. Um envelope branco. Endereçado ao escritor Robert Miller. O senhor *tem* de ter recebido essa carta! – A voz não cedia, e então eu é que fui perdendo a paciência.

– Escute, madame, se estou dizendo que aqui não tem nenhuma carta, a senhora pode acreditar em mim. Talvez ainda chegue, então a encaminharemos com prazer. Podemos combinar assim?

Aparentemente, minha proposta não encontrou grande entusiasmo.

– Seria possível então eu obter o endereço de Robert Miller? Ou talvez ele tenha um e-mail para o qual eu possa escrever?

– Sinto muito, mas não fornecemos o endereço dos autores. Eles também têm direito à privacidade. – Deus do céu, o que essa mulher estaria imaginando?

– Mas o senhor não poderia abrir uma exceção? É realmente importante.

– Como assim, *importante*? Que relação a senhora tem com Robert Miller? – perguntei desconfiado. Na verdade, achei muito estranho fazer esse tipo de pergunta, mas a resposta que veio em seguida era mais estranha ainda.

– Bem, se eu soubesse exatamente... Sabe, eu li o livro dele... realmente um grande livro... e nele tem algumas coisas que... bem... eu gostaria de fazer algumas perguntas ao autor... e agradecer... Por assim dizer, ele salvou minha vida...

Fiquei perplexo ao telefone. Não havia dúvida de que essa mulher não batia muito bem da cabeça. Provavelmente era uma dessas leitoras extravagantes que, sem dó nem piedade, ficam no pé do autor e num entusiasmo excessivo escrevem coisas como: "Quero conhecê-lo *de todo jeito!*", "Você pensa exatamente como eu!" ou "Faça um filho comigo!"

Bem, admito que esse gênero de frases nas cartas dos leitores enviadas a Robert Miller – portanto, a mim – ainda não tinha acontecido. Mas já houvera algumas missivas entusiasmadas, que acabei "encaminhando". Em outras palavras, eu as lera e, com certa vaidade, como não consegui me decidir a simplesmente jogá-las fora, acabei enfiando-as no canto mais fundo do meu armário de metal.

– Bem – continuei –, fico realmente muito feliz. Mas mesmo assim não posso lhe dar o endereço de Miller. A senhora vai ter de se contentar comigo mesmo. De outro modo, não será possível.

– Mas o senhor disse que não recebeu minha carta. Como vai poder encaminhá-la? – perguntou a voz com um misto de rebeldia e desalento.

Eu queria ter sacudido aquela voz, mas vozes ao telefone têm a peculiaridade de, infelizmente, não poderem ser sacudidas.

– Madame... como é mesmo seu nome?

– Bredin. Aurélie Bredin.

– Madame Bredin – continuei, tentando me manter bem calmo –, assim que essa carta chegar à minha caixa de correspondência, eu a encaminharei para ele, combinado? Talvez não seja hoje nem amanhã, mas cuidarei disso. E agora, infelizmente, preciso encerrar nossa conversa. Tenho outras coisas para fazer, que, reconheço, embora não sejam tão importantes quanto a *sua carta*, certamente não podem deixar de ser feitas. Desejo-lhe um ótimo dia.

– Monsieur Chabanais?! – exclamou rapidamente a voz.

– Pois não – respondi mal-humorado.

– Mas o que vamos fazer se a carta tiver se extraviado? – A voz estava um pouco trêmula.

Nervoso, passei a mão pelos cabelos. Mentalmente, vi uma mulher de idade, com os cabelos desgrenhados e muito tempo livre, rabiscando um papel com dedos artríticos, linha após linha, e rindo baixinho.

– Nesse caso, cara madame Bredin, escreva outra carta. Sendo assim, *bonne journée.*

Por mim, pode escrever até cem cartas, pensei irritado, ao desligar o telefone. *Nenhuma delas chegará ao seu destino.*

❧

Mal eu desligara o telefone, a porta da minha sala se abriu e madame Petit apontou a cabeça na porta.

– Monsieur Chabanais! – disse em tom de crítica. – Monsieur Goldberg já tentou duas vezes falar com o senhor, mas sua linha estava sempre ocupada! Estou com ele na linha, posso...?

– Sim! – exclamei. – Pelo amor de Deus, sim!

Como sempre, meu amigo Adam era de uma serenidade budista.

– Já não era sem tempo – eu o repreendi, quando ele respondeu no telefone com um "Hi-Andy-how-is-it-going?".

– Onde você se meteu, afinal?! Você faz ideia do que está acontecendo aqui? Estou enlouquecendo e você não atende em nenhum dos seus malditos aparelhos. Como é que pode sua agência não ter ninguém? Está todo mundo no meu pé por causa desse imbecil do Miller. Senhoras ensandecidas ligam aqui pedindo o endereço dele. Monsignac quer uma leitura pública. O *Figaro*, uma reportagem. E você sabe o que vai acontecer se o velho descobrir que não existe nenhum Miller?! Posso colocar minhas coisas em caixas de papelão e ir embora!

Em algum momento, precisei respirar, e Adam aproveitou a ocasião para também dizer alguma coisa.

– *Calm down, my friend* – ele disse. – Tudo vai dar certo. Em primeiro lugar, fique calmo. E a qual das suas perguntas devo responder primeiro?

Resmunguei ao telefone.

– Bom... passei uns dias em Nova York, visitando algumas editoras. A Carol foi comigo e, ao mesmo tempo, a Gretchen teve o azar de ter uma intoxicação por causa de mexilhões, por isso não tinha ninguém na agência. Minha família aproveitou para ir a Brighton e ficar na casa da avó. A Emma estava com o celular particular, mas esqueceu o carregador. E meu celular de vez em quando não funciona, ou talvez o sinal estivesse ruim demais. Seja como for, sua mensagem chegou tão fragmentada e distorcida que não consegui entender o que está acontecendo. Lei de Murphy, bem clássica.

– Lei de Murphy? – perguntei. – Que papo é esse?

– Não é nenhum papo. O que tem de dar errado acaba dando errado – concluiu Adam. – Essa é a lei de Murphy. Mas não fique assim, Andy! Em primeiro lugar: você *não* vai ter de colocar suas coisas em caixas de papelão. E, em segundo: vamos dar um jeito nisso.

– Você quer dizer: você vai dar um jeito nisso – respondi. – Aliás, você vai ter de explicar para o seu simpático irmão dentista que ele terá de aparecer aqui em Paris para bancar o Robert Miller por dois dias. Afinal de contas, a ideia da foto foi sua. Eu não queria foto *alguma*, lembra? Mas você não podia se dar por satisfeito com seus detalhes idiotas. Foto, cachorro, casa de campo, humor. – Interrompi-me por um momento. – Vive com seu cachorrinho Rocky em uma casa de campo. *Rocky!* – Cheguei a cuspir a palavra. – Quem é que tem a ideia de chamar o próprio cachorro de Rocky? É completamente ridículo!

– Para um inglês, é absolutamente normal – afirmou Adam.

– Sei. Está bem! *Bon.* Como o seu irmão reage a esse tipo de coisa? Quero dizer... ele leva as coisas na brincadeira? Consegue se expressar? Você acha que ele vai conseguir parecer convincente?

– Oh... *well*... acho que sim... – explicou Adam, e ouvi uma ligeira hesitação em sua voz.

– O que foi? – interrompi. – Não vá me dizer que nesse meio-tempo seu irmão emigrou para a América do Sul.

– Ah, não! Meu irmão jamais entraria em um avião. – Adam voltou a se calar, mas não pareceu tão tranquilo como de costume.

– Sei... e então? – insisti.

– *Well* – disse ele. – Só tem um probleminha...

Gemi e me perguntei se nosso não autor inglês teria batido as botas.

– Ele não sabe do livro – disse Adam tranquilamente.

– *Como é que é?* – gritei, e em um romance as letras do meu grito apareceriam com um tamanho mínimo de 125 pontos. – Você não *contou* a ele? Quer dizer, isso é uma piada ou o quê? – perguntei, já fora de mim.

– Não, não é piada – disse Adam em poucas palavras.

– Mas você me contou que ele disse "how very funny"; essas foram as palavras dele!

– Bem, para ser sincero, essas foram as *minhas* palavras – esclareceu Adam arrependido. – Na época, não havia razão para contar tudo a ele. O livro nunca foi publicado na Inglaterra. E ainda que fosse... meu irmão não lê nada mesmo. No máximo, livros técnicos sobre o mais novo método de implantes.

– Santo Deus, Adam – eu disse. – Você realmente é muito cara de pau! E a foto? Quero dizer, é uma foto dele.

– Ah, não se preocupe! Sabe, agora o Sam está de barba, ninguém o reconheceria naquela foto.

Adam se recompôs. Mas eu não.

– Ah, que ótimo! *How very funny!* – exclamei nervoso. – E agora? Ele vai poder tirar essa barba? *Se* é que está pronto para participar de toda essa encrenca, já que você não lhe contou absolutamente nada dessa história? Ai, meu Deus! Ai, meu Deus! *C'est incroyable!** Bom. É isso. *Fini!* É melhor eu arrumar logo minhas coisas.

Meu olhar vagou pelas estantes cheias de livros e pelas pilhas de manuscritos que ainda deveriam ser examinados. Pelo grande cartaz da última exposição de Bonnard, no Grand Palais, que mostrava uma alegre paisagem do sul da França. Pela pequena estátua de bronze sobre minha mesa, que eu trouxera da Villa Borghese, em Roma, e que representava o momento da transformação da bela Dafne em uma árvore, quando fugia de Apolo.

Talvez eu também devesse me transformar em uma árvore, pensei, para fugir não de um deus, mas de um Jean-Paul Monsignac furioso.

– Você tem um olhar bom – dissera-me ele ao me contratar. – Um olhar franco e sincero. *Eh bien!* Gosto de pessoas que conseguem olhar no olho da gente.

---

* É inacreditável! (N. da T.)

Meu olhar continuou a vagar melancólico até a pequena e bela janela, com pinázios brancos e vidros duplos, pela qual eu podia ver o topo da Igreja de Saint-Germain por cima dos telhados de outros edifícios e, em dias primaveris, um pedaço de céu azul. Suspirei profundamente.

– Não fique assim, André – ouvi de longe a voz de Adam Goldberg.

– Vamos dar um jeito.

Pelo visto, "vamos dar um jeito" era seu lema de vida. Não o meu. Em todo caso, não naquele momento.

– O Sam está me devendo um favor – continuou Adam, sem dar atenção ao meu silêncio. – Ele realmente é um cara legal e vai colaborar se eu pedir, pode confiar. Vou ligar para ele ainda esta noite e explicar tudo, okay?

Calado, enrolei o fio do telefone no dedo.

– Quando vocês querem marcar? – perguntou Adam.

– No começo de dezembro – murmurei, observando meu dedo com o fio enrolado.

– Bom, então ainda temos mais de duas semanas! – exclamou Adam contente, e eu só pude me surpreender.

Para mim, o tempo era implacável. Para ele, era um aliado.

– Darei notícias assim que conseguir encontrar meu irmão. Não há motivo para enlouquecer – ele disse, tentando me acalmar. Em seguida, meu amigo inglês encerrou a conversa com uma pequena variação de sua frase preferida: – *Don't worry*. Vamos tirar *de letra*!

O restante da tarde se passou sem grandes emoções. Tentei terminar de ler a pilha de papéis que estava sobre minha mesa, mas não estava conseguindo muito bem.

Em algum momento, Gabrielle Mercier chegou com uma expressão séria para me comunicar que, após a leitura do romance italiano do *dono da sorveteria* (começo – meio – fim), monsieur Monsignac não viu nenhuma esperança de algum dia poder fazer do autor um Donna Leon.

– Um dono de sorveteria que escreve deve ser bem original, não? – dissera Monsignac com desdém. – Se quiser minha opinião, é uma prosa mediana. E nem sequer tem suspense! Um atrevimento exigir tanto dinheiro por uma coisa dessas. *Ils sont fous, les Américains!**

Foi o que depois também achou madame Mercier, que mais ou menos há vinte e cinco anos concordava com o editor, e assim se chegou a um consenso amigável de que o manuscrito podia ser recusado.

Por volta das cinco e meia, madame Petit entrou na minha sala com algumas cartas e contratos que deveriam ser assinados. Em seguida, desejou-me complacentemente uma boa noite e se despediu avisando que a correspondência do dia estava na secretaria.

– Está bem – eu disse, assentindo com humildade. Em dias bons, madame Petit trazia minha correspondência e a colocava pessoalmente sobre minha mesa. Depois, na maioria das vezes, me perguntava se eu queria um cafezinho ("Que tal um cafezinho, monsieur Chabanais?"). Quando estava brava comigo, como naquele dia, evidentemente eu não gozava desse duplo privilégio. Madame Petit era não apenas uma secretária imponente, com peitos enormes para os padrões parisienses. Era uma mulher de princípios.

Geralmente eu chegava por volta das dez horas à editora e ficava lá até sete e meia. O horário do almoço podia ser bem extenso. Sobretudo quando ia almoçar com algum autor, esse intervalo podia durar três horas. "Monsieur Chabanais est en rendez-vous",** dizia então madame Petit, atarantada quando alguém perguntava por mim. A partir das cinco, finalmente reinava a paz nas Éditions Opale, que antes disso era muito movimentada, e podia-se então trabalhar de verdade. O tempo voava, e quando eu tinha muita coisa para fazer podia acontecer de eu olhar para o relógio e já ser um pouco antes das nove. Naquele dia, decidi ir embora mais cedo. O dia fora estressante.

---

* Esses americanos são loucos! (N. da T.)

** O senhor Chabanais está em reunião. (N. da T.)

Desliguei o aquecedor antigo sob a janela, guardei o manuscrito de mademoiselle Mirabeau na minha velha pasta, puxei a cordinha de metal cor de latão que pendia da luminária da mesa e apaguei a luz.

– Por hoje, chega – murmurei e fechei a porta da sala atrás de mim. Mas no grande projeto da providência divina o meu dia ainda não estava no fim.

– Desculpe – disse a voz que à tarde consumira minha última gota de paciência. – Pode me dizer onde encontro o monsieur Chabanais?

Ela estava à minha frente, como se tivesse brotado do chão. Só que não se tratava de nenhuma octogenária rebelde que me atormentava com suas cartas supostamente perdidas. A dona da voz era uma mulher jovem e esbelta, que vestia um casaco de lã marrom-escuro e botas de camurça. No pescoço, trazia um cachecol enrolado displicentemente. Os cabelos, na altura dos ombros, oscilaram e reluziram como ouro à luz fraca do corredor, quando ela, hesitante, deu um passo em minha direção.

Com ar de interrogação, ela me olhou com seus olhos verde-escuros.

Era noite de quinta-feira, pouco antes das seis e meia, e tive um *déjà-vu* que num primeiro momento não consegui identificar.

Não me movi e fitei a figura de cabelos louro-escuros como se ela fosse uma aparição.

– Estou procurando o monsieur Chabanais – repetiu seriamente. E depois sorriu. Era como se um raio de sol se lançasse no corredor. – Sabe se ele ainda está aqui?

Meu Deus, eu conhecia aquele sorriso! Eu o vira havia cerca de um ano e meio. Era aquele sorriso incrivelmente encantador, com o qual a história do meu romance começava.

As histórias são mesmo uma coisa complicada. De onde os autores as tiram? Ficariam elas simplesmente escondidas dentro deles e com determinados acontecimentos seriam trazidas à tona? Será que os escritores as pegam no ar? Seguiriam o curso de vida de pessoas reais?

O que é verdadeiro, o que é inventado? O que existiu de fato e o que nunca existiu? A imaginação influenciaria a realidade? Ou seria a realidade que influenciaria a imaginação?

Certa vez, o ilustrador e cartunista David Shrigley disse: "Quando as pessoas me perguntam de onde tiro minhas ideias, digo que não sei. É uma pergunta boba. Pois, se eu soubesse de onde tiro minhas ideias, elas já não seriam minhas. Seriam as ideias de outra pessoa, e eu as teria roubado. As ideias não vêm de lugar nenhum e de repente estão na sua cabeça. Talvez venham de Deus ou de poderes obscuros, ou ainda de uma coisa completamente diferente".

Minha teoria é que se podem dividir as pessoas que escrevem romances e nos contam alguma coisa em três grandes grupos.

Umas escrevem sempre e apenas sobre si mesmas – e algumas delas pertencem aos grandes da literatura.

As outras têm um talento invejável para *inventar* histórias. Viajam de trem, olham pela janela e, de repente, têm uma ideia.

E, por fim, existem ainda aquelas que, por assim dizer, são os impressionistas entre os escritores. Seu talento está em *descobrir* histórias.

Andam de olhos bem abertos pelo mundo e colhem situações, estados de espírito e pequenas cenas como cerejas das árvores.

Um gesto, um sorriso, a maneira como alguém joga os cabelos ou amarra os sapatos. Registros de momentos por trás dos quais se escondem histórias. Imagens que se transformam em histórias.

Veem um casal de namorados passeando em uma noite tépida no Bosque de Bolonha e refletem aonde a vida o conduzirá. Sentam-se no café e observam duas amigas que conversam animadamente. Ainda não sabem que, em breve, uma trairá a outra com o namorado. Perguntam-se aonde estaria indo a mulher que se encontra sentada no metrô, com olhar triste e a cabeça encostada na janela.

Estão na fila da bilheteria do cinema e ouvem, por acaso, uma discussão incrivelmente engraçada entre a vendedora de ingressos e um casal de velhinhos que quer saber se *estudantes pagam meia* – melhor do que isso, ninguém consegue inventar! Veem a luz da lua cheia, que se derrama como uma poça de prata sobre o Sena, e seu coração se enche de palavras.

Não sei se é presunção de minha parte me chamar de autor. Afinal de contas, escrevi apenas um pequeno romance. Porém, se assim me considerasse, eu me colocaria, sem dúvida nenhuma, na última categoria. Também estou entre as pessoas que *descobrem* suas histórias.

E foi assim que, anteriormente, descobri a heroína de meu romance em um pequeno restaurante.

Ainda me lembro exatamente como foi. Naquela noite de primavera, eu caminhava sozinho por Saint-Germain, as pessoas já estavam sentadas do lado de fora dos restaurantes e dos cafés, e decidi passar por aquela ruazinha que raramente eu pegava. Minha namorada queria um colar de aniversário e me falara empolgada de uma joalheria minúscula da designer israelense Michal Negrin, que ficava na Rue Princesse. Descobri a loja, da qual saí pouco depois com um pacotinho colorido, em estilo retrô, e depois, sem estar absolutamente preparado, encontrei-a!

Ela estava atrás da janela de um restaurante que tinha o tamanho de uma sala, e conversava com um cliente sentado de costas para mim, a uma pequena mesa de madeira, com toalha quadriculada de vermelho e branco. A luz suave e amarelada brilhava em seus cabelos longos, repartidos ao meio, e foram esses cabelos, que oscilavam a cada movimento, que primeiro chamaram minha atenção.

Fiquei parado, absorvendo cada detalhe daquela jovem mulher. O vestido verde, simples e longo, de seda delicada, que ela usava de forma tão natural como uma deusa romana da primavera, e cujas alças largas deixavam os ombros e os braços à mostra. As mãos com dedos longos, que se moviam graciosamente quando ela falava.

Vi quando ela levou a mão ao pescoço e brincou com um colar de pérolas minúsculas e leitosas, que terminavam em uma grande gema antiga.

E depois ela levantou o olhar por um breve momento e sorriu.

Foi esse sorriso que me encantou e me encheu de alegria, embora não se dirigisse a mim. Fiquei em pé diante da janela, do lado de fora, como um *voyeur*, e não ousei respirar, de tão perfeito que me pareceu aquele momento.

Então a porta do restaurante se abriu, pessoas saíram rindo, e o momento tinha passado, a bela moça se virou e desapareceu, e eu continuei caminhando.

Nunca antes, e mesmo depois, eu comera no pequeno e agradável restaurante, cujo nome achei tão poético que não pude deixar de terminar meu romance nele, no Le Temps des Cerises.

Minha namorada ganhou seu colar cintilante. Pouco tempo depois, ela me deixou.

Mas o que me restou foi o sorriso de uma estranha, que me inspirou e me deu asas. Batizei-a de Sophie e enchi-a de vida. Fiz com que ela percorresse uma história de aventuras, inventada por mim.

E então, de repente, ela estava à minha frente, e eu me perguntava com toda a seriedade se era possível que uma personagem de romance pudesse ser de carne e osso.

– Monsieur? – A voz assumira um tom de preocupação, e, despertando do meu transe, retornei ao corredor das Éditions Opale, diante da porta fechada da minha sala.

– Me desculpe, mademoiselle – eu disse, esforçando-me para dominar minha perturbação. – Eu estava longe. O que disse?

– Eu gostaria de falar com o monsieur Chabanais, se for possível – ela repetiu.

– Bem... está falando com ele – respondi, e sua expressão de surpresa me revelou que ela também havia imaginado que o homem que poucas horas antes fora tão desagradável com ela ao telefone fosse diferente.

– Ah – disse ela, e seus olhos escuros e pequenos se voltaram para cima. – Então é o *senhor*! – e seu sorriso desapareceu.

– Sim, sou eu – repeti de maneira um tanto inocente.

– Então já nos falamos hoje à tarde por telefone – disse ela. – Sou Aurélie Bredin, lembra? Aquela da carta ao seu autor... o monsieur Miller. – Seus olhos verde-escuros me olharam com ar de repreensão.

– Sim, claro, me lembro. – Droga, os olhos dela eram lindos.

– O senhor deve estar surpreso por eu aparecer de repente, não? – disse ela.

O que eu deveria responder? O grau da minha surpresa havia ultrapassado milhares de vezes aquele que ela poderia imaginar. Realmente, era quase um milagre que Sophie, a heroína do meu romance, de repente aparecesse e me fizesse perguntas; que *ela* fosse a mulher da tarde, que queria que eu lhe desse o endereço do autor (que não existia!), porque o livro dele (ou seja, o meu livro!) supostamente teria salvado sua vida. Como eu poderia explicar isso a ela? Eu não estava entendendo mais nada e tive a sensação de que, no minuto seguinte, alguém saltaria do canto do corredor, com risadas triunfantes de televisão, para me gritar com uma alegria excessiva: "You are on Candid Camera, hahaha!"[*]

Então, continuei a fitá-la e esperei que meus pensamentos se organizassem.

– Bem... – ela pigarreou. – Como hoje, ao telefone, o senhor... – e fez uma pequena pausa dramática – ...estava tão impaciente e apressado, pensei que talvez fosse melhor passar aqui pessoalmente para saber da minha carta.

Essas palavras eu já conhecia. Que maravilha, fazia cinco minutos que ela estava ali e já estava falando como *maman*! Imediatamente, despertei da minha imobilidade catatônica.

– Ouça, mademoiselle, hoje tive um dia cheio. Mas *não* estava apressado nem impaciente!

Ela me olhou com ar pensativo, depois concordou com a cabeça.

– É verdade – disse. – Para ser sincera, o senhor estava *mal-humorado*. Até me perguntei se todos os revisores são assim, tão mal-humorados, ou se esta é uma especialidade sua, monsieur Chabanais.

---

[*] Candid Camera é um programa de TV americano de "pegadinhas". (N. do E.)

Sorri sem jeito.

– De modo algum. Aqui tentamos apenas fazer nosso trabalho e, infelizmente, às vezes somos incomodados, mademoiselle... – eu já tinha esquecido seu nome de novo.

– Bredin. Aurélie Bredin – e estendeu a mão para mim, voltando a sorrir.

Peguei sua mão e no mesmo instante me perguntei o que eu poderia fazer para segurá-la (e, se possível, não apenas a mão) por mais tempo que o necessário. Depois a soltei.

– Bem, mademoiselle Bredin, seja como for, fico feliz de agora poder conhecê-la pessoalmente. Não é todo dia que se conhecem leitoras tão engajadas.

– O senhor achou minha carta nesse meio-tempo?

– Ah, sim! Claro – menti, confirmando com um sinal de cabeça. – Estava quietinha na minha caixa de correspondência.

O que poderia ter acontecido? Ou a carta realmente ainda estava na caixa de correspondência, ou iria parar ali no dia seguinte ou no outro. E, mesmo que essa carta nunca aparecesse, o resultado seria o mesmo: a maravilhosa carta daquela leitora jamais chegaria a seu destinatário, e sim, na melhor das hipóteses, aterrissaria no fundo do meu armário de aço.

Sorri satisfeito.

– Então, pode encaminhá-la a Robert Miller? – disse ela.

– Mas claro, mademoiselle Bredin, fique tranquila. Sua carta está praticamente nas mãos do autor. Contudo...

Contudo? – repetiu inquieta.

– Contudo, no seu lugar, eu não esperaria muita coisa. Robert Miller é uma pessoa extremamente reservada, para não dizer *difícil*. Desde que a mulher o deixou, ele vive muito retirado em sua casa de campo. Ele se apegou muito ao cachorrinho... Rocky – inventei.

– Ah – disse ela. – Que triste.

Concordei, preocupado.

– É, realmente muito triste. Robert sempre foi meio diferente, mas agora... – suspirei profundamente e com convicção. – Estamos justamente tentando trazê-lo para Paris, para uma reportagem com o *Figaro*, mas tenho poucas esperanças.

– Que estranho, eu nunca poderia imaginar uma coisa dessas. O romance dele é tão... tão otimista e engraçado – disse ela, pensativa. – O senhor chegou a conhecer pessoalmente o monsieur Miller? – Pela primeira vez, ela me olhou com interesse.

– Bem... – pigarreei com ar de importante. – Acho que posso dizer que sou um dos poucos que *realmente* conhecem Robert Miller. Afinal, trabalhei muito com ele no livro, e ele me estima muito.

Ela pareceu impressionada.

– E ficou um livro incrível. – Em seguida, disse: – Puxa, eu gostaria muito de conhecer esse Miller. O senhor acha que existe alguma chance de ele me responder?

Dei de ombros.

– O que posso dizer, mademoiselle Bredin? Sinceramente, acho que não, mas também não sou Deus.

Ela brincou com as franjas do cachecol.

– Sabe... para falar a verdade, não se trata *exatamente* da carta de uma leitora. Demoraria muito explicar tudo para o senhor agora, monsieur Chabanais e, na verdade, o senhor também não tem nada a ver com isso, mas o monsieur Miller me ajudou em uma situação muito difícil, e eu gostaria muito de agradecer, entende?

Fiz que sim, e mal podia esperar para correr até minha caixa de correspondência e ler o que mademoiselle Aurélie Bredin tinha a dizer a monsieur Robert Miller.

– Bem, não há o que fazer a não ser esperar – concluí com a sabedoria de Salomão. – Como é mesmo a bela frase dos ingleses? Esperar e tomar chá.

Mademoiselle Bredin fez uma cara de estranho desespero.

– Mas eu não gosto nem um pouco de esperar – explicou.

– E quem é que gosta? – respondi benevolente, e tive a boa sensação de ter o total controle da situação. Nem em sonho poderia me ocorrer que, apenas poucas semanas mais tarde, eu seria aquele que, inquieto e desesperado, esperaria pela resposta decisiva de uma mulher de olhos verde-escuros e extremamente irritada, que determinaria a última frase de um romance. E, com isso, a minha vida!

– Posso lhe deixar meu cartão? – perguntou mademoiselle Bredin, tirando um pequeno cartão de visitas branco, com duas cerejas vermelhas, da carteira de couro. – Só para o caso de Robert Miller ainda vir a Paris. Talvez o senhor pudesse fazer a gentileza de me avisar – e me lançou um olhar que parecia conspiratório.

– Sim, vamos manter contato. – Admito que, nesse momento, não desejava outra coisa. Embora, por razões óbvias, eu preferisse deixar Robert Miller de fora. Para ser franco, já estava começando a odiar esse cara. Peguei o cartão e mal pude esconder minha surpresa. – Le Temps des Cerises – li à meia-voz. – Ah... a senhorita *trabalha* nesse restaurante?

– Sou *dona* desse restaurante – ela respondeu. – Conhece?

– Ahn... não... sim... não exatamente – balbuciei. Era preciso prestar atenção no que eu dizia. – Não é... não é o restaurante que aparece no romance do Miller? Nossa, haha, que coincidência!

– *Seria* mesmo uma coincidência? – Ela me olhou pensativa, e, em pânico por um momento, perguntei-me se ela saberia de alguma coisa. Não, era impossível! Totalmente impossível! Ninguém além de Adam e eu sabia que, na verdade, Robert Miller se chamava André Chabanais.

– *Au revoir*, monsieur Chabanais. – Ela me sorriu novamente, antes de se virar e partir. – Talvez, com a sua ajuda, eu logo descubra a resposta.

– *Au revoir*, mademoiselle Bredin. – Sorri igualmente e torci para que ela nunca descobrisse. Pelo menos não com a minha ajuda.

5

— **M**iller – disse Bernadette. – Miller... Miller... Miller. – Estava sentada com o tronco inclinado diante de seu computador e escreveu o nome Robert Miller. – Vamos ver o que o Google nos diz a respeito.

Era novamente segunda-feira e, no fim de semana, havia acontecido tanta coisa no restaurante que não eu tive tempo para me dedicar à minha ocupação preferida: procurar e encontrar Robert Miller.

Na sexta-feira, tivemos dois grandes eventos: um aniversário, no qual muito se cantou e brindou, e um grupo de executivos talvez ainda mais alegre, que aparentemente já estava celebrando a festa de Natal em novembro e não parecia ter pressa para ir embora.

Jacquie praguejou e suou, pois Paul, o *sous-chef*,* tinha ficado doente, e então ele era obrigado a cuidar de todos os assados.

Além disso, nenhum dos clientes queria o cardápio de peixe. Todos pediram *à la carte*, e Jacquie reclamou porque eu tinha comprado muito salmão, do qual ele agora não conseguia se livrar.

Mas eu estava com o pensamento bem longe, rodeando um inglês bonito e simpático, que talvez estivesse tão sozinho quanto eu.

– Imagine só: a mulher o deixou, e agora ele só tem o cachorrinho – eu dissera a Bernadette, ao ligar para ela na tarde de segunda-feira. Eu estava deitada no sofá, com o livro de Robert Miller na mão.

– Não, *chérie*! Esse é o baile dos corações solitários! Ele foi abandonado, você foi abandonada. Ele ama a culinária francesa, você ama a

---

* Auxiliar do chefe de cozinha. (N. da T.)

culinária francesa. E ele escreveu sobre seu restaurante e talvez até sobre você. Só posso dizer uma coisa: *Bon appétit!* – gracejou ela. – Ele já respondeu, seu triste inglês?

– Por favor, Bernadette – respondi, enfiando uma almofada embaixo da nuca. – Em primeiro lugar, ele não é *meu* inglês; em segundo, acho todas essas *coincidências* muito significativas; e, em terceiro, ele *pode* não ter recebido minha carta ainda. – Não pude deixar de me lembrar da conversa um tanto estranha que tivera alguns dias antes nas Éditions Opale. – Só posso esperar que aquele homem esquisito de barba realmente tenha enviado minha carta.

Por "aquele homem esquisito de barba" eu queria dizer monsieur Chabanais, que depois me pareceu cada vez menos confiável.

Bernadette riu.

– Você está se preocupando demais, Aurélie! Me dê um motivo para ele não enviar sua carta.

Pensativa, estudei a tela a óleo do lago Baical, que estava pendurada na parede da frente e que meu pai comprara muitos anos antes, em Ulan Bator, de um pintor russo, durante sua aventurosa viagem de trem transiberiano. Era uma imagem alegre e tranquila, que sempre gostei de apreciar. À margem, uma velha canoa balançava na água e, atrás dela, estendia-se o lago. Com águas límpidas e tranquilas, o lago jazia em uma paisagem primaveril de um pântano e me iluminava com seu azul imperscrutável. "É difícil imaginar", dissera meu pai, "mas este é o lago mais profundo da Europa."

– Não sei – respondi, e deixei o olhar deslizar pela superfície espelhada do lago, na qual havia um jogo de luz e sombra. – É só uma sensação. Talvez ele seja ciumento e queira proteger seu autor sagrado de todas as outras pessoas. Ou só de mim.

– Ah, Aurélie, que conversa é essa? Você é uma velha teórica da conspiração.

Sentei-me.

– Não sou, não. Aquele homem *estava* estranho. Primeiro se comportou como um cão de guarda ao telefone. Depois, quando falei com ele na editora, ficou me olhando como um alienado. No início, nem reagiu à minha pergunta; continuou a me olhar como se tivesse um parafuso a menos.

Bernadette estalou a língua, impaciente.

– Talvez ele só estivesse surpreso. Ou então teve um dia difícil. Santo Deus, Aurélie, o que você *esperava*? Ele não a conhece. Você diz uma porção de coisas a ele pelo telefone; depois, à noite, aparece sem avisar na editora, cai de paraquedas na frente do pobre homem, que já estava indo para casa, e pergunta sobre uma carta que para ele é uma carta qualquer de uma caçadora maluca de autógrafos que se acha muito importante. Acho até surpreendente que ele não tenha colocado você para fora. Imagine se todo leitor baixasse na editora para garantir pessoalmente que sua correspondência será encaminhada a diversos autores. Eu, por exemplo, *odeio* quando os pais aparecem de repente, sem avisar, depois da aula querendo saber em detalhes por que seu maravilhoso filho tem de fazer um trabalho extra.

Não pude deixar de rir.

– Tudo bem, tudo bem. Mesmo assim, estou feliz por ter conseguido falar pessoalmente com esse revisor.

– E é para ficar. Afinal, o monsieur cão de guarda ainda foi bem simpático na conversa que teve com você.

– Só para me esclarecer que, de todo modo, o autor não vai se manifestar porque é muito reservado, leva uma vida amargurada em sua casa de campo e não tem tempo para esse tipo de brincadeira – disparei.

– E vai até avisar quando Robert Miller vier para Paris – continuou Bernadette, sem se deixar impressionar. – O que mais você quer, mademoiselle insatisfação?

Pois é, o que mais eu queria?

Queria saber mais sobre esse inglês que parecia tão simpático e escrevia coisas tão maravilhosas. Essa era a razão pela qual, naquela manhã de segunda-feira, uma semana depois de tudo ter começado, eu estava sentada com Bernadette na frente do computador.

– Estou tão feliz por você não precisar ir à escola na segunda-feira e podermos nos encontrar! – eu disse, e um sentimento de gratidão me sobreveio quando vi minha amiga procurando para mim, com expressão concentrada, todos os Millers deste mundo.

– Hum, hum – fez Bernadette, colocando uma madeixa loura atrás da orelha e olhando atenta para a tela. – Droga, digitei errado! Não, não quero dizer Niller, mas M-i-l-l-e-r!

– Sabe, eu não conseguiria sair à noite como a maioria das pessoas; preciso ir para o restaurante. – Inclinei-me para ela, para também conseguir ler alguma coisa. – Se bem que... agora que o Claude foi embora, é claro que não seria nada mau ter alguma coisa para fazer à noite – continuei. – Essas noites de inverno podem ser bem solitárias.

– Se você quiser, podemos ir ao cinema hoje à noite – disse Bernadette. – Émile está em casa, então dá para eu sair. Teve notícias do Claude? – perguntou de repente.

Balancei negativamente a cabeça e fiquei grata por ela só ter dito "Claude" desta vez.

– Eu não esperava outra coisa daquele idiota – ela resmungou e franziu a testa. – Não dá para entender. Ele simplesmente sumiu do mapa. – Então sua voz voltou a ficar amigável. – Você sente falta dele?

– Bom – respondi, e eu mesma fiquei um pouco surpresa ao perceber quanto meu estado de espírito tinha melhorado desde aquele triste dia em que vaguei por Paris. – À noite é um pouco estranho ficar tão sozinha na cama. – Refleti por um momento. – Simplesmente é esquisito quando, de repente, ninguém mais abraça você.

Bernadette mostrou seu olhar de grande empatia.

– É, posso imaginar – ela disse, sem acrescentar logo em seguida que, naturalmente, não era a mesma coisa ser abraçada por um cara legal ou um idiota. – Mas quem sabe o que ainda vem pela frente? – Olhou para mim e piscou. – Agora você encontrou uma ótima distração. E aqui está ele: Robert Miller, doze milhões e duzentos mil registros. Nossa, quem diria!

– Ah, não! – Olhei incrédula para a tela. – Não é possível!

Bernadette clicou ao acaso em algumas entradas.

– Robert Miller: arte contemporânea. – E na tela se abriu uma imagem quadrada, feita de faixas de diversas cores. – Puxa, realmente *mui-*

to contemporânea! – Voltou a fechar a página. – E o que temos aqui? Rob Miller, jogador de rugby. Ui! Que esportivo! – Deslizou o cursor pela página. – Robert Talbot Miller, agente americano, era espião da União Soviética... Bom, esse não pode ser, porque já bateu as botas. – Deu risada. Pelo visto, a pesquisa estava começando a diverti-la. – Meu Deus! – exclamou então. – Robert Miller, ducentésimo vigésimo quarto lugar entre as pessoas mais ricas do mundo! Não quer pensar melhor, Aurélie?

– Assim não vamos adiante – respondi. – Você precisa colocar: "Robert Miller, escritor".

Mesmo assim, só com a entrada "Robert Miller, escritor", ainda havia seiscentas e cinquenta mil ocorrências, o que continuava sendo um verdadeiro desafio.

– Você não podia ter escolhido um autor com um nome mais original? – perguntou Bernadette enquanto fazia correr a primeira página que havia aberto. Nela havia de tudo: de um homem que publicava livros sobre treinamento de cavalos, passando por um professor que escrevera alguma coisa para a Oxford University Press sobre colônias inglesas, até um autor inglês com uma aparência realmente assustadora, que havia produzido um livro sobre a guerra dos bôeres.

Bernadette apontou a foto.

– Não pode ser este, não é?

Abanei enfaticamente a cabeça.

– Pelo amor de Deus, não! – exclamei.

– Seja como for, desse jeito não vamos adiante – disse Bernadette. – Como é mesmo o título do romance?

– *O sorriso das mulheres.*

– Bom... bom... bom. – Moveu os dedos sobre o teclado. – Aha! – exclamou então. – Aqui está ele: Robert Miller. *O sorriso das mulheres!* – e sorriu triunfante, enquanto eu prendia a respiração. – Robert Miller nas Éditions Opale... Ah, droga, só tem a página da editora... E esta aqui é a página da Amazon, mas também apenas para a edição francesa... Que estranho. Em algum lugar deveria ter o original inglês. –

Apertou novamente algumas teclas, depois balançou a cabeça. – Nada
– disse. – Aqui só tem informação sobre Henry Miller, *O sorriso ao pé
da escada*. Aliás, um bom livro, mas definitivamente não é o nosso homem.

Pensativa, ela bateu o indicador nos lábios.

– Nenhuma referência em nenhuma página da internet, nenhum
perfil no Facebook. Mister Miller permanece um mistério, pelo menos
na world wide web. Vai saber, talvez ele seja tão *old fashioned* que rejei-
ta qualquer modernidade. Mesmo assim, é estranho que o livro inglês
não possa ser encontrado. – Então ela desligou o computador e olhou
para mim. – Acho que não vou poder ajudar.

Recostei-me decepcionada. Supostamente, hoje em dia é possível
encontrar tudo com o auxílio da internet.

– E o que vamos fazer agora? – perguntei.

– Agora vamos fazer uma saladinha com queijo de cabra, ou melhor, *você* vai fazer para nós uma deliciosa *salade au chèvre*. Deve existir algum sentido mais profundo em ter uma amiga cozinheira, você
não acha?

Suspirei.

– Não lhe ocorre mais nada?

– Claro que sim – respondeu ela. – Por que você não liga para o cão
de guarda da editora e pergunta se o Robert Miller não tem uma página na internet e por que a edição inglesa do romance não pode ser
encontrada? – Ela estava em pé, na frente da escrivaninha, e foi para a
cozinha. – Não, não ligue – gritou ao abrir a porta da geladeira. – É
melhor mandar um e-mail para o coitado.

– Não tenho o e-mail dele – respondi e, contrariada, segui Bernadette até a cozinha. Ela fechou a geladeira e colocou um maço de folhas de alface na minha mão.

– Minha querida, isso realmente não é nenhum problema.

Desanimada, fitei as folhas, que também não podiam fazer nada.
Bernadette tinha razão. Obviamente, não era nenhum problema conseguir o e-mail de pessoas tão sem graça como André Chabanais, o revisor-chefe das Éditions Opale.

6

— **E**ntão, você acha estranho – murmurei estudando mais uma vez o e-mail que eu imprimira à tarde na editora. – Minha querida mademoiselle Aurélie, isso tudo é mais do que estranho.

Suspirando, coloquei o e-mail de lado e peguei novamente a carta, que já havia decorado e da qual eu gostava muito mais que aquela interpelação descortês e pouco encantadora.

As coisas estavam começando a se complicar; no entanto, não pude deixar de me surpreender com o fato de que a mesma pessoa era capaz de escrever cartas tão diferentes. Recostei-me em minha velha poltrona de couro, acendi um cigarro e joguei a caixa de fósforos do Deux Magots na mesinha de canto.

Já tinha tentado parar de fumar algumas vezes. A última havia sido na feira de livros, quando um grande estresse parecia ter chegado ao fim e minha vida reconquistava a tranquilidade.

No dia seguinte, eu conseguira deixar claro a Carmencita – uma agente literária portuguesa de sangue quente, que havia três anos, sempre que nos encontrávamos, me lançava olhares ardentes com seus olhos pretos e que, desta vez, me convidara para jantar e ir até seu hotel – que naquele momento eu estava farto de mulheres às quais eu podia dar colares de presente. Quando finalmente Carmencita se afastou amuada (não sem me fazer prometer que, no próximo ano, eu a convidaria para jantar), pensei que o maior desafio para o restante do ano seria dar conta de todos os manuscritos que eu havia encomendado na euforia da feira.

Porém, desde a última terça-feira, os maços azuis com os nocivos cigarros voltaram a ser meus companheiros de todas as horas.

Fumei os primeiros cinco antes de Adam ligar. Na quinta-feira, quando ele finalmente ligou, guardei os cigarros na primeira gaveta da minha mesa e decidi me esquecer de sua existência. Depois, à noite, aquela moça de olhos verdes apareceu diante de mim, e meus sentimentos caíram na confusão mais intensa que eu jamais experimentara. Vi-me em um sonho bonito, que, ao mesmo tempo, era um pesadelo. Eu tinha de me livrar da obstinada mademoiselle Bredin, antes que ela descobrisse a verdade sobre Robert Miller; entretanto, não havia nada que eu quisesse mais do que rever aquela mulher com aquele sorriso arrebatador.

Depois que mademoiselle Bredin desapareceu no fim do corredor, acendi um cigarro. Em seguida, precipitei-me até a secretaria, onde madame Petit reinava durante o dia, e remexi em minha gaveta verde de plástico até encontrar um envelope longo e branco, endereçado "Ao escritor Robert Miller". Ainda passei rapidamente a cabeça pela porta e espiei – só me faltava mademoiselle voltar e me flagrar abrindo correspondência alheia; depois, sem usar o abridor de cartas, rasguei apressadamente o envelope e dele tirei a carta manuscrita que, depois de alguns dias em meu apartamento, passou pelos mais diferentes cômodos e foi lida diversas vezes.

Paris, novembro

Dear Robert Miller!

O senhor me tirou o sono esta noite, e por isso gostaria de lhe agradecer! Acabei de ler seu livro O sorriso das mulheres. Ler não é bem o termo. Devorei esse romance, que é tão maravilhoso e que só ontem à noite (quando eu, digamos assim, estava fugindo da polícia) foi cair por acaso em minhas mãos em uma pequena livraria. Com isso, quero dizer que não procurei por seu livro. Minha grande paixão é cozinhar, não ler. Normalmente. Mas seu livro me arrebatou, me entusiasmou, me fez rir; é, ao mesmo tempo, leve e cheio de sabedoria de vida. Resumindo: seu livro me fez feliz em um dia em que eu estava triste como nunca estivera antes (decepção amorosa, tristeza profunda), e o fato de eu tê-lo descoberto justamente nesse momento (ou teria sido ele a me descobrir?) é, para mim, um golpe do destino.

Talvez isso lhe soe estranho, mas assim que li a primeira frase, intuí que esse romance teria para mim um significado totalmente especial. Não acredito em coincidências.

Caro monsieur Miller, antes que pense que está lidando com uma louca, gostaria que soubesse de algumas coisas.

O Le Temps des Cerises, que aparece com tanta frequência em seu livro e que o senhor descreve com tanto carinho, é meu restaurante. E sua Sophie sou eu. A semelhança é, no mínimo, surpreendente, e se olhar a foto que mando anexada, vai entender o que quero dizer.

Embora eu não saiba qual a relação entre todos esses fatos, naturalmente me pergunto se já nos encontramos, mas não consigo me lembrar. O senhor é um autor inglês bem-sucedido, e eu sou uma cozinheira francesa, que tem um restaurante desconhecido em Paris. Como nossos caminhos teriam se cruzado? O senhor poderá imaginar que todas essas "coincidências", que de alguma maneira não poderiam ser definidas como tais, não têm me dado sossego.

Escrevo-lhe na esperança de que talvez o senhor me forneça alguma explicação. Infelizmente, não tenho seu endereço e só posso alcançá-lo pelo intermédio da editora. Para mim, seria uma honra poder convidar o homem que escreve livros como esse, e ao qual me sinto tão grata, para um jantar no Le Temps des Cerises.

Pelo que pude perceber por seu currículo, bem como por seu romance, o senhor gosta muito de Paris, e creio que vem com frequência para cá. Eu ficaria muito feliz se pudéssemos nos conhecer pessoalmente. Talvez assim esse enigma se resolva. Imagino que, desde a publicação de seu livro, certamente o senhor recebeu muitas cartas entusiasmadas, e também sei que não deve ter tempo para responder a todos os leitores. Porém, acredite, não sou uma leitora qualquer. Para mim, O sorriso das mulheres foi um livro muito especial em todos os sentidos, um livro que o destino pôs em meu caminho. E é com um misto de profunda gratidão, grande admiração e impaciente curiosidade que lhe envio esta carta.

Ficaria extremamente feliz se recebesse uma resposta sua, e nada mais posso desejar além da confirmação para um jantar no Le Temps des Cerises.

Com os mais sinceros votos,
Aurélie Bredin

P.S: Diga-se de passagem, é a primeira vez que escrevo a um autor. Não estou habituada a convidar senhores estranhos para jantar, mas penso que, com um gentleman inglês, como considero ser o seu caso, minha carta está em boas mãos.

Após a primeira leitura dessa carta, deixei-me cair na cadeira de madame Petit e fumei um segundo cigarro.

Preciso confessar: se eu fosse Robert Miller, me acharia um cara com uma tremenda sorte. Não teria hesitado nem por um segundo em responder a essa carta, que era muito mais que uma simples correspondência de leitor. Ah, eu adoraria aceitar o convite da bela cozinheira para um *dîner à deux** (o convite soava atraente) em seu restaurante

---

* Jantar a dois. (N. da T.)

e talvez até para outras coisas (que eu imaginava ainda mais atraentes).

Mas, infelizmente, eu era apenas André Chabanais, um revisor-chefe mediano, ilustre desconhecido, que *fingia* ser Robert Miller, esse grande escritor, espirituoso e no entanto profundo, que se inscrevia no coração de mulheres lindas e infelizes.

Traguei o cigarro e observei minuciosamente a fotografia que Aurélie Bredin anexara à carta. Nela, estava com aquele vestido verde (aparentemente, era seu preferido), os cabelos soltos sobre os ombros, e sorria com expressão apaixonada para a câmera.

E mais uma vez seu sorriso não era para mim. Quando a foto fora feita, ela devia estar sorrindo para outro, provavelmente para o sujeito que mais tarde partiu seu coração (decepção amorosa, tristeza profunda). E, quando a colocara no envelope, sua intenção era sorrir para Robert Miller. Se soubesse que seria eu (e não seu gentleman inglês) que, logo depois e sem hesitar, guardaria sua foto na carteira, ela já não sorriria de modo tão sedutor, disso eu tinha certeza.

Apaguei o cigarro, joguei a bituca no cesto de lixo e coloquei a carta e o envelope na minha pasta.

Quando finalmente deixei a editora, depois desse dia tão cheio de acontecimentos, as filipinas do serviço de faxina, que à noite limpavam as salas e cuidavam do lixo, vieram sorrindo e tagarelando em minha direção.

– Oooh, missju Zabanais trabalhar tanto! – exclamaram alegres e, pesarosas, abanaram a cabeça.

Também meneei a cabeça, embora mais ausente do que alegre. Já estava mesmo na hora de ir para casa. Fazia frio, mas não chovia quando desci a Rue Bonaparte e me perguntei por que mademoiselle Bredin estaria fugindo da polícia. Ela não parecia ser o tipo de pessoa que roubasse camisetas no Monoprix. E o que quis dizer com "digamos assim"? Teria a proprietária do Le Temps des Cerises sonegado impostos? Ou seria o policial, do qual ela estava fugindo ao entrar na livraria em que descobrira meu livro, seu namorado, um tira violento, com quem ela tivera uma terrível briga e que passara a segui-la?

No entanto, a pergunta mais importante me ocorreu quando digitei o código do portão do prédio em que eu morava, na Rue des Beaux-Arts.

Como se conquista o coração de uma mulher que meteu na cabeça que quer conhecer um homem que admira e que acredita estar ligado a ela pelo destino? Um homem que, por ironia do destino, na verdade não existe. Um espírito que não se desgarra, evocado por dois aprendizes de feiticeiro muito inventivos, que se acharam muito espertos e trabalham em um ramo que vende sonhos.

Se eu tivesse lido essa história em um romance, teria me divertido muito. Porém, quando se é obrigado a fazer o papel de herói cômico em uma história, ela já não tem tanta graça.

Abri a porta do apartamento e acendi a luz. O que eu precisava era de uma ideia genial, que infelizmente eu ainda não tinha. Mas de uma coisa eu sabia muito bem: Robert Miller, esse perfeito gentleman inglês, com sua maldita casa de campo, que escrevia de modo incrivelmente espirituoso e engraçado, nunca jantaria com Aurélie Bredin. Mas talvez, se eu fosse hábil, um francês muito mais simpático, chamado André Chabanais, que morava de aluguel em um apartamento na Rue des Beaux-Arts, sim.

Poucos minutos depois, esse simpático francês ouviu sua secretária eletrônica, na qual se encontrava gravada uma mensagem repreensiva de sua mãe, que o mandava atender o telefone de uma vez por todas.

– André? Sei muito bem que você está em casa, *mon petit chou*. Por que não atende? Vem almoçar no domingo? De vez em quando, você bem que podia cuidar da sua velha mãe. Estou entediada. O que devo fazer o dia inteiro? Nem sempre consigo ler livros – resmungou, e já comecei a procurar, nervoso, pelo maço de cigarros no bolso do casaco.

Em seguida, ouvi a voz de Adam.

– *Hi*, Andy, sou eu! E aí, tudo bem? Olha, meu irmão está em um congresso de odontologia em Sant'Angelo e volta no domingo. Ha... ha... ha..., esses médicos têm uma vida, não é?

Ele riu despreocupadamente, e me perguntei se tinha percebido que o tempo estava correndo. Será que seu irmão não tinha celular? Será que em Sant'Angelo (afinal, onde ficava isso?) não havia telefone? O que estava acontecendo?

– Pensei que talvez fosse melhor eu ligar para o Sam quando ele já estivesse em casa, com a cuca fresca – esclareceu Adam logo em seguida. – *Anyway*, volto a ligar para você quando tiver conversado com o Sam. No fim de semana estaremos na casa de amigos em Brighton, mas você pode me achar, como sempre, pelo celular.

Eu disse:

– Sim, sim, claro, pelo celular, como sempre – e acendi outro cigarro.

– Bom, então, fique bem e...

Levantei a cabeça.

– André, não se preocupe, meu amigo. Vamos conseguir levar o Sam a Paris.

Balancei a cabeça, resignado, e fui para a cozinha ver o que havia na geladeira. Até que o panorama não era ruim. Encontrei um pacote de vagens frescas, que cozinhei rapidamente em água e sal, e fritei um bom *steak* para acompanhar. Inglês, naturalmente.

Depois de comer, sentei-me à mesa redonda da sala com uma taça de Côtes du Rhône e uma folha de papel e passei a me dedicar às minhas reflexões estratégicas no caso Aurélie Bredin (= A.B.). Duas horas mais tarde, havia colocado no papel as seguintes considerações:

1. Robert Miller ignora a carta e *não* a responde → De início, provavelmente A.B. irá se dirigir a seu contato na editora para saber o que acontece com o autor. André Chabanais (= A.C.) diz que o autor não quer contato e não dá mais informações → A.B. insiste e, em algum momento, acaba perdendo o interesse → Também perde o interesse em A.C. como possível intermediador.

2. Robert Miller não responde à carta, mas A.C. oferece sua ajuda
→ Com isso, cai nas graças de A.B. Contudo, os pensamentos de
A.B. são desviados para a direção errada, ou seja, para o autor,
e não para o revisor. Será que, no final, ele realmente conseguirá
ajudá-la? Não, pois não existe nenhum Robert Miller → A.C. precisa ganhar tempo para mostrar a A.B. o cara legal que ele é. (E
que, na realidade, idiota é o inglês, mas isso de modo totalmente casual!)

3. Robert Miller responde com palavras gentis, mas, a princípio, va-
gas → A chama continuará acesa. O autor faz menção a seu maravilhoso revisor (A.C.) e espera ir a Paris em breve, mas não
sabe se um encontro será possível, por causa dos vários compromissos.

4. A.C. planeja alguma coisa. Pergunta a A.B. se ela gostaria de acom-
panhá-lo em um encontro que tinha marcado com Miller (um jantar?)
→ Ela quer e fica agradecida. Obviamente, não aparece autor nenhum, que teria desmarcado na última hora → A.B. fica zangada
com o autor. A.C. diz que, infelizmente, ele não é nada confiável
→ A.B. e A.C. passam uma noite extraordinária, e A.B. percebe
que, na verdade, gosta mais do simpático revisor que do complicado autor.

Balancei a cabeça satisfeito ao reler o item quatro. Para o começo,
aquela não era uma má ideia. Se realmente era genial, o tempo diria.
Contudo, ainda havia algumas questões em aberto:

1. Será que Aurélie Bredin merecia todo aquele teatro? *Sim, absolutamente!*
2. Poderia saber da verdade algum dia? *Não, absolutamente!*
3. E se Sam Goldberg viesse de fato a Paris como Robert Miller, a fim
de dar uma entrevista ou fazer uma leitura da obra, e A.B. ficasse
sabendo?

Àquela hora, mesmo com a mais boa vontade, a essa última pergunta já não me ocorreu nenhuma resposta. Levantei-me, esvaziei o cinzeiro (com cinco cigarros) e apaguei a luz. Estava morto de tão cansado e, naquele momento, a pergunta mais urgente era: O que aconteceria se Robert Miller *não* viesse a Paris?

Na manhã de sexta-feira, monsieur Monsignac já me aguardava em minha sala.

– Ah, meu caro André, finalmente você chegou. *Bonjour, bonjour!* – exclamou cheio de iniciativa, balançando-se para frente e para trás em seus sapatos de couro marrom. – Deixei o manuscrito de uma autora jovem e muito bonita em cima da sua mesa. Ela é filha do último ganhador do Goncourt, que é muito amigo meu, e eu gostaria de pedir para que você, excepcionalmente, dê uma olhada *rápida* no texto.

Tirei o cachecol do pescoço e fiz que sim. Em todo o tempo que estava nas Éditions Opale, monsieur Monsignac nunca me pedira para não devolver um trabalho rapidamente. Dei uma olhada no manuscrito da filha do ganhador do Goncourt, que estava em uma pasta transparente e trazia o título elegíaco *Confessions d'une fille triste* (Confissões de uma moça triste). Tinha no máximo cento e cinquenta páginas e, provavelmente, bastariam cinco para o leitor se sentir mal com a habitual autoadmiração narcisista que hoje em dia costuma ser oferecida como literatura importante.

– Tudo bem, dou uma resposta hoje até o meio-dia – eu disse, e pendurei meu sobretudo no pequeno armário ao lado da porta.

Monsignac tamborilou os dedos em sua camisa listrada de azul e branco. Não era exatamente baixo, mas media cerca de duas cabeças a menos que eu e era consideravelmente mais gordo. Apesar de sua estatura, sabia se vestir. Odiava gravatas, usava sapatos feitos à mão e cachecóis com estampa paisley e, apesar de sua corpulência, parecia extremamente ágil e flexível.

– Ótimo, André – ele disse. – Sabe, gosto disso em você. É incrivelmente despretensioso. Não fica inventando história, não faz nenhuma pergunta desnecessária, simplesmente *faz* o que tem de fazer. – Olhou para mim com seus radiantes olhos azuis e deu um tapinha em meu ombro. – Você ainda vai longe. – Então completou, dando uma piscada de olho. – Caso esse texto seja uma porcaria, escreva apenas algumas frases construtivas, você já sabe: a autora tem muito potencial e nos deixa ansiosos para saber qual será seu próximo livro etc. etc., depois recuse gentilmente.

Fiz que sim e contive um sorriso. Em seguida, com pressa, Monsignac se virou mais uma vez e disse a frase que eu já esperava.

– E aí? Tudo certo com o Robert Miller?

– Estou tratando com o agente, Adam Goldberg, e ele está bastante confiante – respondi.

Certa vez, o velho monsieur Orban (aquele que recentemente caíra da árvore ao colher cerejas) me dera um conselho: "Quando mentir, permaneça o mais próximo possível da verdade, rapaz; assim, é bem provável que acreditem em você", dissera ele quando, depois de não ir à aula em uma tarde maravilhosa, eu quis contar à minha mãe as mentiras mais estapafúrdias.

– Ele disse que vamos conseguir trazer o Miller – continuei destemido, e minha pulsação se acelerou. – No fundo, falta apenas um... hã... ajuste. Acho que na segunda-feira vou ter mais detalhes.

– Ótimo... ótimo... ótimo.

Jean-Paul Monsignac passou pela porta com expressão satisfeita, e remexi em meu bolso. Depois de uma pequena dose de nicotina (três cigarros), fui me acalmando aos poucos. Abri a janela e deixei o ar limpo e frio entrar.

O manuscrito era uma versão bem pobre de Françoise Sagan. Uma jovem que não sabe direito o que realmente quer (e cujo pai é um famoso escritor) vai para uma ilha no Caribe, onde tem experiências sexuais com um negro nativo (que passa o tempo todo ligadão). Fora isso, não havia nenhuma ação digna de nota. A cada dois parágrafos, lia-se uma descrição do estado de espírito da heroína, que, na verdade, não interessava a ninguém, nem mesmo ao amante caribenho. No final, a jovem vai embora da ilha, a vida continua à sua frente como um grande ponto de interrogação, e ela não sabe por que está tão triste.

Eu também não sabia. Se, quando jovem, eu tivesse tido a possibilidade de passar oito semanas incríveis em uma ilha de·sonho, me divertindo em todas as posições e em praias de areia branca com uma beldade caribenha, não ficaria deprimido, e sim, provavelmente, enlouqueceria de tão feliz. Talvez me faltasse a profundidade necessária.

Formulei uma recusa cuidadosa e fiz uma cópia para monsieur Monsignac. Ao meio-dia, madame Petit trouxe a correspondência e me perguntou desconfiada se eu tinha fumado.

Olhei para ela com expressão inocente e levantei as mãos.

– O senhor *fumou*, monsieur Chabanais – disse ela ao avistar o pequeno cinzeiro que estava sobre a mesa, atrás da minha caixa de correspondência. – Até na *minha* sala o senhor fumou, senti muito bem o cheiro quando entrei hoje de manhã – e balançou a cabeça, com ar de desaprovação. – Não comece outra vez, monsieur Chabanais, faz *tão* mal à saúde, o senhor sabe disso!

Sim, sim, sim, eu sabia de tudo. Fumar faz mal à saúde. Comer faz mal à saúde. Beber faz mal à saúde. Em algum momento, tudo o que dá prazer faz mal à saúde ou engorda. Preocupação demais faz mal à saúde. Trabalho demais faz mal à saúde. No fundo, passamos a vida toda na corda bamba e, no final, caímos da escada enquanto colhemos cerejas, ou somos atropelados por um automóvel quando estamos a caminho da padaria, como a zeladora no romance *A elegância do ouriço*.

Concordei em silêncio. O que mais poderia dizer? Ela estava certa. Esperei até madame Petit sair da sala, depois bati pensativo no maço para pegar outro cigarro, recostei-me e, alguns segundos depois, fiquei observando os pequenos anéis brancos de fumaça que eu soltava se desfazerem lentamente no ar.

Desde que madame Petit me condenou por ter fumado na sala, aconteceram outras coisas inquietantes que lamentavelmente impediram que eu levasse uma vida saudável. Talvez o momento mais salutar e menos preocupante tenha sido o almoço de domingo na casa de *maman*, em Neuilly. Na ocasião, eu não quis dizer que um prato cheio de chucrute, acompanhado de carne gorda de porco e linguiça (minha avó materna era da Alsácia, por isso, para *maman*, chucrute nunca podia faltar), é a melhor maneira de alimentar o próprio corpo. A "surpresa" que *maman* me anunciara ao telefone tampouco fez com que o almoço em cerâmica alsaciana se tornasse um verdadeiro divertimento para mim. Ela havia convidado sua irmã, sempre adoentada, e uma prima querida (querida dela, não *minha*) e tagarela, que tinha problemas de audição e por isso falava muito alto. O chucrute caiu como uma pedra no meu estômago, e as três senhoras, que se referiam alternadamente a este homem feito, de trinta e oito anos e 1,85 metro de altura, como *mon petit boubou* ou *mon petit chou* (meu repolhinho), eram de enlouquecer. Tirando isso, tudo correu como sempre, só que multiplicado por três.

Perguntaram-me se eu tinha emagrecido (Não!), se não ia casar logo (Assim que a moça certa aparecer), se *maman* ainda podia esperar pelos netinhos, que depois ela iria entupir de chucrute (Mas claro, já estou ansioso por isso), se no trabalho estava indo tudo bem (Sem dúvida, está tudo correndo da melhor maneira). Entre uma pergunta e outra, insistiram repetidas vezes para que eu "comesse mais um pouquinho" ou contasse "alguma novidade".

– Conte alguma novidade, André!

Três pares de olhos me encaravam ansiosos, como se eu fosse uma espécie de programa de rádio de domingo. Essa pergunta sempre me cansava muito. Não podia contar as verdadeiras novidades da minha vida (ou será que alguém àquela mesa compreenderia que eu estava extremamente nervoso por ter assumido uma segunda identidade como autor inglês e que as coisas podiam sair do controle?), então comecei a falar do último cano rompido no meu velho prédio, e até foi bom, pois a capacidade de concentração do trio de senhoras não aguentava mais que isso (talvez o que eu contasse a meu respeito também não fosse suficientemente empolgante). Em todo caso, logo fui interrompido pela prima que ouvia mal com um sonoro "*Quem* morreu?" (na verdade, ela repetiu essa frase mais cinco vezes durante o almoço, suponho que sempre quando não conseguia acompanhar o desenrolar da conversa), e, assim, passaram para assuntos mais interessantes (flebite, consultas médicas, reformas da casa, jardineiros que trabalham mal ou faxineiras desleixadas, concertos de Natal, enterros, programas de perguntas e respostas, o destino de vizinhos e figuras de um passado bem remoto, que eu desconhecia), antes de, finalmente, o queijo e as frutas serem servidos.

A essa altura, meu estômago e eu já estávamos tão saturados que pedi licença por um momento e fui fumar (três cigarros) no jardim.

Na noite de domingo para segunda, revirei-me na cama, embora eu tenha tomado três comprimidos mastigáveis contra azia (o queijo de cabra e o camembert me deram o golpe de misericórdia), e tive pesadelos horríveis com o irmão de Adam, o bonitão autor de best-sellers, que estava em seu consultório high-tech, deitado em uma maca com uma mademoiselle Bredin seminua, que começou a gemer de paixão, enquanto eu, imobilizado (e também gemendo), estava sentado em uma cadeira de dentista e tinha os dentes arrancados por uma auxiliar.

Quando acordei, molhado de suor, estava tão atônito que queria fumar outro cigarro no mesmo instante.

Mas isso tudo era um divertimento inofensivo perto das preocupações que me aguardavam na segunda-feira.

De manhã, Adam ligara na editora com a notícia de que inicialmente seu irmão ficara indignado, mas depois entendera a gravidade do caso Miller e estava pronto para colaborar. ("He took it like a man",* foi o comentário bem-humorado de Adam.)

Contudo, os conhecimentos de Sam sobre a França tinham suas limitações naturais; afinal, ele era tudo, menos alguém que gostasse de livros, e também era limitado no que se referia a carros antigos.

---

* Ele agiu como homem. (N. da T.)

– Bom, acho que antes vamos ter de dar umas boas instruções a ele – disse Adam. – Para a leitura em público, você pode preparar as passagens adequadas para ele poder treinar.

Quanto a tirar a barba, bem, Adam teria de melhorar um pouco seu trabalho de persuasão.

Nervoso, puxei a gola rulê do meu pulôver, que repentinamente começou a apertar meu pescoço. Naturalmente, fiz Adam considerar que seria vantajoso se *Robert Miller* se parecesse com o Robert Miller (da fotografia) e o *dentista* se parecesse com o dentista. Toda essa questão já era complicada o suficiente.

– Sim, claro – disse Adam –, vou fazer o possível. – Depois me disse uma coisa que logo me fez pegar o cigarro. – Aliás, o Sam gostaria de ir a Paris já na próxima segunda-feira; quer dizer, ele *só pode* nesse dia.

Fumei o mais rápido que pude.

– Você enlouqueceu? – gritei. – Como é que isso pode dar certo?

A porta da sala se abriu silenciosamente, e mademoiselle Mirabeau postou-se à soleira com um olhar de interrogação e uma pasta transparente.

– *Agora não!* – gritei irritado e acenei com a mão. – Santo Deus, não fique me olhando com essa cara de boba! Não está *vendo* que estou ao telefone? – sibilei para ela.

Olhou-me assustada. Então, seu lábio inferior começou a tremer, e a porta se fechou tão silenciosamente quanto havia sido aberta.

– Mas ele não está indo *agora* – disse Adam para me tranquilizar quando voltei ao telefone. Segunda-feira seria perfeito. Eu sairia daqui com ele no domingo, e ainda poderíamos conversar com toda a calma.

– Perfeito, perfeito – bufei. – Já é daqui a duas semanas! Um evento como esse precisa ser preparado. Como vamos conseguir?

– *It's now or never** – resumiu Adam. – Agora, tente ficar um pouco feliz por ter dado certo.

---

* É agora ou nunca. (N. da T.)

– Mas estou muito feliz – respondi. – Ainda bem que não vai ser amanhã.

– Qual o problema? Pelo que entendi, o *Figaro* já está a postos. E, quanto à leitura, talvez seja melhor mesmo fazer em um espaço pequeno. Ou você prefere que seja na Fnac?

– Não, claro que não – respondi. Quanto menos atenção chamássemos, melhor. Todo esse caso tinha de ser apresentado da maneira mais discreta possível. Na segunda-feira, daqui a duas semanas! Gelei. Com as mãos trêmulas, apaguei o cigarro. – Cara, estou me sentindo mal.

– Por quê? Está tudo correndo bem – respondeu Adam. – Provavelmente você não se alimentou direito no café da manhã. – Mordi o punho. – Torradas, ovos fritos e bacon, e um homem está preparado para enfrentar o dia – me ensinou meu amigo inglês. – Isso que vocês comem no café da manhã é coisa para gente mole! Imagine, torradinhas e *croissants*! Não dá para ficar de pé assim!

– Não vamos generalizar agora, certo? – respondi. – Senão, sou eu que vou lhe dizer umas coisinhas sobre a culinária inglesa.

Não era a primeira vez que eu discutia com Adam por causa das vantagens e desvantagens da nossa cultura alimentar.

– Não, por favor, não! – Pude logo imaginar o sorriso irônico de Adam. – Prefiro que me diga que concorda com a data, antes que meu irmão mude de ideia.

Respirei fundo.

– *Bon*. Vou falar agora mesmo com nosso departamento de relações públicas. Por favor, faça com que seu irmão saiba ao menos do que trata o romance quando ele vier.

– Pode deixar.

– Ele gagueja?

– Ficou louco? Por que gaguejaria? Fala normalmente e tem dentes muito bonitos.

– Isso me tranquiliza. E, Adam... mais uma coisa.

– O quê?

– Seria bom se o seu irmão pudesse tratar esse assunto com a máxima discrição. Ele não deve contar a ninguém por que está vindo com você a Paris. Nem aos seus bons e velhos amigos do clube, nem ao vizinho e, de preferência, nem mesmo à sua mulher. Uma história como essa se espalha mais rápido do que a gente imagina, e o mundo é pequeno.

– Não se preocupe, Andy. Nós, ingleses, somos *muito discretos*.

Ao contrário do que eu temia, Michelle Auteuil ficou extremamente contente ao ouvir que Robert Miller já queria vir logo a Paris.

– Como conseguiu isso tão depressa, monsieur Chabanais? – perguntou surpresa e realizou um verdadeiro *tremolo* com sua caneta. – Pelo visto, o autor não é tão difícil como o senhor dizia! Vou falar agora mesmo com o pessoal do *Figaro* e já sondei duas pequenas livrarias. – Puxou seu arquivo de fichas e as folheou. – Que bom que finalmente deu certo e... quem sabe? – Sorriu para mim, e seus brincos pretos em forma de coração balançaram animadamente junto a seu pescoço fino. – Talvez na primavera possamos fazer uma viagem com a imprensa para a Inglaterra, uma visita à casa de campo de Robert Miller! O que acha?

Meu estômago se contorceu.

– Ótimo – respondi, e imaginei como devia se sentir um agente duplo. Decidi fazer o bom Robert Miller morrer tão logo terminasse sua programação em Paris.

Com o antigo Corvette, na descida de uma ladeira não pavimentada. Fratura no pescoço. Que trágico! Ele ainda era tão jovem! Restou apenas o cachorrinho. Que felizmente não podia falar. Nem escrever. Talvez, como fiel consultor de Miller e leitor generoso, eu pudesse cuidar do pequeno Rocky.

Por trás da testa branca de Michelle Auteuil, via-se que ela refletia.

– Ele vai escrever mais? – perguntou ela.

– Ah, creio que sim – apressei-me em responder. – Só que ele sempre precisa de um prazo longo, sobretudo por causa do seu hobby, que lhe toma muito tempo. A senhora sabe, ele vive entretido com aqueles carros antigos. – Agi como se também estivesse refletindo. – Acho que ele levou... uns sete anos para escrever o primeiro romance. Isso mesmo. Quase como John Irving. Só que pior.

Sorri satisfeito, e deixei madame Auteuil perturbada em sua sala. A ideia de fazer Miller morrer me fascinou. Seria minha salvação.

Porém, antes que eu pudesse fazer com que o gentleman britânico morresse, ele ainda me prestaria um pequeno serviço amoroso.

Recebi o e-mail de Aurélie Bredin às 17h13. Pelo menos até então, eu não fumara nenhum cigarro. Curiosamente, quase fiquei com a consciência pesada ao abri-lo. Afinal, eu tinha lido a carta que ela escrevera com tanta confiança a Robert Miller. E andava com sua foto na minha carteira, sem que ela soubesse.

Obviamente, nada disso era correto. Mas tampouco era errado. Pois quem mais, a não ser eu, poderia abrir a correspondência do autor?

O assunto da mensagem me deixou ligeiramente inquieto.

Assunto: Perguntas sobre Robert Miller!!!

Suspirei. Três pontos de exclamação não prometiam nada de bom. Antes de ler o restante da mensagem, tive o mau pressentimento de que não poderia responder a contento às perguntas de mademoiselle Bredin.

Prezado monsieur Chabanais,

Hoje é segunda-feira e, desde nosso encontro em sua editora, já se passaram alguns dias. Espero que nesse meio-tempo o senhor tenha encaminhado minha carta a Robert Miller. Ainda que me tenha dado poucas esperanças, estou muito confiante de que receberei uma resposta. Talvez esteja entre as tarefas de um revisor profissional proteger seu autor de admiradores obstinados, mas será que o senhor não estaria exagerando um pouco na seriedade de sua missão? Seja como for, agradeço o empenho e lhe apresento algumas perguntas que certamente o senhor poderá me responder.

1. Por acaso, Robert Miller tem alguma página na internet? Infelizmente, não consegui encontrar nada na rede.
2. Curiosamente, também não tive sucesso ao procurar pelo original em inglês; não consegui encontrar nenhum. Qual editora na Inglaterra publicou o romance de Miller? E como é o título em inglês? Quando se escreve o nome de Robert Miller no site da amazon.uk, só se obtém o registro da edição francesa. Mas o livro é uma tradução do inglês, não é? Pelo menos, nele consta o nome de um tradutor.
3. Em nossa conversa ao telefone, o senhor havia mencionado que talvez em breve o autor venha a Paris para uma leitura de sua obra. Naturalmente, eu gostaria muito de estar presente. Já há alguma data? Se possível, eu já gostaria de reservar dois convites.

No aguardo de uma resposta em breve, espero não ter tomado demais do seu precioso tempo.

Atenciosamente,
Aurélie Bredin

Peguei o maço de cigarros e desabei na poltrona. *Mon Dieu,* Aurélie Bredin queria informações exatas. Droga, ela era mesmo muito obstinada! Eu tinha de arranjar um jeito de detê-la em sua missão investigativa. Especialmente os últimos dois pontos já estavam me dando dor de barriga.

Preferia não imaginar tudo o que poderia acontecer se a entusiasmada mademoiselle Bredin se deparasse com um Robert Miller totalmente inexperiente, a.k.a. (*also known as*,* como se costuma dizer) Samuel Goldberg, e talvez até conseguisse conversar com ele pessoalmente!

---

* Também conhecido como. (N. da T.)

Mas a probabilidade de a bela cozinheira ficar sabendo da leitura planejada era ínfima. Em todo caso, eu é que não iria lhe contar. E como a entrevista no *Figaro* não podia ser publicada antes do dia seguinte à leitura, não havia nenhum perigo nesse aspecto. Então, infelizmente, tudo já teria acontecido, e, caso ela depois descobrisse o artigo ou ficasse sabendo da leitura, eu podia inventar alguma desculpa.

(O fato de mademoiselle Bredin querer *dois* convites não me passou despercebido e me causou certo mal-estar. Por que ela precisava de dois convites? Não podia já ter encontrado outro admirador, mal tinha se recuperado da decepção amorosa. Se fosse esse o caso, teria de se consolar comigo.)

Acendi outro cigarro e continuei a refletir.

A segunda questão, ou seja, a pergunta sobre a edição original, era bem mais espinhosa, pois simplesmente não *havia* nenhuma versão inglesa, muito menos uma editora inglesa. Tive de pensar em uma resposta satisfatória. Só me faltava mademoiselle Bredin ter a ideia de querer descobrir quem era o tradutor (inexistente). Na internet, ela tampouco encontraria alguma coisa sobre esse senhor. Mas e se ela ligasse para a editora e levantasse a lebre? Era melhor eu também colocar o tradutor na minha lista de mortos. Não se podia subestimar a energia dessa delicada criatura. Decidida como era, ainda acabaria entrando em contato com monsieur Monsignac.

Imprimi o e-mail para levá-lo para casa. Lá eu poderia refletir com calma sobre o que fazer.

O papel saiu rastejando da impressora, que trepidava sem fazer barulho, e me inclinei para pegá-lo. Agora eu já tinha duas cartas de Aurélie Bredin. Só que esta última não era das mais simpáticas.

Reli rapidamente as linhas impressas e tentei encontrar uma boa resposta para André Chabanais. Não encontrei nenhuma. A jovem senhorita era realmente capaz de ter uma língua afiada. Nas entrelinhas lia-se claramente o que achava do revisor que conhecera uma semana antes no corredor da editora: nada! Pelo visto, eu não tinha causado boa impressão a Aurélie Bredin.

Eu bem que esperava um pouco mais de gratidão. Sobretudo quando se pensa que, na verdade, tinham sido eu e meu livro a fazer com que mademoiselle, em seu íntimo, voltasse a ser feliz. Havia sido *meu* humor que a fizera rir. Haviam sido *minhas* ideias que a encantaram.

Sim, confesso que me doeu um pouco ter sido despachado com palavras escassas, quase hostis, e com um "atenciosamente", enquanto meu alter ego era cortejado com uma despedida tão encantadora e extremamente cordial.

Irritado, dei uma tragada no cigarro. Estava na hora de iniciar a fase número dois e desviar o entusiasmo de mademoiselle Bredin para a pessoa certa.

É claro que meu aparecimento no corredor também não havia sido exatamente aquilo que costuma dar asas à imaginação de uma mulher. Fiquei mudo, depois gaguejei e olhei fixamente para ela. E antes, ao telefone, eu tinha sido impaciente, até mesmo *hostil*. Não era de admirar que a moça de olhos verdes não me dignasse nem mesmo um olhar.

Bem, não sou o tipo bonitão como o dentista na foto do autor. Mas também não sou de se jogar fora. Sou alto, vistoso e, embora nos últimos anos quase não tenha praticado esportes, tenho um corpo malhado. Tenho olhos castanho-escuros, cabelos castanhos e bastos, nariz retilíneo, e minhas orelhas não são de abano. E da barba discreta que uso há alguns anos, só *maman* não gostou. Todas as outras mulheres a acharam "viril". Pelo menos mademoiselle Mirabeau me comparou recentemente ao editor no filme *A casa da Rússia*.

Passei o dedo na pequena estátua nua de Dafne, que estava em minha mesa. O que eu precisava, e logo, era de uma oportunidade para apresentar a Aurelie Bredin meu melhor lado.

Duas horas mais tarde, eu estava em meu apartamento, rodeando a mesa da sala, sobre a qual uma carta manuscrita e um e-mail impresso encontravam-se lado a lado, em perfeita harmonia. Do lado de fora soprava um vento hostil pelas ruas, e começara a chover. Olhei para a rua, onde uma senhora lutava com seu guarda-chuva, que ameaçava se virar para fora, e dois namorados de mãos dadas começaram a correr para se abrigar em um café.

Acendi os dois abajures que ficavam à direita e à esquerda da cômoda sob a janela e pus para tocar um CD do Paris Combo. A primeira canção se fez ouvir; algumas notas ritmadas de um violão e uma suave voz feminina preencheram a sala.

"On n'a pas besoin, non non non non, de chercher si loin... On trouve ce qu'on veut à côté de chez soi...", dizia a cantora, e ouvi suas doces palavras como uma revelação. Não é preciso procurar muito longe; é possível encontrar o que se quer logo ao lado.

De repente, ocorreu-me o que eu tinha de fazer. Eu recebera duas cartas. Escreveria duas cartas. Uma como André Chabanais. E outra como Robert Miller. Aurélie Bredin encontraria o e-mail de resposta do revisor ainda naquela noite em sua caixa de entrada. E a carta de Robert Miller, na quarta-feira eu a colocaria em sua caixa de correio, porque, lamentavelmente, o distraído autor havia jogado fora o envelope com o endereço da remetente e, por isso, enviara a resposta a mim, para que eu a encaminhasse.

Eu lançaria duas iscas, e o bom disso era que, em ambos os casos, eu era o homem com a vara de pescar. Se meu plano desse certo, na sexta-feira à noite mademoiselle Bredin estaria sentada no La Coupole e passaria uma noite muito agradável com monsieur Chabanais.

Busquei meu notebook no escritório e o abri. Depois, escrevi o e-mail de Aurélie Bredin e coloquei o impresso ao meu lado.

Assunto: Respostas sobre Robert Miller!!!

Chère mademoiselle Bredin,

Como já nos conhecemos um pouco, eu gostaria de deixar de lado o tão formal "Prezada mademoiselle Bredin" e espero que esteja de acordo.

Antes de mais nada, vamos à sua pergunta mais urgente, embora ela não tenha sido expressamente manifestada:

Obviamente encaminhei sua carta a Robert Miller. Até a enviei com a observação "urgente" pelo correio, para que sua paciência não ficasse estressada além da conta. Não pense tão mal assim de mim! Se me considera um sujeito estranho, não a levo a mal. Naquele dia em que a senhorita apareceu inesperadamente na editora, muitas coisas desagradáveis haviam acontecido, e sinto ter lhe causado a impressão de que, de algum modo, queria impedi-la de entrar em contato com monsieur Miller. Ele é um autor maravilhoso que estimo muito, mas também é um homem bastante obstinado, que vive de maneira muito reservada. Não estou tão certo quanto a senhorita de que ele responderá à sua carta, mas desejo que o faça. Realmente, uma carta tão bonita não pode ficar sem resposta.

Apaguei a última frase. Se a carta era bonita, eu não podia saber. Afinal, eu só a tinha encaminhado. Eu precisava prestar muita atenção para não me trair. Em vez disso, escrevi:

Se eu fosse o autor, lhe escreveria de volta, mas isso pouco lhe serve. Pena que monsieur Miller não pode ver a bela leitora que lhe escreve. Devia enviar-lhe uma foto sua!

Simplesmente não pude evitar essa pequena indireta.

Passemos agora às suas outras perguntas:

1. Infelizmente, Robert Miller não possui página na internet. Conforme já lhe mencionei, ele é uma pessoa bastante reservada e não considera grande coisa perpetuar-se na web. Tivemos muita dificuldade para conseguir uma fotografia dele. Ao contrário da maioria dos autores, ele não gosta nem um pouco de ser abordado na rua. Não há coisa que odeie mais do que alguém, de repente, parar à sua frente e lhe perguntar: "O senhor não é Robert Miller?"

2. Na realidade, não existe edição inglesa. O porquê disso é uma longa história, com a qual não pretendo entediá-la agora. Para resumir, o agente que representa Robert Miller, que também é inglês e que conheço muito bem, dirigiu-se à nossa editora com o manuscrito, que mandamos traduzir. Até agora, não foi publicado por nenhuma editora inglesa. Talvez porque a história não seja tão adequada para um público inglês ou porque, no momento, o mercado inglês esteja interessado em outros temas.

3. Ainda não sabemos se monsieur Miller estará disponível em breve para alguma atividade com a imprensa. No momento, isso parece improvável.

Era uma mentira deslavada, mas, ao mesmo tempo, não deixava de ser verdade. Na realidade, era apenas um dentista que viria a Paris para a leitura da obra e que responderia a algumas perguntas e autografaria alguns livros.

Ter sido deixado pela mulher foi um duro golpe para ele, que desde então hesita muito em suas decisões. Contudo, se em algum momento ele vier para uma leitura em Paris, será um prazer reservar um, ou melhor, dois convites para a senhorita.

Parei por um instante e reli rapidamente meu e-mail. Achei que tudo soava muito autêntico e magistral. E, sobretudo, o conjunto não era nem um pouco *hostil*. Em seguida, lancei minha isca:

Cara mademoiselle Bredin, espero com isso ter respondido às suas perguntas. Gostaria muito de ajudá-la mais, porém a senhorita entenderá que não posso simplesmente desconsiderar os desejos (e direitos) do nosso autor. Contudo (e se me prometer não espalhar), tentarei combinar algum encontro mais informal.

Por coincidência, vou me encontrar com Robert Miller na próxima sexta-feira para conversar a respeito de seu novo livro. Foi uma ideia totalmente espontânea. Ele tem negócios a tratar em Paris e dispõe de pouco tempo, mas vamos jantar juntos. Se a senhorita quiser estiver disponível, talvez, a princípio, pudesse passar totalmente por acaso no restaurante e tomar uma bebida conosco. Desse modo, teria a oportunidade de, ao menos, apertar a mão de seu autor preferido.

Isso é o melhor que posso lhe oferecer no momento, e só o faço para que não me escreva mais e-mails tão ofendidos.

E então? O que me diz?

Era a melhor oferta *imoral* que eu podia fazer no momento, e, na verdade, estava bastante seguro de que Aurélie Bredin morderia a isca. Era imoral sobretudo porque, no fim das contas, a pessoa de que se tratava não apareceria para o jantar. Mas é claro que mademoiselle Bredin não podia saber disso.

Enviei o e-mail com "um grande abraço" e, em seguida, caminhei decidido até minha mesa para pegar um maço de papel artesanal e minha caneta.

Ela *iria* – principalmente quando lesse a carta de Robert Miller, que eu estava para escrever. Sentei-me à mesa, me servi de uma taça de vinho e bebi um bom gole.

Dear Miss Bredin, escrevi com uma caligrafia impetuosa.

Em seguida, por muito tempo não escrevi nada. Fiquei sentado diante da folha branca e, de repente, não sabia como deveria começar. Minhas artes de formulação estavam como que interrompidas. Tamborilei os dedos no tampo da mesa e tentei pensar na Inglaterra.

O que escreveria esse Miller, sozinho e abandonado em sua casa de campo? E como reagiria às perguntas que mademoiselle Bredin lhe fizera? Seria coincidência o fato de a heroína de seu romance se parecer com a autora da carta? Seria um segredo? Teria ele próprio alguma explicação? Seria essa uma longa história que um dia ele gostaria de lhe contar com calma?

Tirei a foto de Aurélie Bredin da carteira, deixei que ela sorrisse para mim e me perdi em belas fantasias.

Após quinze minutos, levantei. Assim eu não chegaria a lugar nenhum.

– Mr. Miller, o senhor não é muito disciplinado – reclamei.

Passava pouco das dez, o maço de cigarros estava vazio e eu precisava urgentemente comer alguma coisa. Vesti o sobretudo e acenei para o outro lado da mesa.

– Volto logo. Enquanto isso, o senhor fique aí pensando em alguma coisa – eu disse. – Tenha alguma ideia, senhor escritor!

Ainda chovia quando empurrei a porta de vidro do La Palette, que àquela hora estava bastante cheio. Um vozerio animado me envolveu e, no fundo do bistrô, à meia-luz, todas as mesas estavam ocupadas.

Com suas mesas de madeira simples e reluzentes e os quadros nas paredes, o La Palette era muito apreciado por artistas, galeristas, estudantes, mas também por profissionais ligados a editoras. Lá se podia fazer uma refeição ou apenas tomar um café ou uma taça de vinho. O antigo bistrô ficava a um pulo do meu apartamento. Eu costumava frequentá-lo e quase sempre encontrava alguns conhecidos.

– *Salut, André! Ça va?** – Nicolas, um dos garçons, acenou para mim.

– Que tempo horrível, não?

Sacudi umas gotas de chuva e concordei com a cabeça.

– Pode-se dizer que sim – respondi. Fui abrindo caminho por entre a multidão, sentei-me junto ao bar e pedi um *croc monsieur* e um vinho tinto.

Curiosamente, a agitação desordenada ao meu redor me fez bem. Tomei meu vinho, dei uma mordida no sanduíche quente, pedi mais vinho e deixei o olhar vagar. Senti que aos poucos a correria daquele dia agitado ia se afastando de mim e que eu conseguia relaxar. Às vezes, é preciso distanciar-se um pouco dos próprios problemas para tudo se descomplicar. Escrever a carta de Robert Miller seria uma brincadeira de criança. Afinal, tratava-se apenas de alimentar a ideia fixa de Aurélie Bredin até conseguir me interpor de maneira convincente entre ela e o autor.

---

* Oi, André! Tudo bem? (N. da T.)

Nem sempre era uma vantagem trabalhar em um ramo que vivia exclusivamente de palavras, histórias e ideias, e houve momentos em minha vida em que preferi algo mais palpável, mais real e monumental, algo que pudesse ser feito com as mãos – como construir uma estante de madeira ou uma ponte, simplesmente alguma coisa que se constituísse mais de matéria e menos de espírito.

Sempre que eu via a Torre Eiffel erguer-se de modo tão audaz e resistente no céu de Paris, pensava cheio de orgulho em meu bisavô, um engenheiro que inventara muitas coisas e participara da construção desse impressionante monumento de ferro e aço.

Muitas vezes me perguntei que grandiosa sensação se deve ter quando se consegue criar algo assim. Contudo, naquele momento, eu não queria trocar de lugar com meu bisavô. Embora eu não fosse capaz de construir uma Torre Eiffel (e, para ser honesto, nem mesmo uma estante), sabia lidar com as palavras. Sabia escrever cartas e imaginar uma história perfeita. Algo que atrairia uma mulher romântica que não acreditava em coincidências.

Pedi outra taça de vinho tinto e fiquei imaginando o jantar com Aurélie Bredin, que em pouco tempo – disso eu tinha certeza – seria seguido por outro jantar bem mais íntimo no Le Temps des Cerises. Eu só precisava tecer a trama com habilidade. E um dia, quando Robert Miller já estivesse há muito esquecido e já tivéssemos passado muitos anos maravilhosos juntos, talvez eu até lhe contasse toda a verdade. E juntos riríamos de tudo isso.

Esse era o plano. Mas, obviamente, tudo saiu diferente.

Eu não sei por quê, mas, de algum modo, as pessoas não conseguem ser diferentes. Fazem planos e mais planos. E depois ficam surpresas quando esses planos não funcionam.

Assim, eu estava sentado junto ao balcão, saboreando minhas visões do futuro, quando alguém bateu em meu ombro. Um rosto sorridente apareceu à minha frente, e voltei para o presente.

Era Silvestro, meu ex-professor de italiano, com quem eu tomara aulas no ano anterior, a fim de refrescar meu italiano enferrujado.

– *Ciao*, André, que bom ver você – disse ele. – Não quer se sentar conosco? – e apontou para uma mesa atrás dele, à qual estavam sentados dois homens e três mulheres. Uma delas, uma ruiva atraente com sardas e boca carnuda, olhou sorridente para nós. Silvestro sempre estava acompanhado por moças extraordinariamente belas.

– Aquela é Guilia – disse ele, piscando para mim. – Aluna nova. Linda e solteira – e acenou de volta para a ruiva. – Então? Vem se sentar conosco?

– O convite é muito sedutor – respondi sorrindo –, mas não, obrigado. Ainda tenho algumas coisas para fazer.

– Ah, esqueça o trabalho agora. Você sempre trabalha demais. – Silvestro abanou a mão para baixo.

– Não, não. Desta vez é assunto particular – respondi, pensativo.

– Aaaah, está querendo dizer que... tem um compromisso, hein? – Ele olhou para mim e torceu a boca em um largo sorriso maroto.

– É, pode-se dizer que sim. – Sorri de volta e pensei na folha de papel branco em cima da mesa da sala, que, subitamente, começava a ser preenchida com palavras e frases. De repente, fiquei com muita pressa.

– *Pazzo*, por que não disse logo? Bom, então, não vou atrapalhar sua sorte! – Silvestro deu uns tapinhas benevolentes em meu ombro antes de voltar à sua mesa.

– Ele já tem compromisso, meus amigos! – ouvi-o exclamar, e os outros acenaram e riram.

Quando me dirigi para a saída, abrindo caminho entre os clientes, que conversavam e bebiam em pé junto ao balcão, por uma fração de segundo tive a impressão de ver uma figura esguia, com longos cabelos louro-escuros, sentada de costas para a porta, bem no fundo, e gesticulando animadamente.

Balancei a cabeça. Que ideia! Naquele momento, Aurélie Bredin devia estar em seu pequeno restaurante na Rue Princesse. E eu estava meio bêbado.

Então a porta se abriu, um vento frio entrou e, com ele, um homem desajeitado, de cachos louros, acompanhado por uma moça de cabelos pretos em um casaco carmesim justo.

Pareciam muito felizes, e eu me afastei para deixá-los passar. Depois saí, com as mãos nos bolsos do sobretudo.

Fazia frio e chovia em Paris; porém, quando se está apaixonado, o tempo não tem importância.

7

— No fundo, você acha tudo isso uma grande loucura, não é? Confesse, vai!

Já fazia algum tempo que eu estava sentada com Bernadette no La Palette, que naquela noite estava lotado. Ainda conseguimos uma mesa bem no fundo, junto da parede, e nossa discussão já não era mais sobre o filme *Vicky, Cristina, Barcelona*, a que havíamos assistido naquela noite, e sim sobre quão realistas ou não eram as expectativas de certa Aurélie Bredin.

Bernadette suspirou.

– Só acho que, em longo prazo, talvez fosse melhor depositar suas energias em projetos mais realistas; do contrário, mais tarde você vai se decepcionar novamente.

– Sei – respondi. – Mas quando essa Cristina sai com um espanhol totalmente desconhecido, que lhe diz que quer ir para a cama não só com ela, mas também com a amiga dela, aí você acha *realista*?

Nossas opiniões sobre as heroínas do filme eram bem divergentes.

– Não foi o que eu disse. Eu disse apenas que acho *possível*. Pelo menos, o cara é totalmente sincero. Gosto disso. – Ela verteu um pouco de vinho na minha taça. – Santo Deus, Aurélie, é só um filme, por que você está tão agitada? Você acha inverossímil o que acontece na história, e eu acho verossímil. Você gostou mais da Vicky, e eu, da Cristina. Temos de brigar por causa disso agora?

– Não. Só fico um pouco irritada quando você atribui dois pesos e duas medidas às coisas. Tudo bem, pode até ser improvável que esse homem responda à minha carta, mas *não* é irreal – disse eu.

– Ah, Aurélie, mas não é absolutamente disso que se trata. Hoje até ajudei você a procurar informações sobre o autor na internet. Acho tudo muito divertido e empolgante. Só não quero que você faça disso uma ideia fixa. – Ela pegou minha mão e suspirou. – Sabe, de certo modo, você atrai histórias sem futuro. Primeiro foi aquele desenhista estranho, que a cada quatro semanas simplesmente desaparecia e não batia bem da cabeça. E agora você só fala desse autor misterioso, que, em todo caso, independente de tudo o que você interpretou nesse romance, parece ser só uma coisa: um cara difícil.

– É o que diz o cão de guarda esquisitão da editora. Você acha que é verdade? – Calei-me e, ofendida, fiz no guardanapo um desenho com o garfo.

– Não, não acho. Escute, só quero que você seja feliz. E às vezes tenho a sensação de que você aposta em coisas que podem não dar certo.

– Mas um pediatra... isso dá certo, não é? – respondi. – E também é algo realista.

É melhor você namorar um pediatra do que insistir em coisas irreais, dissera-me Bernadette, quando refleti em voz alta depois do cinema sobre quanto tempo uma carta levava para chegar da Inglaterra à França.

– Tudo bem, eu não devia ter falado sobre o pediatra – disse ela, então. – Embora o Olivier seja realmente gentil.

– É. Um chato gentil.

No verão, quando eu ainda estava com Claude, Bernadette me apresentara o doutor Olivier Christophle em sua festa de aniversário, e desde então não perdeu as esperanças de que ainda pudéssemos formar um casal.

– Tudo bem, tudo bem, você tem razão – cedeu Bernadette, acenando com a mão. – Ele não é empolgante o suficiente. – Em seus lábios desenhou-se um sutil sorriso. – Pois bem. Por enquanto, estamos esperando ansiosamente o correio mandar a carta da Inglaterra para a França. E quero que você me mantenha informada, certo? Se depois, em algum momento, chegar a hora de certo médico gentil e chato, é só me avisar.

Amassei o guardanapo e joguei-o no prato, que ainda continha restos de uma omelete de presunto.

– *D'accord!** Vamos fazer assim – respondi, procurando pela carteira. – Você é minha convidada.

Senti nas costas uma leve corrente de ar e, arrepiada, encolhi os ombros.

– Será que as pessoas precisam deixar a porta aberta por tanto tempo? – comentei, puxando o pires com a conta.

Bernadette me olhou espantada, depois apertou os olhos.

– O que foi? O foi que eu disse de errado desta vez? – perguntei.

– Nada, nada. – Ela baixou o olhar rapidamente, e, nesse momento, ficou claro que não era era para mim que ela estava olhando. – Vamos pedir um expresso – disse ela, e, admirada, levantei as sobrancelhas.

– Desde quando você toma café tão tarde? Você sempre diz que depois não consegue dormir.

– Mas agora me deu vontade. – Olhou para mim como se quisesse me hipnotizar e sorriu. – Olha só – disse ela, tirando a carteira de couro da bolsa. – Já viu essas fotos da Marie? É no jardim da casa dos meus pais, em Orange.

– Não... Bernadette... Por que... por que isso agora? – Percebi que seus olhos passavam inquietos por mim. – O que você tanto olha?

Bernadette estava com o olhar voltado para o bistrô enquanto eu olhava para uma tela a óleo pendurada na parede revestida de madeira.

– Nada. Estou procurando o garçom. – Ela pareceu tensa, e fiz menção de me virar.

– Não vire! – sussurrou Bernadette pegando em meu braço, mas já era tarde demais.

No meio do La Palette, na passagem para os fundos do bistrô, onde estávamos sentadas, Claude esperava por uma mesa perto da janela, cujos clientes já estavam pagando a conta ao garçom. Tinha o braço ca-

---

* Combinado! (N. da T.)

rinhosamente ao redor de uma jovem, que, com cabelos pretos na altura do queixo e bochechas rosadas, parecia uma princesa mongol. Ela vestia um casco acinturado de feltro vermelho, que nas mangas e na barra terminava em minúsculas franjas. E estava visivelmente grávida.

Chorei durante todo o trajeto até minha casa. Bernadette estava sentada ao meu lado, no táxi, segurando-me firmemente em seus braços e me passando um lenço de papel após o outro.

– Sabe o que é pior? – solucei mais tarde, quando Bernadette se sentou ao meu lado na cama e me ofereceu leite quente com mel. – Aquele casaco vermelho... vimos recentemente em uma vitrine na Rue du Bac, e eu disse que queria de aniversário.

A traição foi o que mais doeu. As mentiras. Contei os meses nos dedos e cheguei à conclusão de que Claude já estava me traindo havia meio ano. Droga, ele parecia tão feliz com sua princesa mongol que estava com a mão pousada sobre a pequena barriga.

Esperamos até que eles se sentassem junto à janela. Depois, saímos depressa. Mas, de todo modo, Claude não me veria. Só tinha olhos para sua Branca de Neve.

– Ah, Aurélie, sinto muito mesmo. Você já estava superando essa história. E agora isso! Parece um romance ruim.

– Ele não podia ter dado o casaco de presente para ela. É tão... é tão cruel. – Olhei magoada para Bernadette. – Aquela mulher estava ali, com o *meu* casaco, e parecia tão... tão feliz! E logo é meu aniversário, estou totalmente sozinha e agora também sem casaco. Isso é muito injusto.

Bernadette passou suavemente a mão pelos meus cabelos.

– Agora beba um pouco de leite – disse ela. – É claro que é injusto. E ruim. Realmente, uma coisa dessas não podia acontecer, mas nem sempre as coisas se dão conforme planejamos. E, na verdade, não é do Claude que se trata, não é?

Abanei a cabeça e bebi um gole de leite. Bernadette tinha razão, não era do Claude que se tratava, mas de algo que, no final, sempre toca nossa alma: o amor por uma pessoa, pela qual todos nós ansiamos, à qual estendemos as mãos ao longo da vida, para tocá-la e segurá-la.

Bernadette parecia pensativa.

– Você sabe que nunca fui com a cara do Claude – ela disse. – Mas talvez ele tenha realmente encontrado a mulher da vida dele. Talvez já quisesse ter dito isso a você há muito tempo e tenha esperado o momento apropriado, que obviamente nunca chega. Depois seu pai morreu, e ficou ainda mais difícil contar a verdade, e ele não quis deixar você nessa situação. – Ela torceu a boca, como sempre fazia quando pensava. – Pode ser que tenha sido assim.

– Mas e o casaco? – insisti.

– Quanto ao casaco, é mesmo imperdoável – disse ela. – Precisamos pensar em alguma coisa. – Inclinou-se sobre mim e me deu um beijo. – Agora tente dormir, já é tarde. – Bateu o indicador na minha colcha. – E você não está sozinha, ouviu? Alguém está sempre olhando por você, ainda que seja a sua velha amiga Bernadette.

Ouvi seus passos se afastarem lentamente. Ela tinha um modo firme e seguro de caminhar.

– Boa noite, Aurélie! – exclamou mais uma vez, e as tábuas de madeira do assoalho rangeram. Depois, apagou a luz, e ouvi quando a porta se fechou silenciosamente.

– Boa noite, Bernadette – sussurrei. – Fico feliz por você existir.

Não sei se foi por causa do leite quente com mel, mas dormi muito bem naquela noite. Quando acordei, o sol apareceu em meu quarto pela primeira vez em dias. Levantei-me e abri as cortinas. Um céu azul e claro cobria Paris ou, pelo menos, o pequeno recorte retangular que os muros do pátio deixavam livre e que eu conseguia ver da janela da minha sacada.

Só se consegue ver mesmo apenas um recorte, pensei, enquanto preparava o café da manhã. *Gostaria de ver o todo alguma vez.*

Na noite anterior, quando vi Claude com sua namorada grávida e a imagem atingiu meu coração como uma punhalada, pensei ter enxergado toda a verdade. E, no entanto, aquela era apenas a *minha* verdade, a minha visão das coisas. A verdade de Claude era outra. E a verdade da mulher de casaco vermelho, outra ainda.

Seria possível entender uma pessoa em seu íntimo mais profundo? O que a movia, o que a motivava, com o que ela realmente sonhava?

Arrumei a louça na pia e deixei a água correr sobre ela.

Claude havia me enganado, mas talvez eu também tenha me deixado enganar. Nunca questionei. Às vezes, vive-se melhor com a mentira do que com a verdade.

Claude e eu nunca falamos realmente do futuro. Ele nunca me dissera: "Quero ter um filho com você". E eu também não lhe dissera isso. Caminhamos juntos por um trecho curto do caminho. Houvera momentos bonitos e outros, menos. E não fazia sentido fazer cobranças em questões do coração.

O amor era o que era. Nem mais nem menos.

Enxuguei as mãos. Depois, fui até a cômoda do corredor e abri a gaveta. Peguei a foto em que Claude estava comigo e a observei mais uma vez. "Que você seja feliz", eu disse; depois, coloquei a foto na velha caixa de charutos, na qual eu guardava minhas lembranças.

Antes de sair de casa para fazer compras no mercado e no açougue, fui para o quarto e fixei um novo papelzinho na minha parede de pensamentos.

Sobre o amor, quando ele acaba

Quando o amor acaba, é sempre triste.
Raramente é generoso.
Quem deixa fica com a consciência pesada.
Quem é deixado lambe as próprias feridas.
O fracasso dói quase mais do que a separação.
Mas, no fim, cada um é o que sempre foi.
E, às vezes, resta uma canção, uma folha de papel com dois corações,
A afetuosa lembrança de um dia de verão.

8

Quando o telefone tocou, eu estava justamente pedindo desculpas a uma ofendida mademoiselle Mirabeau

Já durante a reunião eu percebera que a assistente de revisão, geralmente tão encantadora, não me dignou nem sequer um olhar, e mesmo quando me esforcei para ser engraçado ao falar de um livro, o que fez até a majestosa Michelle Auteuil quase cair da cadeira de tanto rir, a moça loura não esboçou nenhuma expressão. Todas as minhas tentativas de conversar com ela após a reunião, quando caminhamos lado a lado no corredor, fracassaram. Ela respondia com "sim" e "não"; mais que isso não consegui arrancar dela.

– Por favor, venha comigo até minha sala – disse-lhe quando chegamos à secretaria.

Ela fez que sim e me seguiu em silêncio.

– Por favor – falei, apontando-lhe uma das cadeiras que estavam em volta de uma pequena mesa redonda de reuniões. – Sente-se.

Mademoiselle Mirabeau sentou-se como uma condessa magoada. Cruzou os braços e as pernas, e não pude deixar de admirar as meias de seda claras e reticuladas que ela trazia sob a saia curta.

– Bem – eu disse em tom jovial. – Qual o problema? Vamos, pode falar. O que aconteceu?

– Nada – respondeu ela, olhando para o assoalho, como se nele houvesse algo incrível a ser descoberto.

Era pior do que eu temia. Quando as mulheres afirmam que não é "nada", é porque estão extremamente aborrecidas.

– Hum – suspirei. – Tem certeza?

– Tenho – respondeu ela. Aparentemente, tinha decidido dirigir-se a mim apenas com monossílabos.

– Sabe de uma coisa, mademoiselle Mirabeau?

– Não.

– Não acredito em uma palavra sua.

Florence Mirabeau me concedeu apenas um breve olhar, antes de se voltar novamente ao assoalho.

– Vamos, mademoiselle Mirabeau, não seja cruel. Diga ao velho André Chabanais por que está tão magoada. Do contrário, não conseguirei dormir esta noite.

Percebi que ela reprimiu um sorriso.

– Tão velho o senhor não é – respondeu. – E, se não conseguir dormir, vai ser bem feito! – Ajeitou a saia, e eu aguardei. – O senhor me disse que eu não devia ficar olhando com cara de boba! – soltou finalmente.

– Eu disse isso para a senhorita? Mas isso é... isso é horrível – falei.

– Mas o senhor disse – e então ela me olhou pela primeira vez. – Ontem o senhor foi muito grosseiro comigo quando estava ao telefone. Mas eu só queria lhe entregar aquele parecer. O senhor havia dito que era urgente, e eu passei o fim de semana inteiro lendo, cancelei um compromisso e fiz tudo o mais depressa possível. E esse foi seu agradecimento. – Após o discurso inflamado, ficou com as bochechas bem vermelhas. – O senhor gritou comigo.

Enquanto ela falava, lembrei-me muito bem da conversa tensa que tivera com Adam Goldberg ao telefone, durante a qual mademoiselle Mirabeau teve a infelicidade de aparecer inesperadamente.

– *Oh, mon Dieu, mon Dieu*, sinto muito. – Olhei para a mocinha melindrosa, sentada à minha frente com cara de reprovação. – Sinto muito *mesmo* – repeti com ênfase. – Não queria ter sido grosseiro com a senhorita, é que na hora eu estava tão agitado...

– Mesmo assim – disse ela.

– Não, não – levantei as mãos –, isso não é desculpa. Prometo melhorar. De verdade. A senhorita me desculpa?

Olhei para ela, arrependido. Ela abaixou os olhos, e os cantos de sua boca estremeceram, enquanto ela balançava a perna bonita.

– Vamos fazer as pazes... – inclinei-me ligeiramente em sua direção e refleti. – Uma torta de framboesa. O que me diz? Aceitaria meu convite para comer uma torta de framboesa amanhã, na hora do almoço, na Ladurée?

Ela sorriu.

– O senhor tem sorte – disse. – Adoro torta de framboesa.

– Posso concluir, então, que já não está brava comigo?

– Sim, pode. – Florence Mirabeau levantou-se. – Então vou buscar agora o parecer – disse em tom de conciliação.

– Sim, faça isso! – exclamei. – Ótimo! Mal posso esperar! – Levantei-me para acompanhá-la até a porta.

– Também não precisa exagerar, monsieur Chabanais. Só estou fazendo meu trabalho.

– Posso lhe dizer uma coisa, mademoiselle Mirabeau? Faz seu trabalho muito bem.

– Ah – disse ela. – Obrigada. É muito gentil me dizer isso. Monsieur Chabanais, eu... – voltou a enrubescer e hesitou por um momento junto à porta, como se ainda quisesse dizer alguma coisa.

– Sim? – perguntei.

Então o telefone tocou. Não quis ser indelicado de novo, então fiquei parado em vez de empurrar Florence Mirabeau para fora da sala e me precipitar até a mesa.

Após o terceiro toque, mademoiselle Mirabeau disse:

– Vá atender, talvez seja importante.

Ela sorriu e desapareceu pela porta. Que pena, provavelmente nunca vou saber o que ela ainda queria me dizer. Mas em uma coisa Florence Mirabeau estava certa.

Aquela ligação *era* importante.

Reconheci a voz de imediato. Teria sido capaz de reconhecê-la em meio a centenas de outras. Soava como da primeira vez, um pouco ofegante, como se a pessoa tivesse subido uma escada correndo.

– É o monsieur Chabanais? – perguntou ela.

– Ele mesmo – respondi, recostando-me na cadeira, com um largo sorriso nos lábios. O peixe tinha mordido a isca.

Aurélie Bredin estava entusiasmada com minha proposta de encontrar Robert Miller "por acaso", e, por ora, as três primeiras perguntas de seu e-mail arrogante ao *hostil* revisor das Éditions Opale pareciam ter sido esquecidas.

– Que ideia fantástica! – disse ela.

Também achei minha ideia fantástica, mas obviamente guardei a opinião para mim.

– Bem, minha ideia não é tão *fantástica*, mas... também não é ruim – eu disse, generoso.

– É realmente *muito* gentil de sua parte, monsieur Chabanais – continuou Aurélie Bredin, e desfrutei de minha repentina importância.

– *Il n'y a pas de quoi*. Não há de quê – respondi com elegância. – Se eu puder ajudá-la em mais alguma coisa, será um prazer.

Ela se calou por um momento.

– E eu que pensei que o senhor fosse um revisor rabugento, que não queria deixar ninguém se aproximar do seu autor – disse ela envergonhada. – Espero que me perdoe.

Triunfo, triunfo! Aparentemente, aquele era o dia do perdão.

Embora ela não me tenha oferecido nenhuma torta de framboesa, confesso que também não fui muito exigente. O ligeiro sentimento de culpa de Aurélie Bredin era incomparavelmente mais doce.

– Mas, cara mademoiselle Bredin, eu não *teria* o que perdoar, mesmo que quisesse. Também não mostrei meu melhor lado. Vamos esquecer aquele infeliz encontro e nos concentrar em nosso pequeno plano. – Aproximei-me da mesa, deslizando com a cadeira, e abri o calendário.

Dois minutos depois, estava tudo combinado. Aurélie Bredin apareceria às sete e meia da sexta-feira no La Coupole, onde eu havia reservado uma mesa em meu nome, e tomaríamos uma bebida. Por volta das oito, Robert Miller (com quem eu supostamente tinha um encontro marcado, a fim de conversar sobre seu novo livro), chegaria, e eles teriam oportunidade suficiente para se conhecerem.

Ao escolher o restaurante, hesitei por um momento.

Um pequeno restaurante discreto, com aconchegantes cadeiras de veludo vermelho, como o Le Belier, naturalmente seria mais apropriado para minhas reais intenções do que o famoso La Coupole, uma *brasserie* grande, animada e sempre cheia à noite. Porém, talvez fosse um pouco estranho marcar com um autor inglês em um local que parecia feito para casais apaixonados.

O La Coupole não despertava suspeitas, e, como o autor nunca apareceria, achei que teria mais chance de esticar a noite com a caprichosa mademoiselle Bredin se o restaurante não fosse romântico demais.

– No La Coupole? – ela perguntou, e logo percebi que seu entusiasmo não era muito grande. – Faz mesmo questão de ir à zona de turistas?

– Foi Miller quem sugeriu – respondi. – Antes, ele estará em Montparnasse resolvendo algumas coisas, e, além disso, adora o La Coupole.

(Eu também teria preferido o Le Temps des Cerises, mas, obviamente, não podia dizê-lo.)

– Ele adora o La Coupole? – Dava até para perceber sua irritação.

– Bom, ele é inglês – eu disse. – Acha o La Coupole o máximo. Diz que essa *brasserie* o deixa tão... alegre, porque é muito animada e colorida.

– Sei – foi tudo o que mademoiselle Bredin disse.

– Além do mais, ele é fã incondicional do *fabuleux curry d'agneau des Indes* – acrescentei, achando-me muito convincente.

– O fabuloso curry de cordeiro indiano? – repetiu mademoiselle Bredin. – Não conheço. É tão bom assim?

– Não faço ideia – respondi. – Como cozinheira, poderá julgar melhor que qualquer outra pessoa. Em todo caso, da última vez, Robert Miller ficou absolutamente extasiado com o prato. Depois de cada mordida, dizia "delicious, absolutely delicious". Mas os ingleses não são exatamente exigentes no que se refere à culinária. *Fish and chips*, a senhorita sabe. Acho que ficam totalmente fora de si quando alguém coloca curry e umas raspas de coco na comida, hahaha. – Queria que Adam Goldberg pudesse ter me ouvido naquele momento.

Aurélie Bredin não riu.

– Achei que Robert Miller gostasse de culinária *francesa*. – Aparentemente, ela se sentiu ofendida em sua honra de cozinheira.

– Bom, tudo isso a senhorita poderá perguntar a ele – respondi, a fim de não ter de esticar o assunto das preferências culinárias do meu autor. Rabisquei com a caneta uma faixa com pequenos triângulos na minha agenda. – O monsieur Miller já recebeu sua carta?

– Acho que sim. Mas ainda não recebi nenhuma resposta, se é o que quer saber. – O comentário pareceu um pouco irritado.

– Ele vai lhe escrever – apressei-me em dizer. – Mesmo que seja depois que a conhecer pessoalmente na sexta-feira.

– O que quer dizer com isso?

– Que a senhorita é uma moça encantadora, a cujo charme nenhum homem consegue escapar por muito tempo, nem mesmo um escritor inglês isolado do mundo.

Ela riu.

– O senhor é mau, monsieur Chabanais, sabia?

– Sim, eu sei – respondi. – Pior do que a senhorita imagina.

9

P *ost Nubila Phoebus.* Em voz baixa, sussurrei a inscrição que estava gravada na lápide branca, e toquei delicadamente com os dedos as letras: "Depois das nuvens, o sol".

Embora sua profissão talvez não levasse necessariamente a supor, este tinha sido o lema de meu pai, que havia sido um homem de formação humanística e que, ao contrário da filha, estudara muito. O sol vem depois da chuva – como ele era sábio!

Eu estava no cemitério Père Lachaise. Acima de mim, nuvens brancas avançavam rapidamente no céu, e quando o sol aparecia dava até para aquecer um pouco. Desde o Dia de Todos os Santos eu não visitara mais o túmulo de meu pai; porém, naquele dia, senti uma grande necessidade de ir até lá.

Dei um passo para trás e coloquei o ramalhete colorido de ásteres e crisântemos na placa quadrada de pedra que pertencia ao túmulo coberto de hera.

– Você não pode imaginar o que tem acontecido, pai – eu disse. – Ficaria surpreso.

A semana havia começado de modo tão triste, e naquele momento eu estava ali no cemitério, curiosamente feliz e agitada. E, sobretudo, ansiosa pela noite seguinte.

O sol que aparecera tão alegre em meu quarto na terça-feira, depois da chuva e do céu nublado dos últimos tempos, tinha sido um prenúncio. De repente, tudo havia melhorado.

Na terça-feira, depois que descarreguei as compras no restaurante, conversei com Jacquie sobre três possíveis menus para a véspera de

Natal e ainda pensei algumas vezes no casaco vermelho e na mulher que o vestia. Voltei à tarde para casa e decidi preencher aquele dia pouco deslumbrante da minha vida com uma atividade igualmente pouco deslumbrante, até voltar para o restaurante à noite.

Assim, me sentei ao computador e pus-me a pagar pela internet uma porção de contas há muito vencidas.

Antes, porém, dei uma rápida olhada nos meus e-mails e encontrei uma mensagem até que bem simpática de André Chabanais, que não apenas respondia a todas as minhas perguntas, como, para minha grande surpresa, me fazia uma proposta que me deixou muito animada.

Eu teria a oportunidade de conhecer Robert Miller, ainda que brevemente, pois monsieur Chabanais se encontraria com o autor e me convidava a aparecer por acaso.

Obviamente aceitei a oferta e, ao contrário do meu primeiro telefonema ao revisor-chefe barbudo, essa conversa foi muito divertida e quase um pequeno flerte, que de alguma maneira me fez bem na condição em que eu me encontrava.

Quando contei a respeito a Bernadette, ela naturalmente logo zombou de mim, dizendo que estava gostando cada vez mais desse revisor e que, se no fim o autor não se mostrasse tão maravilhoso como seu romance, eu ainda teria uma opção.

– Você é impossível, Bernadette – eu disse. – Sempre querendo me arranjar um namorado. Se for o caso, fico logo com o autor, que em primeiro lugar é mais bonito e, afinal, é quem escreveu o livro, esqueceu?

– E esse revisor é tão feio assim? – Bernadette quis saber.

– Sei lá – respondi. – Não, provavelmente não; não o vi direito. André Chabanais não me interessa. Além do mais, ele tem barba.

– E qual o problema?

– Agora chega, Bernadette! Você sabe que homens de barba não fazem o meu tipo. Por princípio, não merecem nem o meu olhar.

– Erro seu! – objetou Bernadette.

– Além do mais, não estou procurando homem nenhum. Não estou procurando homem nenhum, ouviu? Só quero ter a possibilidade de conversar com esse escritor, pelas razões que você já conhece. E porque lhe sou muito grata.

– Ah, providência divina, artimanhas do destino para onde quer que se olhe... – Bernadette recitou como no coro de uma tragédia grega.

– Isso mesmo – eu disse. – E você vai ver.

Na mesma noite, expliquei a Jacquie que na sexta-feira não poderia ir ao restaurante. Liguei para Juliette Meunier, uma garçonete excelente e muito profissional, que anteriormente havia sido chefe dos garçons no restaurante do hotel Lutetia e que já me substituíra algumas vezes. Agora estava estudando arquitetura de interiores e ainda trabalhava como garçonete por algumas horas. Felizmente, não tinha nenhum compromisso e aceitou meu pedido.

Jacquie, obviamente, não ficou feliz.

– Precisa mesmo? Em uma sexta-feira? E logo agora que o Paul está doente? – reclamou, enquanto se ocupava das panelas e frigideiras e fazia a comida da nossa pequena equipe.

Uma hora antes de o restaurante abrir, sempre jantávamos todos juntos: Jacquie, nosso chefe de cozinha e o mais velho de todos, Paul, o jovem subchefe, os dois assistentes Claude e Marie, Suzette e eu. Essas refeições, durante as quais discutíamos não apenas assuntos relativos ao restaurante, tinham algo muito familiar. Conversávamos, brigávamos, ríamos, e depois cada um se lançava com mais disposição ao trabalho.

– Sinto muito, Jacquie, mas tenho um compromisso importante que me pegou de surpresa – eu disse, e o cozinheiro se voltou para mim com um olhar penetrante.

– Deve ter mesmo pegado você de surpresa, esse compromisso. Hoje na hora do almoço, quando conversamos sobre o menu da véspera de Natal, você ainda não sabia dele.

– Já liguei para a Juliette – eu disse rapidamente, para que ele não continuasse a investigar. – Ela virá, e para dezembro, de toda maneira, precisamos pensar se não será necessário contratar alguém para ajudar na cozinha. Se o Paul ficar doente por muito tempo, posso ajudar você na cozinha, e perguntamos a Juliette se ela pode me substituir no restaurante nos fins de semana.

– *Ah, non*, não gosto de trabalhar com mulheres na cozinha – disse Jacquie. – As mulheres não conseguem ter ousadia suficiente para fazer um bom assado.

– Não seja insolente – respondi. – Sou muito ousada para fazer assados. E você é um velho chauvinista, Jacquie.

Ele sorriu com ironia.

– Sempre fui, sempre fui. – Picou rapidamente duas cebolas grandes em uma tábua de madeira e, com a faca, empurrou os pedaços em uma grande frigideira. – Além do mais, você não é muito boa para fazer molhos. – Dourou os pedacinhos de cebola na manteiga, verteu vinho branco e baixou um pouco o fogo.

– O que é que você está dizendo, Jacquie? – perguntei indignada. – Você mesmo me ensinou a fazer a maioria dos molhos, e meu filé com molho de pimenta é absolutamente delicioso; você sempre disse isso.

Ele sorriu.

– Sim, seu molho de pimenta é maravilhoso, mas só porque você conhece a receita secreta do seu pai. – Jogou um punhado de batatas na fritadeira, e meu protesto desapareceu sob o sibilar da gordura quente.

Quando Jacquie trabalhava ao fogão, transformava-se em malabarista. Adorava manter várias bolas no ar ao mesmo tempo, e era de tirar o fôlego observá-lo.

– Em compensação, você faz ótimas sobremesas, isso eu tenho de reconhecer – continuou impassível, sacudindo a frigideira. – Bom, vamos torcer para o Paul estar melhor no sábado. – Lançou-me um olhar por cima da fritadeira e deu uma piscadela. – Compromisso importante, é? Como se chama o felizardo?

O felizardo se chamava Robert Miller, embora ainda nada soubesse de sua felicidade. Não sabia que na sexta-feira teria um *blind date** no La Coupole. E eu não sabia se ele ficaria muito feliz quando uma cliente inoportuna perturbasse sua conversa com André Chabanais.

Mas então veio a quinta-feira e com ela uma carta, que me deu a certeza de que eu havia feito tudo certo e de que, às vezes, era bom seguir o próprio sentimento, não importava quão absurdo ele parecesse para as outras pessoas.

Da caixa de correspondência, tirei um envelope que continha apenas meu nome. No envelope, alguém afixara um bilhete, no qual se lia:

Cara mademoiselle Bredin, esta carta chegou ontem à tarde na editora. Parabéns! Robert Miller deve ter se desfeito de seu endereço por descuido, por isso a enviou para a editora. Achei que não haveria nenhum problema em colocá-la diretamente na sua caixa de correspondência. Nos vemos amanhã à noite. Bonne lecture!

André Chabanais

Sorri. Era bem o estilo desse André Chabanais me dar os parabéns, como se eu tivesse vencido uma aposta, e me desejar boa leitura. Apesar de tudo, ele deve ter ficado surpreso por seu autor ter me respondido.

Nem por um segundo me questionei como André Chabanais conseguira meu endereço residencial.

Eu mal podia esperar para ler a carta. Sentei-me de casaco no degrau frio de pedra da escada do cemitério e a abri. Depois, li as frases que haviam sido regularmente escritas com caneta azul e caligrafia inclinada.

Dear Miss Aurélie Bredin,

Fiquei muito feliz ao receber sua simpática carta. Infelizmente, meu cãozinho Rocky também gostou

---

* Encontro às escuras. (N. do E.)

muito dela, sobretudo do envelope. Quando me dei conta, já era tarde demais, e Rocky, esse monstrinho devorador, já o tinha engolido com o endereço. Peço desculpas for meu cão. Ele ainda é muito jovem, e estou mandando minha resposta a meu fiel revisor André Chabanais, que espero que consiga entregá-la à senhorita. Gostaria de lhe dizer, cara mademoiselle Bredin, que já recebi muitas correspondências de fãs, mas nunca uma tão bonita e empolgante.

Realmente fico muito feliz por meu pequeno romance sobre Paris tê-la ajudado tanto em um momento em que a senhorita estava tão triste. Ele deve, então, ter servido para alguma coisa, e isso é mais do que se pode dizer sobre a maioria dos livros. (Também espero que a senhorita tenha conseguido escapar definitivamente da polícia!)

Acho que consigo entendê-la muito bem. Também fiquei triste por um longo período; por isso me compadece do fundo de coração com senhorita!

Não sou do tipo que gosta de estar em público; prefiro ficar incógnito, e temo ser um pouco monótono, pois adoro ficar em meu casa de campo, passear no natureza e consertar automóveis antigos; porém, se isso não a assustar, aceito de bom grado o encantador convite para ir a seu pequeno restaurante quando retornar a Paris.

Minha próxima passagem pela cidade será muito breve e cheia de compromissos, mas gostaria de ir com mais tempo, de modo que possamos conversar com calma. Sim, conheço seu restaurante e por ele senti amor à primeira vista, sobretudo pelas toalhas de mesa quadriculadas de vermelho e branco.

Muito obrigada pela bela foto que me enviou. Se me permite, a senhorita é muito sexy, e espero com isso não ferir sua intimidade.

E, obviamente, a senhorita tem razão: sua semelhança com Sophie, cara Aurélie, é surpreendente, e acho que lhe devo uma explicação sobre meu pequeno segredo!

Por enquanto, digo apenas o seguinte: em minhas expectativas mais ousadas, nunca imaginei receber uma correspondência da heroína do meu livro. É como um sonho que se transforma em realidade.

Espero sinceramente que agora a senhorita esteja se sentindo melhor e já esteja livre de sua tristeza. Será um prazer vê-la pessoalmente em breve!

Desculpe-me, meu francês é um tanto fraco, infelizmente! Mas espero que, mesmo assim, a senhorita tenha ficado feliz ao receber meu resposta.

Mal posso esperar para sentar-me em seu bela restaurante e, finalmente, conversar com senhorita sobre TUDO.

Felicidades e à tout bientôt!
Cordialmente,
Robert Miller

– Por acaso tem um regador, mademoiselle? – grasnou uma voz atrás de mim.

Tive um sobressalto e me virei.

À minha frente estava uma senhorinha vestida com um casaco de astracã preto e, por cima, uma capa de chuva combinando. Estava com um batom vermelho e me mediu com curiosidade.

– Um *regador!* – repetiu impaciente.

Abanei a cabeça.

– Não, sinto muito, madame.

– Isso é mau, muito mau – balançou a cabeça e, irritada, apertou os lábios vermelhos.

Perguntei-me o que a velha senhora queria fazer com um regador. Afinal, nas últimas semanas tinha chovido tanto que certamente a terra estava úmida o suficiente.

– Roubaram meu regador – explicou-me. – Tenho certeza de que o escondi atrás da lápide – disse apontando para um túmulo nas proximidades, sobre o qual uma velha árvore estendia seus galhos nodosos –, e agora ele sumiu. Hoje em dia não há lugar em que não se roube. Até mesmo no cemitério. Pode uma coisa dessas?

Revolveu sua grande bolsa preta e, por fim, tirou um maço de Gauloises. Fiquei pasma. Acendeu um cigarro, inalou-o profundamente e soprou a fumaça no céu azul.

Depois, estendeu o maço em minha direção.

– Aceita?

Abanei negativamente a cabeça. Às vezes eu fumava nos cafés, mas nunca em cemitérios.

– Vamos, pegue um, minha filha. – Ficou balançando o maço na minha frente. – Nunca mais seremos tão jovens como agora. – Deu uma risadinha disfarçada. Tampei a boca com a mão e sorri espantada.

– Está bem, obrigada – respondi. Ela acendeu meu cigarro.

– De nada – disse ela. – Ah, vamos esquecer essa bobagem de regador. Estava rachado mesmo. Não é bonito o sol brilhar depois de toda aquela chuva?

Fiz que sim. Era mesmo bonito. O sol brilhava, e a vida voltava a aparecer cheia de surpresas.

E foi assim que, na tarde ensolarada de quinta-feira, me vi no Père Lachaise, fumando na companhia de uma burlesca senhora de idade, que parecia ter acabado de sair de um filme de Fellini. Ao nosso redor reinava um silêncio sereno, e tive a sensação de que éramos as únicas pessoas no imenso cemitério.

Ao longe se erguia a musa Euterpe, símbolo da jovialidade, que há tanto tempo vigiava o túmulo de Frédéric Chopin. Aos pés da sepultura de pedra havia muitos vasos com flores, e ramalhetes de rosas estavam presos à grade. Deixei meu olhar vagar. Alguns túmulos ainda estavam decorados com as flores do Dia de Todos os Santos; o tempo havia passado por cima de outros, permitindo que a natureza reconquistasse seu terreno e ervas daninhas e plantas selvagens cobrissem as bordas de pedra. Ali, os mortos haviam sido esquecidos. E não eram poucos.

– Fiquei observando você – disse a velha senhora, piscando com seus sábios olhos castanhos, circundados por centenas de pequenas rugas. – Parecia estar pensando em alguma coisa bonita.

Dei uma tragada no cigarro.

– E estava mesmo – respondi sorrindo. – Estava pensando em amanhã. Amanhã à noite vou ao La Coupole, sabe?

– Que coincidência! – disse a velha senhora, e balançou contente a cabeça. – Também vou ao La Coupole amanhã. Vou comemorar meu aniversário de oitenta e cinco anos, minha filha. Adoro o La Coupole. Todos os anos passo meu aniversário lá. Sempre como ostras; são muito boas.

De repente, vi a senhora de Fellini cercada por seus filhos e netos, festejando seu aniversário em uma longa mesa na *brasserie*.

– Bom, então, desde já lhe desejo uma boa comemoração – eu disse.

Ela abanou a cabeça, pesarosa.

– É, desta vez vai ser uma comemoração pequena – ela disse. – Para dizer a verdade, *muito* pequena. Só eu e os garçons, mas eles são sempre muito agradáveis. – Sorriu feliz. – Minha nossa, quantas comemorações fizemos no La Coupole! Festas de arromba. Henry, meu marido, era maestro na ópera, sabe? E após as estreias o champanhe corria solto; no final, ficávamos alegres de tanto beber. – Riu disfarçadamente. – Pois é, faz tanto tempo... E o George só vem para Paris com as crianças no Natal. Ele vive na América do Sul... – Supus que George fosse seu filho. – *Eh bien*, e desde que meu velho amigo Auguste se foi – interrompeu-se e olhou com expressão de lamento para a lápide, atrás da qual faltava o regador –, infelizmente já não há ninguém para comemorar comigo.

– Ah – eu disse. – Sinto muito.

– Não sinta, minha filha, a vida é assim. Cada um tem a sua hora. Às vezes, quando me deito à noite na cama, fico contando todos os meus mortos. – Olhou-me com expressão conspiratória e baixou a voz. – Já são trinta e sete. – Deu uma última tragada no cigarro e jogou a bituca no chão. – E eu ainda estou aqui, pode? Vou lhe dizer uma coisa, minha filha: aproveito cada maldito dia. Minha mãe morreu com cento e dois e foi feliz até o fim.

– Impressionante – eu disse.

Ela me estendeu energicamente sua pequena mão, que estava dentro de uma luva preta de couro.

– Elisabeth Dinsmore – disse. – Mas pode me chamar de Liz.

Deixei cair o restante do meu cigarro e apertei sua mão.

– Aurélie Bredin – apresentei-me. – Sabe de uma coisa, Liz? A senhora é a primeira pessoa que conheço em um cemitério.

– Ah, já fiz muitas amizades no cemitério – garantiu-me Mrs. Dinsmore, esticando a boca vermelha em um largo sorriso. – Não foram as piores.

– Dinsmore... não parece muito francês – eu disse. Já tinha percebido antes que a velha senhora tinha um leve sotaque, que, no entanto, atribuí à idade.

– E não é – respondeu ela. – Sou americana, mas vivo há uma eternidade em Paris. E você, minha filha? O que vai fazer no La Coupole? – perguntou sem rodeios.

– Bem, eu... – respondi e percebi que estava ficando vermelha. – Vou me encontrar com... alguém.

– Aaaah – disse ela. E... ele é simpático? – Aparentemente, uma das vantagens da idade é que, sem perder tempo, podia-se ir direto ao assunto.

Ri e mordi o lábio inferior.

– É sim... acho que é. Ele é escritor.

– Meu Deus, um escritor! – exclamou Elisabeth Dinsmore. – Que *empolgante*!

– Pois é – respondi, sem entrar nos detalhes do meu encontro. – Também *estou* bastante empolgada.

Depois que me despedi de Mrs. Dinsmore, que me convidou para uma taça de champanhe à sua mesa na noite seguinte ("Mas provavelmente você terá coisa melhor para fazer do que tomar champanhe com uma velhota, minha filha", acrescentara piscando), ainda fiquei mais um tempo diante da lápide branca.

– *Au revoir*, pai – sussurrei. – Não sei por quê, tenho a sensação de que amanhã será um dia muito especial.

E, não sei por quê, eu estava certa.

Eu estava em uma fila que já começava a se formar diante da grande porta de vidro. Ainda que o La Coupole não fosse meu restaurante preferido, era um ponto de encontro popular entre jovens e velhos. Não apenas turistas iam em massa à lendária *brasserie* com marquise vermelha, que era conhecida como o maior restaurante de Paris e ficava no movimentado Boulevard Montparnasse. Executivos e pessoas que viviam em Paris também gostavam de frequentar o local para comer e comemorar. Há alguns anos, no salão de baile sob a *brasserie*, às quartas-feiras sempre havia noites de salsa, mas agora a onda devia ter passado; pelo menos não vi nenhum cartaz anunciando esse *spectacle*.

Avancei um pouco na fila e entrei no La Coupole. Imediatamente fui envolvida pelo animado vozerio. Garçons se apressavam com enormes bandejas de prata pelas longas fileiras de mesas cobertas com toalhas brancas, sobre as quais se abobadava o gigantesco salão. Mesmo que se procurasse em vão por uma verdadeira cúpula, o salão, com seus pilares pintados de verde e os lustres *art déco*, era sempre impressionante. O restaurante vibrava de tanta vida. *Se donner en spectacle** era seu lema, e os clientes pareciam levá-lo a sério. Fazia muito tempo que não ia até lá e achei divertido observar a agitação.

---

* Oferecer-se em espetáculo. (N. da T.)

Um recepcionista simpático distribuía pequenos cartões vermelhos entre os visitantes que não tinham reservado mesa e lhes pedia para aguardarem no bar. Nos cartões liam-se nomes de compositores famosos, e a cada dois minutos ouvia-se um jovem garçom que, circulando na área do bar, divertia-se visivelmente ao gritar, como um diretor de circo, a plenos pulmões: "Bach, deux personnes, s'il vous plaît", ou "Tchaikovski, quatre personnes, s'il vous plaît", ou "Debussy, six personnes, s'il vous plaît".* Então, algumas pessoas que estavam aguardando se levantavam e eram conduzidas à mesa.

– *Bonsoir*, mademoiselle, *vous avez une reservation?* Tem uma reserva? – me perguntou o recepcionista atarefado quando chegou minha vez na fila, e uma jovem pegou meu casaco e colocou uma identificação da chapelaria em minha mão.

Fiz que sim.

– *J'ai un rendez-vous avec monsieur André Chabanais*** – respondi.

O recepcionista deu uma olhada em sua longa lista.

– *Ah, oui*, aqui está – disse. – Uma mesa para três pessoas. Um momento, por favor! – e acenou para um garçom que estava passando. O garçom, um senhor mais velho, de cabelo grisalho e curto, sorriu para mim com olhar satisfeito.

– Queira me acompanhar, por gentileza, mademoiselle.

Concordei e percebi que, de repente, meu coração começou a bater mais forte. Em meia hora eu finalmente conheceria Robert Miller, para quem, conforme sua carta, seria "um prazer me ver pessoalmente em breve".

Alisei meu vestido. Era o de seda verde, o vestido do livro, o mesmo que eu estava usando na foto que mandara a Miller. Eu não deixara nada por conta do acaso.

O garçom simpático parou subitamente diante de um dos nichos revestidos de madeira.

---

* Bach, duas pessoas, por favor; Tchaikovski, quatro pessoas, por favor; Debussy, seis pessoas, por favor. (N. da T.)

** Tenho um encontro com o senhor André Chabanais. (N. da T.)

137

– *Et voilà* – disse ele. – Por favor!

André Chabanais levantou-se de um salto do banco para me cumprimentar. Estava de terno, camisa branca e uma elegante gravata cinza-escura.

– Mademoiselle Bredin! – exclamou. – Que bom vê-la... Por favor, sente-se. – Apontou-me seu lugar no banco e parou diante de uma cadeira à frente.

– Obrigada.

O garçom afastou um pouco a mesa com toalha branca e os copos já dispostos; contornei-a e sentei-me no banco forrado de couro.

André Chabanais também se sentou.

– O que deseja beber? Um champanhe para comemorar o *grande* dia? – e sorriu irônico para mim.

Percebi que fiquei vermelha, e me irritei porque vi que ele também percebeu.

– Não seja indiscreto – respondi e segurei minha bolsa, apertando-a contra o colo. – Mas, sim, um champanhe seria bom.

Seu olhar deslizou superficialmente por meus braços nus, depois ele voltou a olhar para mim.

– Parabéns – disse ele. – Se me permite, está encantadora. Esse vestido lhe cai muito bem. Destaca a cor dos seus olhos.

– Obrigada – eu disse, sorrindo. – O senhor também não está nada mal esta noite.

– Ah... – André Chabanais acenou para o garçom. – Hoje meu papel é apenas secundário, a senhorita sabe. – Virou-se. – Dois champanhes, por favor.

– Pensei que o papel secundário fosse meu – respondi. – Afinal, só estou aqui *en passant*, por assim dizer.

– Bom, vamos ver – esclareceu monsieur Chabanais. – Mesmo assim, pode colocar sua bolsa de lado. Seu autor ainda levará uns quinze minutos para chegar.

– O senhor quer dizer o *seu* autor – eu disse, colocando a bolsa de lado.

Monsieur Chabanais sorriu.

– Vamos chamá-lo simplesmente de *nosso* autor.

O garçom chegou e serviu o champanhe. Depois nos estendeu os menus.

– Obrigado, mas ainda estamos esperando outra pessoa – disse monsieur Chabanais, colocando os menus de lado.

Pegou sua taça, levantou-a, e brindamos rapidamente. O champanhe estava gelado. Bebi três grandes goles e senti que meu nervosismo cedeu lugar a uma leve alegria antecipada.

– Obrigada mais uma vez por ter organizado tudo – eu disse. – Para ser sincera, não estou me aguentando de ansiedade. – Pousei a taça de champanhe.

André Chabanais assentiu.

– Eu entendo. – E se recostou na cadeira. – Sabe, eu, por exemplo, sou um grande fã do Woody Allen. Até comecei a tocar clarinete só porque ele também toca. – Riu. – Infelizmente, minha nova paixão não foi favorecida pelo destino. Os vizinhos sempre batiam contra o teto quando eu praticava.

Bebeu um gole e alisou a toalha branca.

– Bom, um belo dia Woody Allen veio a Paris e deu um concerto com sua estranha banda de jazz, formada por senhores de idade. A sala, onde normalmente grandes orquestras tocam música clássica, estava lotada, e eu consegui um lugar na quinta fileira. Antes de tudo, como todos os outros, eu não estava ali por causa da música. Quero dizer, para ser sincero, o Woody Allen não toca melhor que um músico de jazz de um bar qualquer em Montmartre. Mas vei de perto esse senhor que eu conhecia de tantos filmes e ouvi-lo falar ao vivo foi muito especial e empolgante.

Inclinou-se e apoiou o queixo na mão.

– Mas até hoje uma coisa me deixa irritado só de pensar.

Calou-se um momento. Terminei de beber meu champanhe e também me inclinei. Esse Chabanais era um bom contador de histórias. Mas também era muito atencioso. Quando viu que minha taça estava vazia, fez sinal para o garçom, que logo trouxe mais duas *coups de champagne*.

– *À la votre* – disse André Chabanais, e ergui minha taça sem protestar.

– Então, uma coisa o deixa irritado até hoje.

– Pois é – disse ele, passando rapidamente o guardanapo na boca.

– Foi o seguinte: quando o concerto terminou, houve um aplauso gigantesco. As pessoas se levantaram, algumas batiam os pés para homenagear o homenzinho franzino, que estava ali de pé, em seu pulôver e suas calças de veludo cotelê, tão modesto e atrapalhado como nos filmes. Ele já tinha deixado o palco cinco vezes, e depois, sob os aplausos estrondosos dos fãs, acabou voltando. Foi quando um homem enorme, de terno preto, pulou de repente no palco. Ele tinha o cabelo todo esticado com gel; à primeira vista, parecia até um diretor de teatro ou um tenor. Seja como for, pôs na mão do perplexo Allen um cartão e uma caneta, para que ele lhe desse um autógrafo. E ele deu, antes de deixar o palco de vez.

Monsieur Chabanais terminou de beber sua taça.

– Gostaria de ter tido essa cara de pau para também ter pulado no palco. Imagine só: mais tarde, eu poderia mostrar esse autógrafo aos meus filhos. – Suspirou. – Agora, o bom e velho Woody está de volta à América, corro para assistir a todos os seus filmes, e dificilmente voltarei a ver seu rosto nesta vida.

Olhou para mim, e desta vez não vi nenhuma ironia em seus olhos castanhos.

– Sabe, mademoiselle Bredin, no fundo admiro sua persistência. Quando se quer uma coisa, é preciso querê-la *até o fim*.

Um leve toque de celular interrompeu seu elogio à minha força de vontade.

– Desculpe, é o meu que está tocando. – André Chabanais tirou o celular do paletó e virou-se de lado. – *Oui?*

Dei uma olhada no relógio e me espantei ao ver que já eram oito e quinze. O tempo tinha voado, e Robert Miller apareceria a qualquer momento.

– Ah, puxa, que chato, sinto muito – ouvi monsieur Chabanais dizer. – Não, não, não tem problema nenhum. Já estou sentado aqui, bem confortável. Não há por que se estressar. – Riu. – Tudo bem. Até mais tarde, então. *Salut*. – Voltou a colocar o celular no bolso.

– Era Robert Miller – ele disse. – Ainda está preso e só vai chegar daqui a meia hora. – Olhou-me candidamente. – Chato agora a senhorita ter de esperar.

Dei de ombros.

– Bom, o importante é que ele vem – respondi e me perguntei onde exatamente ele estaria preso. O que estaria fazendo se não estava escrevendo nenhum livro? Ia perguntar isso, quando André Chabanais disse:

– *À propos*, a senhorita ainda não me falou nada sobre a carta de Miller. O que ela dizia?

Sorri para ele e enrolei uma mecha de cabelo no dedo.

– Sabe de uma coisa, monsieur Chabanais, revisor-chefe das Éditions Opale? – perguntei fazendo uma pequena pausa dramática. – Isso não lhe diz respeito.

– Ah – ele respondeu decepcionado. – Ora, vamos, seja um pouquinho indiscreta, mademoiselle Bredin. Afinal, fui eu quem colocou a carta na sua caixa de correspondência.

– Nunca – eu disse. – O senhor vai rir de novo da minha cara.

Ele mostrou uma expressão de inocência.

– Vai sim, vai sim – eu disse. – Aliás, como conseguiu meu endereço?

Por um breve momento ele pareceu perturbado, depois riu.

– Segredo profissional. Se não me contar nada, também não lhe conto nada. Embora eu estivesse esperando um pouquinho de gratidão.

– Nem pensar – esclareci, e voltei a beber outro gole. Enquanto eu não soubesse que tipo de ligação havia entre mim e Robert Miller, não diria nenhuma palavra. Afinal, Miller tinha falado de um "pequeno segredo".

Aos poucos, o champanhe subia à minha cabeça.

– Em todo caso, acho que o *nosso* autor – fiz uma pausa significativa – não vai ficar tão bravo assim por me ver sentada aqui. Ele me respondeu com muita gentileza.

– Surpreendente – respondeu monsieur Chabanais. – Sua carta deve ter sido irresistível.

– Será que o senhor conhece bem mesmo Robert Miller? – perguntei, ignorando o "irresistível".

– Ah, *muito* bem. – Teria eu reconhecido um sopro de ironia no sorriso de monsieur Chabanais ou estaria apenas imaginando coisas? – Não somos necessariamente amigos íntimos, e em muitos aspectos acho que ele é excêntrico, mas eu afirmaria que o conheço até nas dobras mais entrelaçadas de seu cérebro.

– Interessante – respondi. – Pelo menos aparentemente, ele tem muita consideração por seu "fiel" revisor.

– É o que espero. – André Chabanais olhou para o relógio. – Sabe de uma coisa? Cansei de esperar. Estou morrendo de fome. O que acha se pedirmos?

– Não sei – respondi hesitante. – Na verdade, nem era para eu estar aqui... – A essa altura, já eram oito e meia, e percebi que aos poucos também fui ficando com fome.

– Então vou pedir – disse André Chabanais, acenando novamente para o garçom. – Gostaria de fazer o pedido – disse. – Queremos dois, não, três *curry d'agneau des Indes*, e para beber... – bateu o dedo no menu – esse Château Lafite-Rothschild.

– Pois não. – O garçom pegou os menus e colocou uma cesta de pães na mesa.

– Já que está aqui, vale a pena provar o famoso curry de cordeiro – disse monsieur Chabanais, cujo humor estava ficando cada vez melhor, e apontou para os indianos vestidos de marajá, que conduziam um carrinho pelos corredores, de um lado para o outro do restaurante, e serviam o curry de cordeiro. – Estou interessado em sua opinião profissional.

Quando o celular de André Chabanais voltou a tocar pouco depois das nove e Robert Miller cancelou seu encontro no La Coupole, era tarde demais para ir embora, apesar de eu ter pensado rapidamente a respeito.

Já tínhamos bebido uma taça do delicioso vinho tinto aveludado, e o lendário curry de cordeiro, que na minha opinião não era tão lendário assim e poderia muito bem vir acompanhado de mais banana, maçã e raspas de coco, fumegava em nossos pratos.

Monsieur Chabanais deve ter notado minha breve hesitação quando me anunciou a novidade com expressão pesarosa e eu peguei a taça bojuda de vinho tinto com imensa decepção.

– Que coisa chata – disse ele, por fim. – Acho que agora vamos ter de comer todo o curry sozinhos. – Olhou-me com cômico desespero. – Não vai me deixar aqui sozinho com um quilo de cordeiro e uma garrafa inteira de vinho tinto, vai? Diga que não vai fazer isso!

Acenei com a cabeça.

– Não, claro que não. O senhor não tem culpa de nada. Bom, não há mesmo o que fazer... – Bebi um gole de vinho e me esforcei para sorrir.

Eu tinha ido até lá totalmente em vão. Tinha tirado uma noite de folga em vão. Tinha tomado banho, arrumado o cabelo, colocado o vestido verde em vão. Tinha ficado diante do espelho em vão, pensando nas frases que queria dizer a Robert Miller. Cheguei tão perto. Por que as coisas não podiam dar certo pelo menos uma vez?

– Puxa vida, você ficou mesmo decepcionada – disse Chabanais com compaixão. Depois, franziu a testa. – Ah, às vezes tenho vontade de mandar esse Miller para aquele lugar. Não é a primeira vez que ele cancela um compromisso na última hora, sabia?

Olhou-me com seus olhos castanhos e sorriu.

– Agora você está aqui sentada com o revisor chato e pensando que veio totalmente em vão e que o curry não é tão fabuloso como todos dizem... – Suspirou. – De fato, está amargo. Mas o vinho é excelente, isso a senhorita tem de admitir!

Concordei.

– Sim, admito. – André Chabanais estava se esforçando para me consolar, e, apesar de tudo, era muito gentil da parte dele.

– Ah, vamos, mademoiselle Bredin, não fique assim tão triste – disse então. – Você ainda vai conhecer esse autor, é só uma questão de tempo. Seja como for, ele lhe escreveu, e isso já é alguma coisa, ou não é? – e, com expressão interrogativa, abriu os braços.

– É sim – respondi e, pensativa, passei o dedo nos lábios. Chabanais tinha razão. Nada estava perdido. E, no fundo, talvez fosse até melhor se eu pudesse me encontrar sozinha com Robert Miller. Em meu próprio restaurante.

Chabanais inclinou-se.

– Sei que sou um mau substituto para o grande Mr. Miller, mas vou fazer tudo o que estiver ao meu alcance para que você não guarde uma lembrança tão ruim desta noite e ainda me dê um ínfimo sorriso de presente.

Ele acariciou minha mão e a segurou por mais tempo do que o necessário.

– A senhorita é uma pessoa tão fatalista, mademoiselle Bredin. Acha que poderia haver um sentido mais profundo no fato de estarmos *os dois* aqui, neste momento, de mãos dadas?

Ele piscou para mim e então sorri a contragosto, antes de retirar minha mão da sua e de repreendê-lo.

– Algumas pessoas alcançam o dedinho e já querem logo a mão inteira – disse-lhe. – Tanto fatalismo assim não *pode* existir, monsieur Chabanais. Por favor, me sirva um pouco mais de vinho.

10

A noite foi melhor do que eu tinha imaginado. Aurélie Bredin estava visivelmente inquieta, mas chegou entusiasmada ao La Coupole – com cinco minutos de antecedência e naquele vestido de seda verde, como notei sorrindo.

Estava deslumbrante, e precisei me controlar muito para não ficar boquiaberto. Levei-a um pouco na conversa, para matar o tempo, e Aurélie mostrou-se mais acessível em seu estado de alegre expectativa do que eu imaginava.

Depois, conforme combinado, Silvestro ligou no meu celular. Aceitara a tarefa sem fazer muitas perguntas.

– E aí, como vão as coisas? – ele me perguntou, e eu respondi:

– Ah, puxa, que chato, sinto muito.

– Parece que está indo tudo bem – disse ele, e eu respondi novamente:

– Não, não, não tem problema nenhum. Já estou sentado aqui, bem confortável. Não há por que se estressar.

– Então, bom divertimento e até daqui a pouco – disse ele, e eu desliguei.

Aurélie Bredin engoliu o atraso, e pedi dois champanhes para nós. Bebemos e conversamos, e gelei quando ela repentinamente me perguntou como eu tinha conseguido seu endereço residencial. Mas consegui escapar do aperto com habilidade. Além disso, ela tampouco me revelou seus pequenos segredos. Nem uma palavra sequer do que havia na carta que eu lhe escrevera. E, obviamente, também não mencionou o convite que havia feito a Robert Miller para ir a seu belo restaurante.

Às nove e quinze, já estávamos comendo nosso curry de cordeiro, e mademoiselle Bredin estava justamente me explicando por que não acreditava em coincidências quando Silvestro ligou novamente e disse:

– E aí? Já ganhou a garota?

Suspirei ao telefone e, com um gesto teatral, passei a mão pelos cabelos.

– Não, não *acredito*... Ah, que desagradável!

Ele riu e disse:

– Então persista, rapaz!

E eu respondi:

– Sinto muitíssimo, Mr. Miller, mas será que não daria para o senhor dar uma passada aqui, mesmo que bem rápida?

Pelo canto do olho, vi que mademoiselle Bredin havia pousado os talheres com inquietação e olhava para mim.

– Sim, nós... ahn, quer dizer, eu... eu já pedi algo para comer. Quem sabe o senhor consegue chegar? – Não cedi.

– Quem sabe o senhor consegue chegar! – repetiu Silvestro, zombando. – Você devia se ouvir. Isso é o que chamo de empenho. Mas não, não vou. Que você tenha uma ótima noite com a garota.

– Pelo menos duas horas... Sei... Completamente exausto... hum... hum... Bem, então não há o que fazer... Sim... pena *mesmo*... Tudo bem... Ligue quando estiver em casa – repeti com voz prostrada as frases que Miller nunca havia dito.

– Bom, agora vamos acabar com isso, já chega – disse Silvestro. – *Ciao, ciao!* – e desligou.

– Okay... Não, entendo sim... Okay... Não tem problema... Até mais, Mr. Miller.

Coloquei o celular ao lado do prato e olhei fixamente para os olhos de mademoiselle Bredin.

– O Miller acabou de cancelar – anunciei, respirando fundo. – Houve uns problemas. Disse que ainda vai levar no mínimo duas horas para sair da reunião, talvez até mais, e que já está completamente exausto, que não faria sentido nos encontrarmos agora, porque amanhã ele tem de voltar para casa bem cedo.

Vi quando ela engoliu em seco e pegou sua taça de vinho como uma tábua de salvação, e, por um momento, temi que ela simplesmente se levantasse e fosse embora.

– Sinto muito mesmo – eu disse, pesaroso. – Talvez isso tudo não tenha sido uma boa ideia.

E, quando ela abanou a cabeça e continuou sentada, dizendo-me que eu não tinha culpa de nada, de algum modo fiquei com a consciência pesada. Mas o que eu poderia fazer? Não tinha como tirar um Robert Miller da cartola. Afinal, eu já estava lá.

Então, pus-me a consolar mademoiselle Bredin e a fazer algumas piadas com seu fatalismo. Por um doce momento, cheguei até a pegar em sua mão, mas ela a retirou e me repreendeu, como se eu fosse um garoto mal-educado.

Em seguida, perguntou-me o que Robert Miller fazia se não estava escrevendo nenhum livro e que reunião era aquela. Respondi que não sabia ao certo, que ele era engenheiro e, provavelmente, ainda trabalhava como consultor para a indústria automobilística.

Depois, ouvi com paciência o que ela achara de tão maravilhoso no livro de Robert Miller, como era incrível ter achado esse livro justamente no momento certo e em que passagens tinha rido ou ficado emocionada. Lisonjeado, ouvi com atenção suas belas palavras e observei seus olhos verde-escuros ganharem intensa meiguice.

Mais de uma vez fiquei tentado a lhe dizer que era eu, apenas eu quem tinha salvado sua alma. Mas o medo de perdê-la antes de ter a oportunidade de conquistá-la era enorme.

Assim, dissimulei a surpresa quando ela, hesitante, mas com confiança crescente, me contou a respeito da coincidência com o restaurante e a heroína, que eu já conhecia muito bem.

– Entende agora por que *preciso* ver esse homem? – perguntou, e concordei, compreensivo. Afinal, eu era o único a possuir a chave para o "segredo fatal". Esse segredo era muito mais fácil de ser explicado do que Aurélie Bredin imaginava, embora não fosse menos fatal.

Se na época eu tivesse publicado o livro com o *meu* nome e a *minha* foto, a moça de olhos verdes e sorriso encantador que vi pela janela de um restaurante e escolhi para ser a heroína da minha fantasia teria visto em *mim* o homem que o destino lhe enviara. E tudo teria dado certo.

Mas eu estava condenado à mentira e lutava contra um escritor fictício. Bem, não *totalmente* fictício, conforme percebi com certa dor quando Aurélie Bredin voltou a me questionar.

– Eu me pergunto por que a mulher de Miller o deixou – disse pensativa, garfando o último pedaço do curry de cordeiro no prato. – Ele é um engenheiro bem-sucedido e deve ser uma pessoa calorosa e bem-humorada; do contrário, não conseguiria escrever esse tipo de livro. Sem contar que, na minha opinião, é lindo de morrer. Poderia até ser ator, não acha? Como alguém abandona um homem tão atraente?

Ela terminou de beber seu vinho. Encolhi os ombros e enchi novamente sua taça. Quando achou que o dentista era *lindo de morrer*, não foi fácil para mim. Que bom que ela nunca encontraria pessoalmente esse Sam Goldberg. Não se eu pudesse impedir!

– O que foi? De repente você pareceu tão sério. – Olhou-me achando graça. – Eu disse alguma coisa errada?

– Não, claro que não! – Achei que era hora de desmontar um pouquinho o super-herói atraente. – Só que nem sempre é possível enxergar o que há por trás da fachada, não é verdade? – eu disse de maneira eloquente. – E uma boa aparência não é tudo. Particularmente, acho que a mulher deve ter sofrido na mão dele. Por mais que eu admire Miller como autor.

Mademoiselle Bredin pareceu insegura.

– O que está querendo dizer com "sofreu na mão dele"?

– Ah, nada, é bobagem minha, esqueça. – Ri um pouco alto demais, como se quisesse disfarçar que tinha dito mais do que deveria. Então, resolvi mudar de assunto. – Quer mesmo passar a noite toda falando de Robert Miller? Embora esta seja a razão pela qual estamos aqui, ele nos deu o cano. – Peguei a garrafa e me servi. – Me interessa muito mais saber por que uma mulher tão encantadora ainda não é casada. Tem tantos vícios assim?

Aurélie enrubesceu.

– Haha – riu. – E o senhor?

– Está querendo saber por que um homem tão encantador como eu ainda não é casado, ou quais são meus vícios?

Aurélie bebeu um gole do vinho tinto, e um sorriso esgueirou-se em seu rosto. Apoiou os cotovelos na mesa e olhou para mim por cima das mãos unidas.

– Os vícios – respondeu.

– Hum. É o que eu temia. Os vícios são maiores do que eu. – Peguei sua mão e comecei a contar nos dedos. – Comer, beber, fumar, tirar belas mulheres do bom caminho... É suficiente para o começo?

Ela retirou a mão e riu achando graça, enquanto concordava com a cabeça. Olhei para sua boca e pensei em como seria bom beijá-la.

Em seguida, finalmente deixamos de falar de Robert Miller para falar de nós, e aquele momento cheio de cumplicidade tornou-se quase um verdadeiro *rendez-vous*.* Quando o garçom chegou à nossa mesa perguntando "Desejam mais alguma coisa?", pedi outra garrafa de vinho. Eu já estava me imaginando no sétimo céu quando aconteceu uma coisa que não estava prevista no meu cardápio romântico.

Até hoje, às vezes ainda me pergunto se o autor secreto não caíra em total insignificância para que eu pudesse assumir seu lugar, não tivesse aquela velha senhora burlesca se sentado repentinamente à nossa mesa.

– *Un, deux, trois: ça c'est Paris!*** – Uma dúzia de garçons bem-humorados reunira-se em semicírculo em um lado do salão. A plenos pulmões, exclamaram a frase que soou como um grito de guerra, e que toda noite (com frequência, mais de uma vez) podia ser ouvida no La Coupole. Pois, entre os inúmeros clientes, há sempre um que faz aniversário.

---

* Encontro. (N. do E.)

** Um, dois, três: isto é Paris! (N. da T.)

Metade do salão se voltou para olhar quando os garçons se dirigiram em fila indiana, carregando um bolo enorme, sobre o qual inúmeras velinhas espalhavam sua luz como pequenos fogos de artifício, para a mesa à qual estava sentada a aniversariante. Era uma mesa duas fileiras atrás da nossa, e Aurélie Bredin, que estava voltada para essa direção, esticou o pescoço para conseguir ver melhor.

Em seguida, ela se levantou de repente e acenou.

Virei-me surpreso e vi uma alegre senhora de idade em um vestido lilás furta-cor, sozinha a uma mesa, com uma enorme travessa cheia de ostras à sua frente, e que apertava a mão de todos os garçons. Depois, olhou em nossa direção e, animada, retribuiu o aceno.

– Conhece aquela senhora? – perguntei a Aurélie Bredin.

– Sim, claro! – ela exclamou entusiasmada e voltou a acenar. – É Mrs. Dinsmore. Nos conhecemos ontem no cemitério. Não é *incrível?*

Fiz que sim e sorri. Não estava achando tão incrível assim. Eram dez e meia, e tive a sensação ruim (mas correta) de que a bela intimidade em nossa mesa chegava ao fim.

Poucos minutos depois, conheci Mrs. Dinsmore, que veio até nossa mesa, uma americana de oitenta e cinco anos que emanava uma nuvem de Opium. Era viúva de um maestro, mãe de um construtor de pontes na América do Sul, avó de três crianças de cabelos louros cacheados e musa de inúmeros artistas, que tinham uma coisa em comum: todos haviam comemorado com Mrs. Dinsmore verdadeiras festas de arromba no La Coupole. E já estavam todos debaixo da terra.

Há pessoas que se sentam a uma mesa e logo monopolizam a conversa. Aos poucos, o diálogo emudece, qualquer outro tema se apaga como uma pequena chama, e, no máximo após cinco minutos, todos passam a ouvir hipnotizados as narrações e anedotas dessas personalidades arrebatadoras, que fazem grandes gestos e que, indiscutivelmente, são muito divertidas, mas difíceis de ser interrompidas.

Temi que Mrs. Dinsmore *fosse* uma dessas pessoas.

Desde que a senhora de oitenta e cinco anos, cachinhos prateados e batom vermelho se sentara à nossa mesa com a exclamação "Que surpresa feliz, minha filha! Vamos brindar com um Bollinger!", já não havia para mim a menor possibilidade de atrair a atenção de Aurélie Bredin.

O champanhe foi imediatamente trazido à nossa mesa em um balde de prata repleto de gelo, e era quase impossível não notar que Mrs. Dinsmore era a preferida absoluta de Alain, Pierre, Michel, Igor e de todos os outros garçons, independentemente do nome. De repente, nossa mesa foi a que passou a receber mais atenção de todos os empregados do La Coupole. E a tranquilidade tinha ido para o espaço.

Após duas taças de champanhe, me rendi ao carisma da velha senhora, que não parava de falar, e observei fascinado as penas de seu pequeno chapéu lilás, que balançavam para cima e para baixo a cada movimento. Aurélie Bredin, que não desgrudava os olhos dos lábios de Mrs. Dinsmore e parecia se divertir muito, sempre me lançava um olhar quando juntos desatávamos a rir com as engraçadas experiências da notável lady. Quanto mais bebíamos, mais engraçada ficava a situação e, após algum tempo, também me diverti tanto quanto os outros.

Às vezes, Mrs. Dinsmore interrompia seu interessante monólogo para chamar a nossa atenção em relação aos outros clientes no salão (para uma senhora de idade, ela enxergava muito bem) e nos perguntar se já tínhamos festejado nosso aniversário no La Coupole ("Mas precisam fazer isso um dia, é sempre muito divertido!"). Depois, quis saber quando fazíamos aniversário (dessa maneira, fiquei sabendo que Aurélie Bredin faria aniversário cerca de duas semanas depois, ou melhor, em 16 de dezembro) e, animada, bateu palmas.

– Dois de abril e 16 de dezembro – repetiu. – Um ariano e uma sagitariana. Dois signos do fogo. Uma excelente combinação!

Não sou muito versado em astrologia, mas, nesse ponto, obviamente concordei de bom grado. A própria Mrs. Dinsmore nascera no último dia do signo de escorpião, conforme nos contou um segundo depois. E mulheres de escorpião eram tão espirituosas quanto perigosas.

O La Coupole foi se esvaziando aos poucos; apenas em nossa mesa ainda se comemorava, bebia e ria, e não havia dúvida de que Mrs. Dinsmore estava tendo um de seus momentos de glória.

– Exatamente nesta mesa, ou teria sido naquela ali? Bem, pouco importa, jantei e comemorei meu aniversário com Eugène – entusiasmou-se Mrs. Dinsmore justamente quando um dos garçons nos servia champanhe.

– Que Eugène? – perguntei.

– Ionesco, claro, quem mais poderia ser? – ela respondeu com impaciência. – Ah, às vezes ele era mesmo indescritivelmente engraçado, não apenas em suas peças! E agora está em Montparnasse, coitado! Mas eu o visito de vez em quando. – Riu pensativa. – Ainda me lembro muito bem, mas infelizmente esqueci quantos anos estava fazendo naquela noite. Foram duas vezes, dá para imaginar? *Duas vezes...!* – Olhou para nós com seus olhinhos escuros, que reluziam como dois botões – ...que um garçom atrapalhado derrubou vinho tinto no paletó cinza-claro de Eugène. E sabem o que ele disse? O seguinte: "Não tem problema. Pensando bem, nunca gostei muito da cor desse terno!" – Mrs. Dinsmore jogou a cabeça para trás e deu uma gargalhada, e as pequenas penas em sua cabeça balançaram como se ela estivesse para levantar voo.

Após uma pequena digressão na vida privada de Eugène Ionesco, que muito provavelmente não podia ser encontrada em nenhuma biografia, Mrs. Dinsmore voltou-se para mim.

– E você, meu jovem? O que está escrevendo? Aurélie me contou que é *escritor*! Uma profissão incrível – acrescentou, sem esperar por minha resposta. – Devo dizer que sempre achei os escritores um *tantinho* mais interessantes que os atores ou pintores. – Depois, inclinou-se para Aurélie, aproximando a boca vermelha da orelha delicada de mademoiselle Bredin, que, conforme percebi pela primeira vez, era um pouquinho de abano, e disse: – Minha filha, este é o rapaz certo.

Aurélie levou a mão à boca de tanto rir, e sua repentina explosão de hilaridade deixou-me tão perturbado quanto o fato de a velha senhora ter me considerado um escritor. Mas, caramba, eu era mesmo um escritor, ainda que não um grande literato, e, além disso, era o rapaz certo. Assim, juntei-me espontaneamente à risada das duas.

Mrs. Dinsmore ergueu sua taça.

– Sabe de uma coisa? Você é muito simpático, rapaz – afirmou com generosidade, dando-me tapinhas na perna com as mãos, que traziam anéis com pedras surpreendentemente grandes. – Me chame simplesmente de Liz.

Meia hora depois, "Liz", mademoiselle Bredin e eu fomos os últimos clientes a deixar o La Coupole, recebendo as diversas despedidas calorosas dos garçons. Dividimos o mesmo táxi, que, no entanto, Mrs. Dinsmore fez questão de pagar ("O aniversário é meu, então sou eu quem vai pagar o táxi, ora essa!"), e que primeiro deixaria mademoiselle Bredin, depois eu e, por fim, a aniversariante, que morava em algum lugar no Marais. Durante a viagem, mademoiselle Bredin, bem como Mrs. Dinsmore, ficou sentada ao meu lado (fui colocado entre as duas), e de vez em quando sua cabeça e seus cabelos perfumados pendiam sobre meu ombro. Depois de tudo isso, tive de admitir que a noite saíra diferente do que eu havia esperado.

No entanto, indiscutivelmente, foi uma das noites mais divertidas da minha vida.

Uma semana depois, em uma tarde de domingo, eu estava sentado com Adam Goldberg nas poltronas vermelhas de couro do Café des Éditeurs, contando a ele sobre Aurélie Bredin e todo o singular imbróglio que minha vida se tornara nas últimas semanas.

Na verdade, estávamos esperando por Sam, que tinha vindo com Adam, mas o dentista ainda tinha ido ao Campo de Marte para comprar miniaturas da Torre Eiffel para os filhos.

– *Uh, boy* – disse Adam, quando lhe relatei a respeito da minha noite no La Coupole e do falso telefonema de Silvestro. – Espero que você tenha claro em mente que está pisando em terreno minado. Não dá para mentir um pouco menos, não?

– Olha quem fala! – respondi. – Se me permite lembrá-lo, essa história toda com pseudônimo e foto do autor foi ideia sua! – Eu não estava habituado a ver meu amigo, que geralmente era tão imperturbável, preocupado daquele jeito. – Puxa, Adam, qual é? – perguntei. – Você sempre me diz para não me preocupar, e agora está bancando o apóstolo da moral?

Adam ergueu a mão, tentando me tranquilizar.

– Tudo bem, tudo bem. Mas antes era algo profissional. Agora toda essa história está adquirindo um tom pessoal. Não gosto disso. – Tamborilou os dedos no braço da poltrona. – Sinceramente, acho perigoso, meu caro. Quer dizer, ela é uma *mulher*, André. Tem *sentimentos*. O que você acha que vai acontecer se ela descobrir que você a levou no bico? Que a enganou *conscientemente*? Depois essa moça ainda faz um escândalo, vai até a editora chorar as mágoas com o monsieur Monsignac, e aí sim você vai ter de arrumar suas coisas e ir embora.

Balancei a cabeça.

– Meu plano é absolutamente impermeável – eu disse. – Aurélie nunca saberá a verdade, a menos que você conte para ela.

Desde a noite no La Coupole, eu tivera tempo suficiente para refletir sobre como iria proceder. E decidira, em um futuro próximo, enviar a mademoiselle Bredin outra carta de Robert Miller, na qual ele lhe sugeriria marcar o jantar a dois no Le Temps des Cerises. Eu até já sabia exatamente quando seria esse encontro: no aniversário de Aurélie Bredin.

Só que dessa vez a carta teria de vir diretamente da Inglaterra. Por isso, eu pedira a Adam que a levasse após a leitura da obra e a colocasse em uma caixa de correio em Londres. Por que Robert Miller não apareceria novamente, eu ainda não fazia ideia. Sabia apenas que, nessa noite, por alguma razão a ser ainda inventada, eu estaria lá. De todo modo, estava claro para mim que, dessa vez, esse novo cancelamento, que deveria se suceder em breve, não seria transmitido por mim.

Mas deveria chamar atenção.

Naquele momento em que eu estava sentado com o agente inglês de Robert Miller no café-restaurante, onde leitores e editores gostavam de se encontrar para falar de alta e menos alta literatura diante das estantes de livros junto às paredes, uma ideia passou de relance por minha cabeça e foi me agradando cada vez mais. Só que, primeiro, ainda tinha de ser um pouco aperfeiçoada, para que Adam Goldberg participasse. Então, calei-me e ouvi as ponderações do meu amigo.

– E se essa moça ficar sabendo da leitura pública e aparecer? A essa altura, não podemos pôr meu irmão a par das suas tramoias amorosas, seria muito complicado. Para o Sam já foi um problema não contar à mulher a verdadeira razão da viagem a Paris. – Olhou para mim. – E antes que você pergunte, não, ele não tirou a barba. Minha cunhada acha a barba o máximo. Depois ela ainda poderia pensar que Sam tem uma amante, e ele não quis arriscar.

Concordei.

– Tudo bem, não vamos discutir por causa disso. No fundo, não tem mal nenhum se o autor deixou a barba crescer, não é? Mas ele não pode se trair. Ele não é casado. Vive sozinho com seu cãozinho Rocky, lembra? Em sua bendita casa de campo.

(Ao inventar "Rocky", Adam ficara especialmente orgulhoso quando, na época, escrevíamos o currículo do autor. "Um cãozinho bonitinho sempre chama atenção", dissera. "As mulheres vão ficar loucas!")

– Você pode lhe dizer tudo isso novamente – rebateu Adam, olhando para o relógio. – Onde ele está, afinal?

Olhamos automaticamente para a porta, mas Sam Goldberg não chegava. Adam deu um gole em seu *scotch* e recostou-se na poltrona vermelha de couro.

– Que merda que já não se pode fumar em lugar nenhum aqui – disse ele. – Nunca esperaria que vocês, franceses, fossem ceder dessa forma. *Liberté toujours*, hein?

– Pois é, azar o nosso – respondi. – Seu irmão conhece o conteúdo do romance?

Adam fez que sim.

– Bom, e o que você vai fazer se mademoiselle Bredin ficar sabendo da leitura? – ele retornou a seus temores.

Ri com superioridade.

– Adam – eu disse –, ela é *cozinheira*. Leu um único livro na vida, que por acaso foi o *meu*. Não é alguém que costuma ir a leituras de obras, *tu vois*? Além do mais, o evento vai ser em uma pequena livraria na Île Saint-Louis. Não é absolutamente a área em que ela circula. E, mesmo que leia a entrevista no *Figaro*, ela será publicada no mínimo um dia depois, e aí, sinsalabim, tudo já terá passado.

Pela primeira vez em minha carreira em editoras eu estava feliz porque, nesse caso, o marketing correria de forma "menos perfeita", conforme se expressara Michelle Auteuil. "É que as livrarias mais bem colocadas já estavam todas reservadas, e, embora Robert Miller não seja totalmente desconhecido, ele não é uma grande atração que as livrarias disputam a tapa; pelo menos, *ainda* não é." Pesarosa, ela olhou através dos óculos pretos. "Nessas condições, podemos muito bem nos contentar com a Librairie Capricorne. O livreiro é um senhor adorável, que faz encomendas de vez em quando e tem uma clientela de muitos anos. Sua livraria vai ficar lotada no dia."

Também achei que podíamos muito bem nos contentar com essa livraria.

Adam não estava convencido.

– Sinsalabim – repetiu, e com seu sotaque inglês a fórmula mágica pareceu engraçada. – Que Deus te ouça, Andy. Mesmo assim, me pergunto se não seria melhor dar uma esfriada nessa história com mademoiselle Bredin. Pelo que você me contou, ela me parece um pouco excêntrica. Bem *strange*, essa garota. Não dá para você desistir dela, hein?

– *Non* – respondi.

– Okay – disse Adam.

Então nos calamos por um instante.

– Entenda, Adam – eu disse, por fim. – Ela não é uma mulher qualquer. Ela é *a* mulher! *The one and only*.* E não é nem um pouco *strange*. Só tem muita imaginação e acredita em poderes superiores. Fazer o quê? – Coloquei três colheres de açúcar no meu expresso e tomei um gole da bebida quente e doce.

– Fazer o quê? – repetiu Adam, suspirando.

---

* A única. (N. da T.)

– Isso mesmo, o que há de tão errado nisso? Aliás, de todo modo, logo vou fazer o Robert Miller morrer. Passado o jantar no Le Temps des Cerises, o bom e velho Miller vai sair de cena.

– Isso significa que você não vai escrever mais? – Adam endireitou-se na cadeira, alarmado.

– Sim – respondi –, isso mesmo. Essa vida dupla me causa um estresse muito grande. Afinal de contas, não sou James Bond.

– Você ficou louco? – perguntou Adam, inquieto. – Agora que o romance está saindo você quer jogar a toalha? Quanto vocês já venderam até agora? Cinquenta mil? Raciocine! Você escreve bem e seria um imbecil se não continuasse. Tem potencial. Além do mais, aos poucos, os estrangeiros também estão ficando espertos. Sobre a minha mesa já estão as primeiras ofertas vindas da Alemanha, da Holanda e da Espanha. Vá por mim, você tem muito futuro. E o segundo romance, colocamos em um patamar acima. Vamos fazer dele um best-seller.

– Pelo amor de Deus – disse eu. – Você está parecendo monsieur Monsignac.

– Você não quer um best-seller? – perguntou Adam, surpreso.

– Não nessas condições – respondi. – Quero minha tranquilidade. Não faz nem dez minutos você estava me dizendo que esse jogo de mentiras é muito perigoso, e agora está todo animado para continuar?

Adam sorriu sutilmente.

– É que sou profissional – respondeu, bem ao estilo do gentleman inglês.

– Você é megalomaníaco, isso sim! – exclamei. – E como você imagina esse futuro? O autor vai escrever seus romances em algum canto do fim do mundo? Na Nova Zelândia ou no Polo Norte? Ou será que vamos fazer seu irmão vir para cá a cada lançamento?

– Se correr tudo bem, podemos até dizer a verdade em algum momento. – Adam recostou-se, descontraído. – Quando chegar o momento certo, fazemos disso uma grande história. Você precisa entender de uma vez por todas, André, como esse meio funciona: o sucesso sempre lhe dá razão. Portanto, acho que o Robert Miller devia de todo jeito continuar escrevendo.

– Só por cima do meu cadáver – objetei. – Acho que somente um autor morto é um autor bom.

– *Hi, fellows* – cumprimentou Samuel Goldberg. – Por *acasso* estão *falar* de mim?

∾

Sam Goldberg não se fizera notar ao passar pela porta e deve ter ouvido a última parte da nossa discussão acalorada. Ali estava meu alter ego vestindo um casaco azul-escuro de lã mista, um boné xadrez e carregando pequenas sacolas com Torres Eiffel em miniatura e caixas em tom pastel da confeitaria Ladurée.

Examinei-o com curiosidade. Como o irmão, tinha cabelos curtos e louros, bem como olhos azuis. Infelizmente, era mesmo tão bonito quanto na fotografia. E, embora devesse ter cerca de quarenta anos, tinha aquele carisma jovial que alguns homens nunca perdem, independentemente da idade. A barba também não o mudava em nada, sobretudo quando, como naquele momento, ostentava um sorriso espirituoso ao estilo Brad Pitt.

– *Hi*, Sam, onde é que você se meteu esse tempo todo? – Adam tinha se levantado e cumprimentou o irmão com um tapinha amigável no ombro. – Já estávamos achando que você tinha se perdido.

Sam sorriu, mostrando uma fileira ofuscante de dentes brancos. Certamente devia passar uma imagem de credibilidade em sua profissão, e eu só torcia para que, como autor, também fosse convincente.

– Shopping – explicou, e notei que sua voz era muito parecida com a do irmão. – *Prometer* levar alguma coisa para família. *Oh dear*, e a fila nessa Ladurée estava *so long*! Já estava me *sentir* em casa. – Riu. – Tanta *japanese people*, e todos querendo comprar tortinhas e *esses* coisas coloridas. – Mostrou as caixas com *macarons*. – Será que são tão gostosos assim?

– Este é o André – Adam me apresentou, e Sam apertou minha mão.

– Prazer em conhecê-lo – disse ele sorrindo. – Já ouvi falar *muito* de você. – Tinha um aperto de mão firme.

– Espero que só coisa boa – respondi um pouco constrangido. Velhos clichês. – Obrigado por ter vindo a Paris, Sam. Realmente está nos tirando de maus lençóis.

– *Oh, yes!* – ele sorriu e concordou com a cabeça. – De maus lençóis – repetiu. – Sim, sim, o Adam me contou tudo. Vocês dois foram arrumar uma bela encrenca, hein? Preciso dizer que *ficar* muito surpreso ao saber que escrevi um livro. – Piscou para mim. – Ainda bem que tenho bom humor.

Assenti aliviado. Aparentemente, Adam tinha feito um bom trabalho. Se, num primeiro momento, seu irmão reagira com inquietação ao saber do inesperado projeto, pelo menos naquele instante parecia totalmente tranquilo.

– Agora somos algo do tipo... como é mesmo que se diz?... Irmãos intelectuais? – continuou. – *Well*, espero que dê tudo certo com esse nosso pequeno complô.

Rimos os três. Então nos sentamos, e meu irmão intelectual pediu um chá com leite e uma torta de maçã, dando uma olhada no Café des Éditeurs.

– *Lovely place* – reconheceu.

Nas duas horas seguintes em que fizemos Sam Goldberg jurar sua nova identidade, o irmão de Adam mostrou-se um verdadeiro bonachão, cujo principal traço afirmativo de caráter encontrava expressão sobretudo em duas palavras: *lovely* e *sexy*.

Lovely eram a cidade de Paris, as Torres Eiffel de plástico, iluminadas e douradas, que havia comprado para seus filhos, a *tarte aux pommes*,* que comia com o chá, cortando em delicados pedaços, e meu livro, do qual lera apenas o primeiro capítulo, mas cujo conteúdo lhe fora contado por Adam *en détail*.

Sexy eram as garçonetes no café, as estantes de livros junto à parede, a proposta de Adam de levá-lo à noite ao Moulin Rouge, o velho telefone preto que havia na recepção de seu hotel e, surpreendentemente, até meu obsoleto Rolex (era do meu avô, em uma época em

---

* Torta de maçã. (N. da T.)

que relógios Rolex ainda tinham pulseiras de couro e um design nitidamente mais duradouro do que hoje).

Aliviado, percebi que o francês de Sam era melhor do que eu esperava. Geralmente, um inglês fala inglês e nada mais, porém, como os dois irmãos Goldberg, quando crianças, passavam as férias de verão na casa de um tio no Canadá, a língua lhes era familiar. Por causa da profissão, Adam falava fluentemente francês; já seu irmão arranhava um pouco, mas seu vocabulário era considerável, e, aparentemente, ele não se incomodava nem um pouco em falar em público. Afinal, já dera palestras em congressos de dentistas sobre profilaxia e tratamento da paradontose.

Conversamos sobre a entrevista ao *Figaro*, que seria no dia seguinte, depois sobre as poucas passagens que deveriam ser lidas à noite, na livraria. Expliquei-lhe como decorreria a leitura e recomendei com veemência que ele treinasse mais algumas vezes sua assinatura como "Robert Miller", para que não se confundisse na hora de autografar os livros.

– *Precisar* experimentar agora mesmo! – exclamou, pegando caneta e papel e desenhando seu novo nome com uma escrita impetuosa e arredondada. – Robert Miller – disse, olhando satisfeito para a assinatura. – Parece realmente muito sexy, vocês não acham?

Após a leitura, que começaria às oito horas e duraria, no máximo, uma hora e meia, ainda estava previsto um jantar com poucas pessoas ("Bem descontraído!", enfatizara monsieur Monsignac), do qual naturalmente participariam o autor, o livreiro (que certamente lera o livro), Jean-Paul Monsignac (que do livro conhecia apenas o início, o meio e o fim), Michelle Auteuil (que passara os olhos pelo livro, quando ele ainda estava na etapa das provas tipográficas), Adam Goldberg (que conhecia o livro inteiro) e minha humilde pessoa. Devo dizer que estava um pouco apavorado com esse pequeno e *descontraído* jantar.

De certo modo, as leituras em uma livraria eram sempre iguais: as boas-vindas por parte do livreiro, as boas-vindas por parte da editora (nesse caso, eu deveria assumir a tarefa, uma vez que seria o moderador do evento), o autor profere algumas palavras, diz que está feliz por estar ali et cetera e tal, e lê alguns trechos. Depois, aplausos, alguém tem alguma pergunta ao autor? Sempre as mesmas perguntas: O que o levou a escrever este livro? Em seu livro há um menino que cresceu sem pai. O senhor é este menino? Sempre quis ser escritor? Está escrevendo outro livro? Do que se trata? A história se passará novamente em Paris? E, às vezes, até raramente, são feitas perguntas como: A que horas o senhor escreve (de manhã, ao meio-dia, à noite, de madrugada)? Onde escreve (olhando a natureza, apenas diante de uma parede branca, no café, no mosteiro)? E, naturalmente, também gostam de perguntar: De onde tira suas ideias?

Mas, na maioria das vezes, as pessoas nem são tão curiosas assim, ou talvez sejam tímidas demais para perguntar alguma coisa e, nesse caso, o livreiro, o leitor ou o moderador diz algo como "Então eu tenho mais uma pergunta", só para arrematar. Ou então, conclui: "Se ninguém mais tem perguntas, agradeço por terem vindo e, obviamente, muito obrigado a nosso autor, que agora vai autografar o livro de vocês". Novamente aplausos. Em seguida, as pessoas se aproximam para comprar o livro e pedir ao autor que o autografe. E, no final, são tiradas algumas fotos.

Em minha opinião, a leitura feita por um autor é uma situação bastante tranquila.

Já em um jantar com poucas pessoas podem ocorrer imprevistos, sobretudo quando se tem algo a esconder. Minha capacidade de antecipação não era tão grande a ponto de eu conseguir prever todos os temas possíveis e impossíveis que poderiam vir à tona em uma ocasião como aquela. Já estava imaginando monsieur Monsignac perguntando de repente ao suposto inglês francófilo: "Gosta de escargot?", e ele fazendo uma careta de repugnância. Torci para que não se falasse muito sobre livros, pois Sam Goldberg não estava por dentro da lista de best-sellers, e não se podia excluir que achasse que Marc Levy fosse um ator ou Anna Gavalda, uma cantora de ópera.

Por outro lado, Adam e eu estaríamos ao lado de Sam Goldberg como dois guarda-costas. Se o dentista tivesse um pouquinho de presença de espírito, a noite correria de modo totalmente satisfatório.

Recomendei a Sam que se abstivesse de responder a perguntas espinhosas feitas pelo público ou durante o jantar, recorrendo a seus conhecimentos limitados da língua. "Oh, sorry, não *entender* direito, o que quis dizer?" é o que deveria perguntar com ingenuidade, e, em seguida, ou Adam ou eu logo interviria.

O importante era que ele ouvisse com atenção os seguintes pontos, que volta e meia repetíamos: vivia *sozinho* em sua casa de campo; como local, combinamos que seria na pitoresca cidade de Tunbridge Wells. ("Lovely place", disse Sam, e: "Que pena que não posso ter family".)

Seu cachorro Rocky era um yorkshire terrier, e não um golden retriever, como ele dissera inicialmente. Naquele momento, Rocky estaria aos cuidados de um simpático vizinho.

À pergunta se seu livro tinha algum cunho autobiográfico, ele deveria responder: "Ah, sabe, todo livro é um pouco autobiográfico. Obviamente, há coisas neste que eu mesmo vivi, outras que ouvi ou inventei".

Antigamente ia muito a Paris, quando ainda trabalhava para a empresa de automóveis, mas no momento precisava de muita tranquilidade e natureza, e gostava de sua casa de campo isolada.

Para ele, a visita de jornalistas em sua residência era um grande horror. (Esta era uma precaução, caso ele caísse nas mãos de Michelle Auteuil.)

Não era chegado a festas.

Adorava a culinária francesa.

Estava pensando em escrever um segundo romance ambientado em Paris, mas ainda levaria um bom tempo (nenhum (!) dado concreto sobre o conteúdo).

Seu hobby eram carros antigos.

Considerei relativamente pequeno o risco de um escritor ser envolvido em uma conversa sobre automóveis na França; contudo, entreguei a Sam um volume ilustrado sobre carros antigos quando nos despedimos.

– Nos vemos amanhã à noite – eu disse, quando nós três estávamos do lado de fora, na frente do café, e Sam Goldberg balançava suas sacolas, todo animado.

Os dois irmãos queriam passar no hotel antes de se aventurarem por Paris, e eu simplesmente queria ir para casa.

– Seria bom se vocês chegassem meia hora mais cedo. – Respirei fundo. – Vai dar certo, não vai?

– Vai dar tudo certo – respondeu Adam. – Seremos bem pontuais.

– *Yes*, vamos arrasar – disse Sam.

E, depois, cada um de nós tomou seu caminho.

Catástrofes sempre têm seus arautos. Porém, muitas vezes eles passam despercebidos. Na manhã seguinte, quando eu estava me barbeando no banheiro, ouvi repentinamente um estrondo. Corri descalço pelo corredor escuro e pisei em um estilhaço antes de ver o que tinha acontecido.

O velho e pesado espelho que ficava pendurado ao lado do cabideiro tinha caído, a moldura escura de rádica tinha se quebrado, e por toda parte havia estilhaços e cacos. Praguejando, tirei o estilhaço do meu pé, que sangrava, e fui mancando até a cozinha pegar um curativo.

"À prova de bomba", dissera meu amigo Michel ao instalar para mim o espelho que, algumas semanas antes, eu transportara de metrô do mercado das pulgas, junto à Porte de Clignancourt, até a cidade e depois carregara até meu apartamento.

Pessoas supersticiosas dizem que, quando um espelho pregado à parede cai, traz azar. Mas graças a Deus não sou supersticioso; então, contentei-me em varrer os estilhaços proferindo toda sorte de palavrões e pus-me a caminho da editora.

Ao meio-dia, encontrei-me com Hélène Bonvin, a autora que sofre de bloqueios de escrita. Estávamos sentados no primeiro andar do Café de Flore, comendo o *assortiment de fromage* e, depois que finalmente a convenci de que tinha gostado do que ela escrevera até o momento ("Não está dizendo isso agora só para me tranquilizar, não é, monsieur Chabanais?") e lhe dei mais algumas ideias para o restante do romance, voltei correndo para minha mesa na editora.

Segundos mais tarde, madame Petit estava em minha sala para me dizer que minha mãe tinha ligado e pedido para eu ligar de volta com urgência.

– Parece *mesmo* urgente – reiterou madame Petit, quando a olhei com as sobrancelhas levantadas e disse:

– Ah, é? Com a minha mãe é *sempre* urgente. Provavelmente, mais um vizinho caiu da escada. Hoje à noite tenho uma leitura, madame Petit, agora não dá.

Meia hora mais tarde eu estava dentro de um táxi a caminho do hospital. Desta vez não tinha sido um vizinho.

Naquela segunda-feira, *maman* tinha decidido espontaneamente fazer uma pequena excursão a Paris e, repleta de sacolas de compras, caíra na escada rolante das Galeries Lafayette.

Com a perna quebrada, ela me esperava no setor IV e me sorriu timidamente por cima da perna pendurada. Da maneira como estava sob a coberta, parecia muito pequena, e, por um momento, fiquei com o coração apertado.

– *Maman*, o que você foi aprontar? – perguntei e lhe dei um beijo.

– Ah, *mon petit boubou* – suspirou. – Eu sabia que você viria imediatamente.

Concordei envergonhado. Quando *maman* ligou pela segunda vez, após uma hora, para dar o endereço do hospital, madame Petit foi gentil ao dizer que eu acabara de chegar naquele momento. Então me olhou com expressão repreensiva e disse: "Eu falei, monsieur Chabanais, agora vá rápido!"

Peguei a mão de *maman* e jurei a mim mesmo que, a partir daquele momento, sempre retornaria suas ligações, mesmo que apenas rapidamente. Olhei para sua perna pendurada, que repousava cheia de ataduras sobre a coberta.

– Está doendo?

Ela balançou negativamente a cabeça.

– Já estou melhor. Me deram um analgésico, mas agora estou sonolenta.

– Como aconteceu?

– Ah, sabe como é, em dezembro a decoração da Lafayette é sempre tão linda. – Olhou-me com os olhos acesos. – Então pensei em dar uma olhada em tudo, comer alguma coisa e fazer umas compras de Natal. Depois, acabei me atrapalhando com as sacolas na escada rolante e caí para trás. Foi tudo muito rápido.

– Meu Deus! – exclamei. – Poderia ter acontecido coisa pior!

Ela fez que sim.

– Tive mesmo um bom anjo da guarda.

Meu olhar pousou em um par de sapatos marrons, estilo boneca, com um salto delicado e não exatamente baixo, que estava na frente do pequeno armário embutido ao lado da cama.

– Por acaso você estava com *esses* sapatos? – perguntei.

Ela se calou.

– *Maman*, é inverno, toda pessoa sensata usa sapatos *firmes*, e você sai para fazer compras com *sapatos de salto*? Na escada rolante?!

Com cara de culpa, ela olhou para debaixo do cobertor. Muitas vezes já tivéramos essa discussão sobre sapatos firmes e, como eu sempre dizia, *adequados a pessoas de idade*, mas ela não queria saber.

– Santo Deus, *maman*, você é uma senhora de idade. Precisa ser um pouco mais cuidadosa, sabia?

– Não gosto desses sapatos de vovozinha – resmungou. – Posso até ser velha, mas ainda tenho pernas bonitas, ou não tenho?

Sorri e balancei a cabeça. *Maman* sempre tivera um orgulho incrível de suas pernas bem modeladas. E, com seus setenta e quatro anos, ainda era bastante vaidosa.

– Tem, claro que tem — respondi. – Mas quebradas elas não servem para nada.

Fiquei duas horas com *maman*, comprei mais fruta, suco, algumas revistas e um pequeno kit de emergência para o banho. Depois, voltei para as Éditions Opale para pegar minha pasta.

Já eram cinco e meia, e não valia mais a pena ir para casa. Então, decidi ir diretamente da editora para a livraria. Madame Petit já tinha saído quando voltei, porém, no último instante, quando eu já estava para apagar a luz, descobri um pequeno bilhete seu, que ela havia pregado à minha luminária.

"Como está sua mãe?" era o que estava no bilhete. E embaixo: "Uma tal de Aurélie Bredin pediu que ligasse para ela".

Hoje me pergunto se todos os alarmes não deveriam ter soado em mim no mais tardar nesse momento. Mas não percebi os sinais.

A pequena livraria na Rue Saint-Louis estava lotada. Eu estava em pé com Pascal Fermier, o proprietário grisalho da Librairie Capricorne, em uma espécie de minicozinha e espiava pela cortina cinza-escura, que separava a sala dos fundos do restante da livraria. A meu lado estavam empilhados no chão os catálogos de todas as editoras possíveis; algumas canecas de café e alguns pratos estavam em uma prateleira instalada sobre a pia. Havia caixas de papelão amontoadas até o teto, e ao lado delas zumbia uma geladeira.

Robert Miller, ou melhor, Sam Goldberg, estava em pé ao meu lado, com uma taça de vinho na mão.

– *How lovely!* – exclamara ao entrar uma hora antes na encantadora livraria de monsieur Fermier. Mas naquele momento ele estava um pouco inquieto, e quase já não falava. Volta e meia consultava o livro nas passagens que eu havia marcado para ele com papeizinhos vermelhos.

– Parabéns. – Voltei-me para o velho livreiro. – A livraria está cheia! Fermier fez que sim, e seu semblante benevolente iluminou-se.

– Durante todo esse tempo, vendi muitos exemplares do livro do monsieur Miller – disse. – E quando pendurei o cartaz sobre a leitura da obra na vitrine, muitos moradores do bairro mostraram interesse e compraram um convite. Mas eu também não esperava que viessem tantas pessoas.

Virou-se para Sam, que mantinha o olhar extremamente concentrado à sua frente.

– Pelo visto, o senhor tem muitos fãs, Mr. Miller – ele disse. – Que bom que pôde vir.

Monsieur Fermier passou para a frente da cortina, sorriu para as fileiras de cadeiras ocupadas e dirigiu-se a uma pequena mesa de madeira, que estava sobre uma plataforma um pouco mais elevada no fundo da sala. Sobre a mesa havia um microfone, ao lado do qual se encontravam um copo e uma jarra com água. Atrás dela, uma cadeira.

– Vai começar – eu disse a Sam. – Não precisa ficar em pânico, estarei sentado bem ao lado – e apontei para uma segunda cadeira, que estava ao lado sobre o estrado.

Sam pigarreou.

– Espero não fazer nada *errada*.

– Vai dar tudo certo – respondi, enquanto Pascal Fermier batia no microfone. Apertei levemente seu braço. – E, mais uma vez, obrigado!

Então, eu também saí de trás da cortina e me postei ao lado de monsieur Fermier, que pegou o microfone. O livreiro esperou até o murmúrio e o arrastar das cadeiras cessarem, depois, com poucas palavras, deu as boas-vindas aos presentes e passou o microfone para mim. Agradeci e olhei para o público.

Nas primeiras fileiras estava metade da editora. Todos os revisores estavam presentes, até mesmo madame Petit reinava vistosa em um caftan vermelho-escuro, sentada em sua cadeira, e estava justamente dizendo alguma coisa a Adam Goldberg. Jean-Paul Monsignac, dessa vez de gravata-borboleta, estava sentado ao lado de Florence Mirabeau, que parecia pelo menos tão inquieta quanto Sam Goldberg. Era a primeira vez que comparecia a uma leitura.

E bem no fundo, sentada como uma rainha, uma Michelle Auteuil extremamente satisfeita, como sempre de preto, ao lado do fotógrafo.

– Ele é muito simpático esse seu Miller, e deu tudo certo com os jornalistas – dissera-me rapidamente quando cheguei à livraria.

– Senhoras e senhores – comecei –, eu gostaria de lhes apresentar hoje um autor que fez da nossa bela cidade o cenário de seu maravilhoso romance. De fato, neste momento ele poderia estar confortavelmente sentado junto à lareira de sua casa de campo inglesa, mas não poupou esforços para estar esta noite conosco e ler para nós. Seu romance se chama *O sorriso das mulheres*. Também poderia se chamar *Um inglês em Paris*, pois trata do que acontece quando um inglês vem a Paris para estabelecer uma famosa marca de automóveis e, mais ainda, do que acontece quando um inglês se apaixona por uma francesa. Recebam comigo... Robert Miller!

O público aplaudiu e olhou com expectativa o homem esguio e ágil, de camisa e colete, que se inclinou rapidamente e depois se sentou atrás da mesa.

– Bem – disse Robert Miller, e recostou-se sorrindo na cadeira. – Minha casa de campo é muito bonita, mas devo dizer que também acho aqui muito *agrodável*. – Foram suas primeiras palavras.

Das fileiras foi possível ouvir alguns risos benevolentes.

– É verdade – continuou Robert Miller, encorajado. – Esta *libraria* é como minha... ah... sala, só que não tenho tantos livros assim – e olhou ao redor. – *Wow* – disse –, é realmente muito sexy.

Não entendi o que se podia achar de sexy em uma livraria – teria sido seu humor inglês? Em todo caso, o público o recebeu bem.

– *Anyway*. Eu gostaria de agradecer a vocês terem vindo. Infelizmente não *falar* tão bem francês quanto vocês, mas também não *falar* tão mal para um *inglês*.

Novos risos.

– Bem – disse Robert Miller, abrindo meu livro. – Vamos começar.

Foi uma leitura muito divertida. Empolgado com a reação de seus fãs, o irmão de Adam saiu-se muito bem. Enganou-se de modo engraçado ao ler alguns trechos, fez suas piadinhas, e os ouvintes ficaram entusiasmados. Devo admitir que eu mesmo não teria feito melhor.

No final, houve um gigantesco aplauso. Olhei para Adam, que me respondeu com um olhar de cumplicidade, apontando o polegar para cima. Monsieur Monsignac aplaudiu com expressão feliz, depois disse alguma coisa a mademoiselle Mirabeau, que durante toda a leitura não tirara os olhos dos lábios do autor. Então o público fez as primeiras perguntas, que nosso autor respondeu com maestria. No entanto, ao ser indagado sobre seu novo romance por uma lourinha atraente que estava na quinta fileira, desviou-se do que havíamos combinado.

– Ah, sim! *Clara* que haverá um novo romance, já está quase pronto – disse com narcisismo, esquecendo-se por um momento de que não era um autor de verdade.

– Do que se trata seu novo romance, monsieur Miller? Também se passa em Paris?

O autor fez que sim.

– Sim, obviamente! Amo esta bela cidade. E desta vez meu herói é um dentista *inglês*, que durante um congresso se apaixona por uma dançarina francesa do Moulin Rouge – inventou.

Pigarreei para adverti-lo. Pelo visto, sua excursão noturna por Paris na noite anterior lhe dera nova inspiração.

Miller olhou para mim.

– *Well*, não *poder* contar tudo, senão meu *éditor brigar* comigo e ninguém mais *comprar* meu novo *libro* – disse com presença de espírito.

Monsieur Monsignac deu risada e com ele riram muitos outros. Remexi-me na cadeira e também tentei sorrir. Até então, tudo estava indo bem, mas aos poucos chegava o momento de o dentista terminar. Levantei-me.

– Por que deixou a barba crescer, Mr. Miller? Tem algo a esconder? – perguntou do fundo uma moça indiscreta, com rabo de cavalo no alto da cabeça, dando risadinhas com suas amigas.

Miller passou a mão pela barba espessa e loura.

– Bem, a senhorita ainda é muito *young*, mademoiselle – respondeu. – Do contrário, saberia que nenhum homem é um *libro* aberto. Mas... – fez uma pequena pausa dramática – se acha que faço parte do *secret service*, infelizmente sou obrigado a decepcioná-la. A questão é muito mais simples... Tenho uma incrível... – hesitou, e segurei a respiração. Será que ia falar da sua mulher? – *uma* incrível aparelho de barbear – continuou, e voltei a respirar aliviado. – E um dia *ela* quebrou.

Todos riram, e fui até Miller para apertar-lhe a mão.

– Foi excelente, muito obrigado, Robert Miller – disse em voz alta e voltei-me para o público, que aplaudia freneticamente. – Se ninguém mais tem perguntas, o autor começará a dar os autógrafos.

Os aplausos diminuíram, e os primeiros convidados se levantaram das cadeiras para se dirigirem até a frente, quando, de repente, uma voz clara e um pouco ofegante elevou-se por entre as fileiras.

– Ainda tenho uma pergunta, por favor – disse a voz, e meu coração por um momento parou de bater.

Em um canto à esquerda, bem perto da entrada, estava mademoiselle Aurélie Bredin.

✧

Em minha vida, já fui moderador em muitas leituras – em livrarias muito maiores e mais importantes e com autores muito mais famosos que Robert Miller.

Mas em nenhuma suei tão frio no final como naquela noite de segunda-feira, na pequena Librairie Capricorne.

Aurélie Bredin estava ali, como se tivesse brotado do chão, e a fatalidade aproximou-se de modo irrefreável em um vestido de veludo vermelho-escuro e os cabelos presos no alto da cabeça.

– Mr. Miller, é verdade que o senhor se apaixonou por uma francesa, como a heroína do seu romance? – perguntou, e sua boca esboçou um sutil sorriso.

Por um instante, Robert Miller olhou inseguro para mim, que, resignado, fechei os olhos e me coloquei nas mãos de Deus.

– Bem... ah... – Percebi que o dentista começou a suar ao olhar novamente para a mulher de vestido de veludo vermelho. – Como dizer... As mulheres em Paris são simplesmente... tão... incríveis... *encantadores*... então *ser* muito difícil resistir... – Aparentemente, ele havia recuperado o sangue-frio e sorriu como quem diz: "Sou apenas um menino, não tenho culpa de nada", antes de terminar a resposta. – Mas temo ter de calar-me a respeito. Sou um gentleman, *you know*?

Fez menção de inclinar-se ligeiramente, e as pessoas voltaram a aplaudi-lo, enquanto monsieur Monsignac saltou para a frente, a fim de parabenizar Robert Miller e tirar uma foto com o autor.

– Venha cá, André – me chamou com um aceno. – Você também tem de sair na foto!

Cambaleei até me colocar ao lado do meu feliz editor, que então passou os braços ao redor de Robert Miller e de mim e me segredou:

– *Il est ravissant, cet Anglais!* Esse inglês é encantador!

Concordei e forcei um sorriso para a foto, enquanto observava com angústia as pessoas formarem uma fila para receberem o autógrafo em seu livro. E, no final dessa fila, entrou a mulher de vestido de veludo vermelho.

Robert Miller sentou-se novamente e começou a autografar, e puxei Adam para o lado.

– *Mayday, mayday* – sussurrei inquieto.

Ele me olhou espantado.

– Mas deu tudo certo.

– Adam, não é isso. Ela está aqui – disse em voz baixa e percebi como minha voz ameaçou ficar estridente. – *Ela!*

Adam entendeu na hora.

– Santo Deus! – deixou escapar. – É mesmo *the one and only?*

– É, exatamente ela – respondi, apertando seu braço. – É a mulher de vestido de veludo vermelho; está no fim da fila, ali... está vendo? E logo vai chegar para receber o autógrafo no livro. Adam, em hipótese alguma ela pode ter a oportunidade de conversar com seu irmão, está ouvindo? Precisamos impedir.

– Okay – disse Adam. – Então vamos voltar para o nosso posto.

Quando finalmente chegou a vez de Aurélie Bredin e ela colocou seu livro sobre a mesa, atrás da qual, entre mim e Adam, estava sentado Robert Miller, comecei a ter taquicardia.

Por um momento, ela virou a cabeça para o lado e olhou para mim com as sobrancelhas levantadas e um olhar frio. Murmurei um "bonsoir", mas ela não me dignou palavra. Sem dúvida estava brava comigo, e os pequenos brincos de pérola em forma de gotas balançaram agressivos no lóbulo das orelhas quando ela se virou novamente. Então, inclinou-se para Robert Miller, e seu rosto se iluminou.

– Sou Aurélie Bredin – disse ela, e então eu gemi baixinho.

O dentista sorriu-lhe amigavelmente, sem entender.

– Tem algum pedido especial? – perguntou, como se fosse um escritor muito experiente.

– Não – ela abanou a cabeça e sorriu. Então, olhou para ele de modo significativo.

Robert Miller, ou melhor, Sam Goldberg, também sorriu. Estava visivelmente feliz com a atenção que a bela mulher de cabelos presos lhe dedicava. Puxou o livro aberto para si e refletiu por um momento.

– Bom, então vamos escrever: "Para Aurélie Bredin, com um grande abraço do Robert Miller". Está bem assim? – Inclinou-se e caprichou na assinatura. – Aqui está – disse olhando para ela.

Aurélie Bredin sorriu e fechou o livro sem olhar o que ele havia escrito.

O olhar de Sam demorou-se por alguns segundos em sua boca, então ele disse:

– Posso lhe fazer um elogio, mademoiselle? Seus dentes são realmente *lindos* – afirmou com reconhecimento.

Ela ficou vermelha e riu.

– Ainda não tinha recebido um elogio como esse – respondeu, surpresa. E, em seguida, disse algo que fez meu coração deslizar pelas calças. – Pena que não pôde ir ao La Coupole, eu estava lá.

Então foi a vez de Sam Goldberg ficar surpreso. Dava para ver perfeitamente o que se passava em seu cérebro. Não tenho muita certeza de que, em um primeiro momento, talvez o dentista tenha considerado o La Coupole um estabelecimento em que dançarinas de longas pernas apareciam com penachos no bumbum; em todo caso, fitou Aurélie Bredin com olhar vítreo, como se estivesse tentando se lembrar de alguma coisa e, com cautela, disse por fim:

– Ah, sim, o La Coupole! Não posso deixar de ir até lá. *Lovely place, very lovely!*

Aurélie Bredin ficou visivelmente irritada. Suas bochechas rosadas ficaram ligeiramente avermelhadas, mas ela fez mais uma tentativa.

– Recebi sua carta na semana passada, Mr. Miller – disse em voz baixa, mordendo o lábio inferior. – Fiquei muito feliz por ter me respondido. – Parecia esperançosa.

Isso não estava em nosso roteiro. Sam Goldberg ficou com manchas vermelhas na testa, e comecei a suar. Fui incapaz de proferir uma frase que fosse e, desamparado, ouvi o dentista gaguejar sem jeito:

– *Well*... foi... foi um grande prazer... muito grande... Sabe... eu... eu... – Ele buscava palavras que não lhe ocorriam.

Lancei a Adam um olhar de súplica. Adam olhou para o relógio e inclinou-se para o irmão.

– *Sorry*, Mr. Miller, mas agora realmente precisamos ir – ele disse. – Ainda temos o jantar.

– Pois é – intervim, e meu entorpecimento cedeu lugar ao desejo desesperado de livrar o dentista de Aurélie Bredin. – Já estamos *mesmo* atrasados.

Peguei Sam Goldberg pelo braço e puxei-o formalmente de sua cadeira.

– Sinto muito, vamos ter de interromper. – Com a cabeça, pedi desculpas a Aurélie Bredin. – Já estão todos esperando.

– Ah, monsieur Chabanais – ela disse, como se só me tivesse notado naquele momento. – Muito obrigada pelo convite para a leitura. – Seus olhos verdes soltaram faíscas quando ela deu um passo para trás, para nos deixar passar. – Foi um prazer vê-lo, Mr. Miller – disse dando a mão ao confuso Sam. – Espero que não se esqueça do nosso encontro.

Sorriu mais uma vez e afastou do rosto uma madeixa louro-escura que se havia soltado da fivela. Sam olhou para ela sem saber o que dizer.

– *Au revoir*, mademoiselle – disse então, e, antes que pudesse enunciar mais alguma coisa, o empurramos por entre a multidão de visitantes que vestiam seus casacos e conversavam.

– Quem... quem *é* essa mulher? – perguntou em voz baixa, virando sempre a cabeça para Aurélie Bredin, que estava com seu livro diante do estrado e ficou olhando para ele até sairmos da livraria.

11

J á passava muito da meia-noite quando pedi a Bernadette para chamar um táxi para mim. Após a leitura memorável na Librairie Capricorne, ainda fomos até sua casa tomar uma taça de vinho. Eu estava
mesmo precisando.

Devo admitir que fiquei muito perturbada ao seguir Robert Miller
com os olhos. Volta e meia ele olhava para trás, por cima dos ombros,
até sair tropeçando da livraria, junto com André Chabanais e outro senhor de terno marrom-claro.

– Sabe o que não entendo? – disse-me Bernadette, quando tiramos
os sapatos e nos sentamos frente a frente em seu grande sofá. – Você
escreveu uma carta, ele escreveu outra carta, e depois ele ficou olhando
como se você fosse uma aparição, não reagiu e se comportou como se
nunca tivesse ouvido seu nome. Achei isso muito estranho.

Concordei.

– Também não consigo entender – respondi, tentando relembrar
todos os detalhes de minha rápida conversa com Robert Miller. – Ele
parecia tão... perplexo. Quase ausente. Como se não estivesse entendendo nada. Talvez simplesmente não tenha contado com o fato de que
eu fosse aparecer em sua leitura.

Bernadette bebeu seu vinho e pegou umas macadâmias de um pote.

– Hum – ela disse, mastigando pensativa. – Será que ele não estava
bêbado? E por que ficaria perplexo? Vamos ser francas: afinal, ele é um
autor; não pode ficar totalmente surpreso se uma mulher que achou
seu livro o máximo e que até quer convidá-lo para jantar aparece na
sua leitura.

Calei-me e completei em silêncio: alguém que, além do mais, lhe enviou uma fotografia sua. Mas Bernadette não sabia disso e eu tampouco tinha a intenção de lhe contar.

– Quando mencionei nosso encontro, ele também olhou de um jeito estranho. – De repente me ocorreu uma ideia. – Você acha que ele ficou sem graça porque as pessoas da editora estavam presentes?

– Acho improvável... Antes ele não se mostrou nem um pouco tímido. Pense um pouco: ele foi muito hábil ao responder às perguntas!

Bernadette tirou a fivela dos cabelos e os sacudiu. As madeixas louras iluminaram-se à luz do abajur ao lado do sofá. Observei como ela passava a mão pelos cabelos.

– Você acha que fico muito diferente quando prendo os cabelos? – perguntei.

Bernadette olhou para mim.

– Bom, *eu* sempre a reconheceria. – Riu. – Por que a pergunta? Está dizendo isso porque a mulher do livro, que se parece com você, usa os cabelos soltos? – Deu de ombros e recostou-se. – Ele chegou a mencionar a leitura na carta? – perguntou.

Fiz que não.

– Não, mas também pode ser coincidência. Provavelmente, quando me escreveu a carta, ainda não tinha certeza de que a leitura ocorreria; é bem possível. – Também pesquei um punhado de macadâmias do pote. – Mas o que realmente acho o fim da picada é esse Chabanais não ter me falado nem uma palavra a respeito. – Mordi uma macadâmia – Ele bem que me olhou com cara de culpado quando apareci de repente.

– Talvez ele simplesmente tenha esquecido.

– Ah, esquecido! – respondi irritada. – Depois daquela noite totalmente maluca que passamos juntos no La Coupole? Quando ele me convidou *excepcionalmente* por causa do Miller? Ou seja, ele *sabia* que era importante para mim.

Recostei-me no braço do sofá. Não fosse pela Bernadette, eu nem ficaria sabendo que Robert Miller estava em Paris. Como minha amiga mora na Île Saint-Louis, costuma comprar livros com o simpático monsieur Chagall, que na realidade se chama Pascal Fermier. Assim, naquela manhã, ela vira por acaso o cartaz na vitrine da livraria.

Naquela tarde fria e ensolarada, havíamos nos encontrado nas Tulherias para um passeio, e a primeira coisa que Bernadette me perguntara foi se eu iria à noite à leitura do Robert Miller e se ela podia me acompanhar.

– Afinal, também quero ver esse maravilhoso autor – ela dissera ao me dar o braço. E eu exclamara:

– Não é possível! Por que aquele imbecil da editora não me disse nada?

Então, à tarde, fui até a Librairie Capricorne para comprar dois convites para a leitura. Sorte que o restaurante ficava fechado naquele dia, pensei ao subir as escadas da estação de metrô.

Alguns minutos depois, empurrei a porta da pequena livraria, na qual eu entrara pela primeira vez algumas semanas, fugindo do preocupado policial.

– Ora, vejam quem voltou! – disse monsieur Chagall quando me aproximei dele no caixa. Pelo menos ele me reconhecera de imediato.

– Pois é – respondi. – Gostei muito desse romance.

Vi como um bom sinal que Robert Miller faria sua leitura justamente na livraria onde eu descobrira seu livro.

– Está melhor? – perguntou o velho livreiro. – Daquela vez a senhorita parecia tão perdida.

– E estava mesmo – respondi. – Mas muita coisa aconteceu nesse meio-tempo. Muita coisa boa – acrescentei. – E tudo começou com esse livro.

Olhei pensativa para o vinho tinto que balançava em minha taça.

– Sabe de uma coisa, Bernadette? Acho esse Chabanais muito esquisito. Às vezes consegue ser encantador, chega até a exagerar. Você tinha de vê-lo no La Coupole. De repente, fica intratável e rabugento de novo. Ou manda dizer que não está.

À tarde, eu ligara na editora para reclamar com André Chabanais e comunicar-lhe que eu já tinha comprado os convites, mas infelizmente atendera apenas a secretária, que tentara me despachar e, quando eu lhe perguntara quando o revisor-chefe estaria de volta, explicara-me contrariada que o monsieur Chabanais não tinha mais tempo naquele dia.

– Em todo caso, ele parece muito simpático – notou Bernadette.

– É verdade – respondi, revendo à minha frente os olhos azul-claros do inglês, que parecera muito desconcertado quando eu mencionara o encontro malogrado no La Coupole. – Embora agora ele esteja de barba.

Bernadette riu.

– Eu estava falando do Chabanais.

Joguei uma almofada em sua direção, e ela se abaixou rapidamente.

– Mas o inglês também parece muito simpático. E o achei muito engraçado, isso tenho de confessar.

– Não é? – Endireitei-me no sofá. – A leitura foi muito divertida. Mas ele me fez um elogio curioso. – Aninhei-me nas almofadas. – "Seus dentes são realmente lindos", foi o que ele disse. O que acha disso? Se tivesse dito "olhos" ou "sua boca é linda". – Abanei a cabeça. – Não se diz a uma mulher que os *dentes* dela são lindos.

– Talvez os homens ingleses sejam diferentes – respondeu Bernadette. – Seja como for, achei estranho o modo como ele se comportou com você. Ou esse cara tem uma memória muito curta, ou, sei lá, a mulher dele estava por perto e ele tinha algo a esconder.

– Ele vive sozinho, você ouviu – eu disse. – Além disso, o Chabanais me contou que a mulher o deixou.

Bernadette me olhou com seus grandes olhos azul-escuros e franziu a testa.

– Tem alguma coisa errada nessa história – observou. – Talvez haja uma explicação bem simples.

Suspirei.

– Pense um pouco, Aurélie. O que foi *exatamente* que o Miller disse no final? – perguntou Bernadette.

– Bem, no final, foi tudo tão rápido, porque o Chabanais e aquele outro cara interromperam. Eles o blindaram como se ele fosse um político. – Refleti. – Ele gaguejou, dizendo que foi um prazer escrever a carta, depois disse: *"Au revoir.* Até breve".

– Bom, pelo menos isso – opinou Bernadette, e terminou de beber seu vinho tinto.

Pouco depois, quando entrei no táxi e passei pelo iluminado Boulevard Saint-Germain, abri novamente o livro, em que Miller escrevera uma dedicatória para mim:

Para Aurélie Bredin, com um grande abraço do Robert Miller

Passei a mão pela assinatura e fitei por um tempo as letras grandes e redondas, como se elas fossem a chave para o segredo de Miller.

E eram. Só que, naquele momento, não reconheci de que maneira.

12

Sempre me impressionou a última cena de *O boulevard do crime*, filme antigo, em preto e branco, quando o desesperado Baptiste corre atrás de Garance, seu grande amor, e por fim perde-a em meio à multidão do carnaval de rua. Ele também se perde, não consegue abrir caminho, é cercado e empurrado pela multidão que ri e dança, em meio à qual se move cambaleando. Um homem infeliz e perturbado em meio a pessoas alegres, que comemoram animadas – essa é uma imagem que não se esquece facilmente e que me voltou ao pensamento quando, após a leitura, eu estava sentado com Sam Goldberg e os outros em um restaurante alsaciano nas proximidades da livraria.

O gordo proprietário nos arrumou uma mesa grande junto à parede do fundo do estabelecimento e, tilintando talheres e copos, colocou-os à nossa frente. Todos pareciam felizes e de excelente humor; beberam, contaram piadas e comemoraram. O dentista comportou-se como *everybody's darling*,* e, no final, todos estavam irmanados no vinho – apenas eu era o desventurado Baptiste, ali sentado em meio aos outros, como um extraterrestre, porque para mim as coisas não tinham corrido de modo tão maravilhoso.

– Cara, essa foi dureza – cochichou-me Adam quando deixamos a Librairie Capricorne e seu irmão continuava a perguntar quem era a mulher bonita de vestido vermelho.

Adam lhe explicara que, nas leituras, é perfeitamente normal acontecer de fãs entusiasmadas flertarem com o autor.

---

* O queridinho de todo mundo. (N. da T.)

– *Wow!* – exclamara o dentista, acrescentando em seguida que estava gostando cada vez mais de ser um autor. – Talvez eu realmente deva escrever um *libro*, o que vocês acham?

– Pelo amor de Deus, não se atreva! – ameaçara Adam.

Permaneci calado e, ao longo da noite, fui ficando cada vez mais silencioso.

Em todo caso, no papel do simpático revisor-chefe André Chabanais, que era sempre prestativo e estava sempre à disposição, eu havia perdido Aurélie Bredin porque fizera tudo errado. E, como se não bastasse, o fabuloso Robert Miller cometera uma bela gafe.

Após a penosa entrada em cena que revelara nosso pseudoautor, eu já não estava tão seguro de que o caráter sedutor do inglês não estivesse consideravelmente comprometido. "Ah, sim, o La Coupole! Não posso deixar de ir até lá. Lovely place, very lovely!" Ela deve tê-lo achado um imbecil. E o elogio aos dentes, então! Eu só podia torcer para que Aurélie não desistisse de convidar Robert Miller para ir a seu restaurante, senão, eu realmente já não teria chance alguma.

Fitei meu prato e fiquei ouvindo os outros ao longe.

Em determinado momento, até mesmo Jean-Paul Monsignac, que se divertia para valer com nosso autor, notou meu silêncio e disse:

– O que foi, André? Está tão calado!

Pedi desculpas, dizendo que estava com dor de cabeça.

Preferia ir naquele mesmo instante para casa, mas tinha a sensação de que era melhor ficar de olho em Robert Miller.

Adam, o único com quem eu queria conversar, estava sentado na outra ponta da mesa. De vez em quando, ele me lançava um olhar encorajador e, horas mais tarde, quando finalmente deixamos o restaurante, ele me prometeu que, na manhã seguinte, antes de partir para Londres, passaria rapidamente em minha casa.

– Mas sozinho – disse eu. – Precisamos conversar.

Eu estava justamente rasgando uma nova carta de Robert Miller a Aurélie Bredin quando a campainha tocou. Joguei o envelope no cesto de lixo e apertei o botão que abria o portão. Na verdade, essa carta, que continha uma confirmação para o jantar no Le Temps des Cerises, eu queria dá-la a Adam, mas, depois dos acontecimentos do dia anterior, seu conteúdo estava ultrapassado. Passei a noite inteira em claro, pensando no que poderia fazer. E tive uma ideia.

Quando Adam entrou, lançou um olhar para o caos no corredor, onde ainda estavam o espelho quebrado e o amontoado de cacos que eu juntara rapidamente com a vassoura no dia anterior.

– Nossa, o que aconteceu aqui? – ele perguntou. – Por acaso você teve um ataque de fúria?

– Não. O espelho escorregou ontem de manhã. Ainda mais essa! – expliquei.

– Sete anos de azar – opinou Adam e sorriu irônico.

Peguei meu sobretudo no cabideiro e abri a porta.

– Espero que não – respondi. – Venha, vamos tomar café da manhã em algum lugar. Não tenho nada em casa.

Demos alguns passos até o Vieux Colombier, passamos pelo balcão e fomos nos sentar bem no fundo, onde havia bancos de madeira e mesas grandes. Quantas vezes não fiquei sentado com Adam nesse lugar, conversando sobre projetos de livros e as mudanças em nossas vidas.

– Adam, você é meu amigo – eu disse, quando o garçom nos trouxe o café da manhã.

– Okay – respondeu Adam. – Diga logo o que quer. É sobre a carta para mademoiselle Bredin, que você quer que eu envie? Não tem problema. Depois que vi a garota, posso, no mínimo, entender por que você está tão louco por ela.

– Não – respondi. – Essa história da carta não é uma boa ideia, não depois de ontem à noite. Além do mais, isso tudo está demorando demais para mim. Desta vez, quero fazer a coisa certa.

– Sei – comentou Adam, dando uma mordida em sua baguete de presunto. – E em que posso ajudar? – perguntou de boca cheia.

– Você tem de ligar para ela – respondi. – Como Robert Miller.
Adam quase engasgou.

– *You are crazy, man* – disse então.

– Não, não estou louco – abanei a cabeça. – Você e o Sam têm quase a mesma voz, e você pode simplesmente arranhar um pouco o francês, não é tão difícil assim. Por favor, Adam, você precisa fazer isso para mim.

Em seguida, expliquei-lhe meu novo plano. Adam ligaria à noite, da Inglaterra, para o Le Temps des Cerises. Pediria desculpas a Aurélie Bredin e diria que ficara totalmente surpreso ao vê-la, que havia pessoas ao seu redor e que não quisera dizer nada errado.

– Conte a ela qualquer mentirinha inocente, a seduza com seu charme de gentleman e faça com que Robert Miller seja reabilitado. Você consegue. – Bebi meu expresso. – O importante é que você confirme o encontro no restaurante dela. Diga que ficará feliz com um jantar a dois. Sugira o dia 16 de dezembro, porque você terá coisas a fazer em Paris e a noite inteira livre para ela.

O dia 16 de dezembro era perfeito em dois sentidos. Por um lado, era o aniversário de Aurélie Bredin; por outro, eu havia descoberto que, como em todas as segundas-feiras, o restaurante estaria fechado nesse dia. *Normalmente* ficava fechado.

Isso aumentava a probabilidade de eu me reencontrar sozinho com Aurélie Bredin no Le Temps des Cerises.

– Ah, e mais uma coisa, Adam. Dê a entender que ela não deve contar a ninguém a respeito desse encontro. Diga que, do contrário, o revisor ainda é capaz de aparecer quando souber que seu autor está na cidade. No final, isso vai deixar a história ainda mais verossímil.

Se esse encontro no dia 16 de dezembro realmente fosse confirmado (e, com otimismo, eu estava contando com isso), Adam voltaria a ligar nessa data, à noite.

Desta vez, porém, como Adam Goldberg, que desmarcaria em nome de Miller.

A razão para o cancelamento era genial – eu mesmo me parabenizei pela ideia, que me ocorrera às três da manhã –, pois atingiria o orgulho de Aurélie Bredin e lhe tiraria a possibilidade de entrar mais uma vez em contato com Robert Miller. O que não era ruim, pois o salvador que a consolaria no momento de solidão e dor já estaria a postos, ou seja, na frente do restaurante.

– *Mon ami*, você realmente exagerou. Isso está parecendo um filme americano de quinta categoria. Você tem consciência de que esse cálculo pode nunca dar certo? – Adam riu.

Inclinei-me para frente e olhei bem no fundo dos seus olhos.

– Adam, estou realmente falando sério. Se tem uma coisa que quero na vida é essa mulher. Tudo que preciso é de uma noite com ela, sem ser perturbado. Preciso de uma chance *para valer*, entende? E, se para isso eu tiver de distorcer um pouquinho a verdade, que seja. Ao contrário dos americanos sem graça, nós, franceses, chamamos isso de "corriger la fortune".

Recostei-me e, por entre as pilastras de ferro verde-escuro do café, olhei para a manhã parisiense.

– Às vezes é preciso dar um empurrãozinho na sorte, e na direção certa.

13

— Mademoiselle Bredin, mademoiselle Bredin! – exclamou alguém atrás de mim, quando saí de casa e pisei na passagem de pedra que conduzia ao Boulevard Saint-Germain. Virei-me e vi um homem alto, de sobretudo escuro de inverno e cachecol vermelho, saindo da escuridão.

Era final de tarde e eu estava a caminho do restaurante. E o homem era André Chabanais.

– O que está fazendo aqui? – perguntei surpresa.

– Que coincidência! Acabo de sair de uma reunião. – Apontou para o Procope e sorriu. – Meu escritório está cada vez mais lotado de manuscritos e livros, de modo que já não tenho condições de receber ninguém lá. – Balançou a pasta com manuscritos. – Puxa, que surpresa boa! – Depois, olhou ao redor. – A senhorita realmente mora em uma região muito bonita.

Fiz que sim e continuei andando sem me deixar impressionar. Minha alegria em ver o revisor-chefe não era muito grande.

Então ele caminhou ao meu lado.

– Posso acompanhá-la um pouco?

– É o que já está fazendo – respondi irritada e acelerei o passo.

– Ah, ainda está brava comigo por causa de ontem à noite, não é? – ele perguntou.

– Até agora não ouvi nenhum pedido de desculpas – eu disse e virei no boulevard. – Primeiro me convida para o La Coupole. Depois, nem sequer me informa que haveria uma leitura com Miller. Que brincadeira é essa, monsieur Chabanais?

Em silêncio, caminhamos lado a lado pela rua.

– Ouça, mademoiselle Bredin, realmente sinto muito. A leitura foi marcada na última hora, e é claro que eu *queria* informá-la a respeito... Só que depois aconteceu tanta coisa que, no final, simplesmente acabei esquecendo.

– Está querendo me dizer que não teve trinta segundos para me dizer: "Mademoiselle Bredin, a leitura com o Miller será na segunda-feira, às vinte horas?" E que no final *esqueceu*? Que raio de desculpa é essa? Não se esquece uma coisa que é importante para alguém. – Zangada, continuei andando. – E depois o senhor mandou dizer que não estava quando liguei na editora.

Ele segurou meu braço.

– Não, isso não é verdade! Me deram o recado de que a senhorita havia ligado, mas eu realmente não estava.

Tirei sua mão do meu braço.

– Não acredito em uma palavra sua, monsieur Chabanais. O senhor mesmo me contou no La Coupole que sempre faz sinal para sua secretária se livrar dos chatos que ficam ligando... E é isso que sou para o senhor, não é? Uma chata que fica ligando! – Eu mesma não sabia por que estava tão irritada. Talvez porque a leitura da noite anterior tenha terminado com uma decepção e eu culpasse o revisor-chefe por isso, embora, na verdade, ele não tivesse culpa de nada.

– Ontem minha mãe sofreu um acidente, e passei a tarde toda no hospital – disse André Chabanais. – Esta é a verdade, e, para mim, a senhorita não é absolutamente uma chata que fica ligando, mademoiselle Bredin.

Parei.

– Ai, meu Deus! – exclamei sem graça. – Sinto... sinto muito.

– Acredita em mim agora? – ele perguntou, olhando-me nos olhos.

– Sim – afirmei e, por fim, desviei desconcertada o olhar. – Espero que esteja tudo bem... com a sua mãe – completei.

– Ela vai ficar bem. Caiu da escada rolante e quebrou a perna. – Abanou a cabeça. – Ontem realmente não foi meu dia de sorte, sabe?

– Então somos dois – acrescentei.

Ele sorriu.

– Mesmo assim, é claro que não é desculpa para eu não tê-la avisado. – Continuamos seguindo nosso caminho, passando pelas vitrines iluminadas do boulevard, e desviamos de um grupo de japoneses que estava sendo conduzido por uma guia com um guarda-chuva vermelho. – Como ficou sabendo da leitura?

– Tenho uma amiga que mora na Île Saint-Louis – respondi. – Ela viu o cartaz. E, felizmente, segunda-feira é meu dia de folga.

– Puxa, que bom! – disse ele.

Parei junto a um semáforo.

– Bom, nossos caminhos se separam aqui. – Apontei na direção da Rue Bonaparte. – Agora preciso atravessar.

– Vai para o restaurante? – André Chabanais também parou.

– Adivinhou.

– Qualquer hora também vou ao Le Temps des Cerises – disse ele. – Deve ser um lugar bem romântico.

– Faça isso – respondi. – Talvez com a sua mãe, quando ela sair do hospital.

Ele fez uma careta.

– Não está mesmo querendo que eu me divirta, não é?

Sorri e o semáforo abriu.

– Preciso ir, monsieur Chabanais – respondi e me virei para atravessar.

– Espere! Me diga se há alguma coisa que eu possa fazer para reparar meu esquecimento – ele gritou, quando pisei na faixa de pedestres.

– Pense em alguma coisa! – gritei de volta. Depois, atravessei a rua e acenei-lhe mais uma vez antes de entrar na Rue Princesse.

– O que vai fazer no Natal? – perguntou Jacquie enquanto eu o ajudava a preparar o *boeuf bourguignon*, que estaria no menu. Embora Paul, o *sous-chef*, estivesse recuperado, chegou um pouco mais tarde naquele dia.

Havíamos fritado a carne em porções, em duas frigideiras, para que dourasse bem, e naquele momento eu a estava polvilhando com um pouco de farinha em uma grande caçarola.

– Não faço ideia – respondi. Só naquele momento é que me dei conta de que seria o primeiro Natal que eu passaria realmente sozinha. Uma imagem estranha. O restaurante ficaria fechado a partir do dia 23 de dezembro e só voltaria a abrir na segunda semana de janeiro. Mexi a colher de pau na panela e esperei até a farinha engrossar a gordura. Em seguida, verti o Bourguignon por cima. O vinho sibilou rapidamente, e senti o forte e agradável perfume. Em seguida, os pedaços de carne ficaram cozinhando no molho escuro.

Jacquie se aproximou com as cenouras cortadas e os cogumelos e passou os legumes da tábua grande de madeira para a panela.

– Você podia vir comigo para a Normandia – disse ele. – Vou ficar na casa da minha irmã. Ela tem uma família grande, e no Natal o ambiente é sempre muito animado, vêm bons amigos, vizinhos...

– É muito gentil da sua parte, Jacquie, mas não sei... Na verdade, ainda não pensei no que vou fazer. Seja como for, este ano vai ser tudo diferente...

Percebi que, de repente, tinha um nó na garganta, e pigarreei. Nada de ficar sentimental agora; isso não leva a nada – me ordenei com rigor.

– Vou ficar bem. Afinal, já não sou nenhuma garotinha – respondi, já me vendo sozinha, sentada diante de um *bûche de Noël*, um delicioso bolo de chocolate servido de sobremesa no Natal e que meu pai sempre levava à mesa fazendo grande alarde, quando todos já diziam que iam estourar de tanto comer as delícias do Natal.

– Para mim você sempre vai ser uma garotinha – disse Jacquie, pousando o braço pesado sobre meus ombros. – Eu ficaria muito mais sossegado se você viesse comigo para a praia, Aurélie. O que você vai ficar fazendo aqui em Paris, onde só chove? Não é legal ficar sozinho no Natal.

Abanou a cabeça preocupado, e seu chapéu de cozinheiro balançou ameaçador.

– Alguns dias naquele maravilhoso ar puro e alguns passeios na praia fariam bem a você. Além disso, prometi que ia cozinhar, e seria muito bom contar com a sua ajuda – e olhou para mim. – Me prometa que vai pensar, Aurélie... ahn?

Fiz que sim, emocionada.

– Prometo – respondi com a voz rouca. O bom e velho Jacquie!

– E sabe o que é o melhor de tudo lá? – perguntou, e sorrindo respondi junto com ele: – Lá se pode ver bem ao longe!

Provei o molho com uma grande colher de madeira.

– Ainda dá para acrescentar mais vinho tinto – disse e verti mais um pouco do Bourguignon. – Pronto, agora é só levar ao forno! – Olhei para o relógio. – Nossa, preciso arrumar as mesas! – Tirei o avental, a touca e sacudi os cabelos. Depois, fui até o espelho preso à parede, junto à porta da cozinha, e passei batom.

– Mais bonita você não vai ficar – disse Jacquie, e fui para o salão do restaurante. Poucos minutos depois chegou Suzette, e juntas arrumamos as mesas, colocamos vinho e taças sobre elas e dobramos os guardanapos brancos de pano. Dei uma olhada no caderno de reservas. Nas próximas semanas, teríamos muito trabalho, e eu precisava urgentemente contratar mais garçons.

Dezembro era uma correria, e o pequeno restaurante tinha reserva quase todas as noites.

– Hoje à noite temos uma comemoração de Natal, dezesseis pessoas – eu disse a Suzette –, mas vai ser tranquilo, vão todos pelo menu.

Ela concordou e juntou as mesas à parede.

– Quanto à sobremesa, precisamos prestar atenção para que todos recebam seus *crêpes Suzette*. Jacquie vem da cozinha e os flamba no carrinho.

Quando o chefe aparecia pessoalmente para flambar os *crêpes Suzette* à mesa, em uma frigideira de cobre, aos olhos dos clientes, e com grandes gestos filetava as laranjas, cortando-as em rodelas, para depois sobre elas distribuir as amêndoas e verter o Grand Marnier, era sempre uma atração especial, e metade do restaurante parava para assistir às chamas azuladas se elevarem por alguns segundos.

Eu estava justamente examinando os talheres quando o telefone tocou.

– Atenda você, Suzette – pedi-lhe. – Para hoje à noite já não podemos aceitar nenhuma reserva.

Suzette foi até o telefone, que ficava nos fundos do restaurante, ao lado do caixa.

– Le Temps des Cerises, *bonsoir* – trinou ao telefone, estendendo seu *bonsoir* a uma pergunta. – *Oui*, monsieur, um momento, por favor – disse, depois acenou para mim. – É para você, Aurélie – e me estendeu o fone.

– Sim? – perguntei, sem suspeitar quem era.

– Eh... *Bong soir. Falar* com mademoiselle Aurélie Bredin? – disse uma voz com nítido sotaque inglês.

– Sim. – Percebi que o sangue me subiu à cabeça. – Aqui é Aurélie Bredin. – Virei-me para o balcão de madeira, sobre o qual o caderno de reservas estava aberto.

– Ah, mademoiselle Bredin, *estar* feliz por conseguir falar com senhorita. Aqui é Robert Miller, só encontrei o *número da* restaurante. *Estar* incomodando?

– Não – respondi, e meu coração bateu quase na garganta. – Não, não, o senhor não está incomodando de modo algum. O restaurante só abre daqui a meia hora. Ainda... ainda está em Paris?

– Ah, não, infelizmente não – ele respondeu. – Tive de voltar logo de manhã *ceda* para *Englaterra*. Está me ouvindo, mademoiselle Bredin?

– Sim! – balbuciei, com o fone bem apertado contra o ouvido.

– Sinto multíssimo por ontem à noite – disse ele. – Eu... meu Deus... parecia ter *levada* um choque quando senhorita *aparecer* à minha frente, como que caída do céu. Só conseguia olhá-la. Estava tão bonita em seu vestido vermelho... como se tivesse vindo de outra galáxia...

Respirei fundo e mordi o lábio.

– E eu que pensei que o senhor não ia mais se lembrar de mim – respondi, aliviada.

– Não, não! – ele exclamou. – Por favor, *no* pense isso! Lembro tudo: sua bonita carta, a foto! Só que, no *primeira* momento, não consegui acreditar que era *realmente* a senhorita, Aurélie. E fiquei tão perturbado com todas aquelas pessoas que queriam algo de mim, e meu revisor e meu agente, que não paravam de olhar e ouviam tudo que conversávamos. E, de repente, *ficar* sem saber o que poderia dizer. – Suspirou. – E agora sentir *essa* medo de senhorita me achar um grande idiota...

– Imagine! – respondi com as orelhas queimando. – Está tudo bem.

– Meu Deus, como fui estúpido! Por favor, você precisa me desculpar. Não sou muito bom *no meia* de muita gente, sabe – ele disse contrito. – Não fique zangada comigo.

Mon Dieu, que doce!

– Claro que não estou zangada com o senhor, Mr. Miller – apressei-me em dizer.

Ouvi atrás de mim um barulho e vi Suzette, que seguia nossa conversa com interesse crescente. Decidi ignorá-la e inclinei-me sobre o livro de reservas.

Robert Miller emitiu um som de alívio.

– É *muito* gentil de sua parte, Aurélie. *Poder* chamá-la de Aurélie?

– Sim, claro – concordei, e poderia ter continuado para sempre ao telefone.

– Aurélie... ainda posso ter esperança de jantar com você? Ou será que agora já não quer me convidar para ir a seu *pequena* e agradável restaurante?

– Claro que quero, quero sim! – exclamei, e logo vi o ponto de interrogação nos olhos de Suzette, que ainda estava ocupada atrás de mim. – Só precisa me dizer quando pode.

Robert Miller se calou por um instante, e eu ouvi o barulho de papel sendo folheado.

– Pode ser no dia 16 de dezembro? – perguntou, então. – Vou estar o dia todo ocupado, perto de Paris, mas a noite é sua.

Fechei os olhos e sorri. Dia 16 de dezembro era meu aniversário. E era uma segunda-feira. Pelo visto, naquele momento, todas as coisas importantes da minha vida aconteciam em uma segunda-feira.

Em uma segunda-feira eu descobrira o livro de Miller na pequena livraria. Em uma segunda-feira encontrara o infiel Claude no La Palette com sua namorada grávida. Em uma segunda-feira vira Robert Miller pela primeira vez, em uma leitura de que ficara sabendo pouco antes. Em uma segunda-feira, que também era meu aniversário, teria um jantarzinho privado com um autor extremamente interessante. Se continuasse assim, ainda iria casar em uma segunda-feira e morrer em uma segunda-feira, e Mrs. Dinsmore iria regar meu túmulo com seu regador.

Sorri.

– Alô, mademoiselle Aurélie? Ainda está na linha? – A voz de Miller pareceu inquieta. – Se segunda-feira não for um bom dia, então pode escolher outra data. Mas *a* jantar tem de acontecer, *fazer* questão.

– O jantar *vai* acontecer – ri feliz. – Na segunda-feira, dia 16 de dezembro, às oito horas. Fico feliz que virá, monsieur Miller!

– Tanto quanto eu você não pode estar – ele disse. Então acrescentou, hesitante: – Posso lhe pedir um pequeno favor, mademoiselle Aurélie? Por favor, não diga nada da *nossa* encontro a André Chabanais. Ele é muito gentil, mas às vezes... como *dizer*... me *alugar* demais. Se souber que estarei em Paris, também vai querer me ver, e depois não teremos tempo suficiente para nós...

– Fique tranquilo, Mr. Miller. Sou um túmulo.

Quando desliguei, Suzette me olhou com os olhos arregalados.

– *Mon Dieu*, quem *era* esse homem? – perguntou. – Por acaso ele a pediu em casamento?

Sorri.

– Era o homem que virá jantar aqui no dia 16 de dezembro – respondi. – E será meu *único* cliente!

E, com essas palavras misteriosas, deixei Suzette boquiaberta e abri a porta do restaurante.

O encontro com Robert Miller seria meu pequeno segredo.

Não é sem razão que Paris é chamada de Cidade Luz. E acho que, especialmente em dezembro, Paris merece esse nome.

Por mais cinzento que tenha sido novembro, com tanta chuva e com aqueles dias em que se tem a sensação de que nunca mais o céu ficará aberto, em dezembro Paris se transformou, como em todos os anos, em um mar de luz radiante. Chega-se a ter a impressão de que uma fada passou voando pelas ruas e despejou pó estelar nas casas. E, quando se passa de carro, à tarde ou à noite, por Paris, a cidade decorada para o Natal brilha na escuridão como um conto de fadas prateado e branco.

As árvores nodosas do Champs-Élysées estavam enfeitadas com milhares de luzinhas; crianças e adultos paravam boquiabertos diante das vitrines das Galeries Lafayette, das lojas Printemps ou do pequeno mas refinado supermercado Bon Marché e admiravam as decorações reluzentes; nas pequenas ruas e nos grandes boulevards viam-se pessoas com seus pacotes de presentes de Natal embrulhados com laços e fitas. Diante dos museus já não havia longas filas. Mesmo no Louvre era possível, naqueles últimos finais de semana, chegar perto da *Mona Lisa* sem dificuldade e admirar seu insondável sorriso. E, acima de tudo, brilhava a Torre Eiffel – esse símbolo poderoso e, no entanto, filigranado da cidade, refúgio de todos os apaixonados que vêm à Paris pela primeira vez.

Duas vezes fui até lá com a pequena Marie para andar de patins. *Patiner sur la Tour Eiffel*, informava o cartaz azul-claro, que mostrava uma Torre Eiffel branca e, na frente, um par de patins obsoletos. Marie fizera questão de subir os degraus de ferro até o primeiro andar. Fazia anos que eu não ia à torre, e volta e meia parava durante a subida para olhar para baixo por entre as pilastras de ferro, que de perto pareciam gigantescas. O ar frio e a subida me tiraram o fôlego, mas depois, quando já estávamos em cima, rodopiamos no gelo, corremos com as bochechas rosadas e os olhos brilhantes sobre a cidade cintilante e reluzente, e, por alguns momentos, tive a sensação de ser criança novamente.

Há alguma coisa no Natal que sempre nos faz voltar a nós próprios, a nossas lembranças e desejos, a nossa alma de criança, que sempre para surpresa e com os olhos arregalados diante dessa porta secreta, atrás da qual o milagre espera.

Papéis sendo rasgados, palavras sussurradas, velas acesas, janelas enfeitadas, o perfume de cravo e canela, desejos que são escritos em bilhetes ou ditos ao céu e que talvez sejam realizados – querendo ou não, o Natal desperta esse desejo eterno do maravilhoso. E esse maravilhoso nada é do que se pode possuir ou conservar, não *pertence* a ninguém e, no entanto, está sempre ali, como algo que é dado de presente a alguém.

Pensativa, encostei a cabeça contra a janela do táxi, que estava justamente atravessando o Sena, e olhei para o rio, que reluzia ao sol. Em meu colo, embrulhado em papel de seda, estava o casaco vermelho. Bernadette, que me convidara para tomar café da manhã em sua casa, me dera de presente de aniversário.

No fim das contas, o dia 16 de dezembro tinha começado bastante promissor – na verdade, começara já na noite anterior, depois que os últimos clientes deixaram o restaurante por volta da meia-noite e meia e estouramos um champanhe para comemorar meu aniversário de trinta e três anos: Jacquie, Paul, Claude, Marie e Pierre – nosso novo auxiliar de cozinha, que, com dezesseis anos, era o mais novo de todos nós –, Suzette, que passara a noite insinuando que ainda haveria uma surpresa para mim, e Juliette Meunier, que desde a segunda semana de dezembro ajudava a servir quase todas as noites.

Jacquie havia preparado um delicioso bolo de chocolate com framboesas, que chegamos a repetir o pedaço. Também foi ele que, em nome de todos, me entregou um grande ramalhete de flores. Recebi pequenos pacotes embrulhados em papel colorido – um espesso cachecol com luvas combinando, de Suzette; um pequeno caderno de anotações com estampa oriental, de Paul; e, de Jacquie, um saquinho de veludo com conchas, no qual se encontrava uma passagem de trem.

Foi bonito, quase um momento familiar, quando todos estávamos no restaurante vazio, brindando com champanhe meu novo ano de vida. E quando puxei a coberta para cima de mim, por volta das duas da manhã, adormeci com o pensamento de que à noite teria um emocionante encontro com um belo escritor, que eu não conhecia realmente, mas que acreditava conhecer.

O taxista passou por uma lombada, e o papel em que o casaco estava embrulhado rasgou.

– Você enlouqueceu! – eu exclamara ao abrir o grande pacote que estava sobre a mesa do café da manhã. – O casaco vermelho! Você é louca mesmo, Bernadette. Isto é caro demais!

– É para lhe trazer sorte – respondera Bernadette quando a abracei com força e lágrimas nos olhos. – Hoje à noite... e sempre que você o vestir.

E, assim, no começo da tarde de 16 de dezembro, eu estava de casaco carmesim na frente do Le Temps des Cerises, que, na verdade, ficava fechado às segundas-feiras – uma aventureira, envolvida em perfume de heliotrópio e na cor da sorte.

Meia hora mais tarde eu estava na cozinha preparando o jantar. Era meu jantar de aniversário, porém, mais ainda, era o menu com o qual eu queria agradecer o fato de um dia terrivelmente triste de novembro ter terminado com um sorriso sonhador – um sorriso que prepararia o caminho para algo novo.

E, sobretudo, era obviamente o primeiro jantar com Robert Miller.

Pensei muito em quais delícias culinárias eu prepararia para impressionar o escritor inglês e, no final, decidi-me pelo *menu d'amour*, que meu pai me deixara de herança.

Certamente esse menu não era o mais refinado que a culinária francesa tinha a oferecer, mas possuía duas vantagens imbatíveis: era leve e eu era perfeitamente capaz de prepará-lo, de maneira que, durante o jantar, poderia dedicar toda a minha atenção àquele homem, cuja chegada, confesso, eu aguardava com tensão.

Vesti o avental branco e abri as sacolas que eu enchera à tarde no mercado: alface-de-cordeiro fresca, duas hastes de aipo, laranjas, macadâmias, pequenos cogumelos brancos, um maço de cenouras, cebolas roxas, berinjelas brilhantes, quase pretas, e duas romãs bem vermelhas, carne de cordeiro e toucinho. Batatas, creme, tomates, temperos e baguete sempre havia no estoque da cozinha, e o *parfait* de laranja vermelha azedinha com canela, que, junto com os *gâteaux au chocolat*, coroava o *menu d'amour*, eu já havia preparado na noite anterior.

De entrada haveria alface-de-cordeiro com cogumelos frescos, abacate, macadâmias e cubinhos de toucinho tostados. Como acompanhamento – e esse era o toque especial – o delicioso vinagrete de batatas do meu pai.

Porém, primeiro eu tinha de cuidar do ragu de cordeiro, pois, quanto mais tempo cozinhasse em fogo baixo, mais macia ficaria a carne.

Lavei a carne rosada do cordeiro e sequei-a cuidadosamente com um pano de prato antes de cortá-la em cubos, dourá-la em azeite de oliva e separá-la. Em seguida, escaldei os tomates em água fervente, tirei a pele e as sementes.

Os tomates só iriam para a panela no final, junto com o vinho branco, para que seu forte aroma não predominasse sobre as outras verduras. Peguei uma taça e nela coloquei um pouco de Pinot Blanc, que também utilizaria para cozinhar.

Entoando baixinho uma canção, cortei as romãs e tirei as sementes com um garfo. Elas caíram como reluzentes pérolas vermelhas de água doce. Eu estava habituada a cozinhar rápido, mas quando me reservava um longo tempo para preparar os pratos, como nesse dia, ir para a cozinha tornava-se quase uma ocasião poética, na qual eu podia me perder inteiramente. A cada movimento das mãos, minha inquietação inicial cedia cada vez mais, e, no começo, ainda fiquei imaginando como seria a noite com Robert Miller e pensando no que queria lhe perguntar. Assim, após um instante, senti as bochechas arderem e a tranquilidade voltar.

O cheiro bom do ragu de cordeiro com tomilho e alho preencheu a cozinha. As pequenas folhas de alface-de-cordeiro estavam lavadas e limpas em um grande escorredor de aço; os cogumelos estavam cortados em fatias finíssimas, e os abacates, cortados em cubos. Provei o vinagrete de batata e coloquei os pequenos *gâteaux au chocolat*, que esperavam para terminar de assar, sobre o aparador de metal. Depois, tirei o avental e pendurei-o no gancho. Era pouco mais de seis e meia, e já estava tudo pronto. A garrafa de champanhe estava há horas na geladeira. Só me restava esperar.

Fui para o restaurante, onde havia arrumado uma mesa em um nicho junto da janela, cuja parte inferior era coberta por uma cortina branca de algodão rendada, para proteger meu convidado e eu dos olhares curiosos de fora. Um castiçal de prata com uma vela estava sobre a mesa, e no aparelho de som havia um CD com músicas francesas.

Peguei a garrafa de Pinot Blanc e me servi de um pouco do vinho. Depois, fui com a taça para junto da mesa e fiquei olhando a noite do lado de fora.

A rua estava deserta e escura. As poucas lojas que nela havia já estavam fechadas. No vidro, olhei meu reflexo. Vi uma jovem ansiosa em um vestido verde de seda sem mangas, levantando lentamente o braço para soltar a fita que prendia seus cabelos. Sorri, e a mulher no vidro também sorriu. Pode até ter sido infantil colocar esse vestido de seda, mas eu tivera a sensação de que, naquela noite, era o único vestido que eu queria vestir.

Levantei a taça e brindei à mulher com cabelos brilhantes no vidro.

– Feliz aniversário, Aurélie – disse baixinho. – Que este dia se torne muito especial! – E, de repente, me surpreendi perguntando a mim mesma até onde iria aquela noite.

Meia hora mais tarde – eu estava com luvas enormes, empurrando novamente a grelha quente com a panela de ragu de cordeiro para dentro do forno – ouvi alguém batendo forte contra a janela do restaurante. Surpresa, tirei as luvas e saí da cozinha. Teria Robert Miller chegado uma hora mais cedo ao nosso encontro?

À primeira vista, só reparei no enorme buquê de rosas cor de champanhe, que aparecia na frente do vidro. Em seguida, vi o homem atrás dele, que me acenava alegre.

Só que esse homem não era Robert Miller.

14

Há duas semanas, quando Aurélie Bredin atravessou a faixa de pedestres acenando para mim e, poucos segundos depois, desapareceu na rua logo atrás, ansiei e, ao mesmo tempo, temi esse momento. Não sei quantas vezes imaginei a noite de 16 de dezembro.

Pensava nessa noite quando ia visitar *maman* no hospital, quando estava em alguma reunião da editora e desenhava figuras humanas em meu bloco, quando andava de metrô por baixo da cidade, quando consultava os maravilhosos volumes ilustrados na Assouline, minha livraria favorita, quando encontrava meu amigo no La Palette. E, à noite, já deitado na cama, também não deixava de pensar nela.

Onde quer que eu estivesse, para onde fosse, o pensamento desse dia me acompanhava, e eu o antecipava como um ator o faz com a estreia de sua peça.

Mais de uma vez peguei o telefone para ouvir a voz de Aurélie e convidá-la casualmente para ir a algum café, mas sempre acabava desligando, pois temia receber um não. Em todo caso, eu não tivera mais notícias dela desde o dia em que a encontrei "por acaso" na frente da sua casa e mais tarde, quando meu amigo Adam telefonara a seu restaurante como Robert Miller, para marcar um encontro com ela.

Quando me pus a caminho do Le Temps des Cerises com o buquê de rosas e uma garrafa de Crément, senti-me inquieto como raras vezes antes. E, finalmente, parei diante da janela e esforcei-me para fazer uma expressão desenvolta e que não parecesse solene demais. Com toda certeza, minha ideia de passar espontaneamente no restaurante após o trabalho, a fim de dar um (rápido) abraço de parabéns a Aurélie Bredin pelo seu aniversário (do qual eu me lembrara por acaso), ia parecer natural.

Bati com força contra o vidro, sabendo muito bem que eu encontraria a bela cozinheira sozinha no restaurante, e meu coração bateu, no mínimo, com a mesma intensidade.

Vi seu rosto surpreso. Poucos segundos depois, a porta do Le Temps des Cerises se abriu, e Aurélie Bredin me olhou com expressão interrogativa.

– Monsieur Chabanais, o que está fazendo *aqui*?

– Vim lhe dar os parabéns pelo seu aniversário – respondi, oferecendo-lhe o buquê. – Muitas felicidades, e que todos os seus desejos se realizem.

– Ah, muito obrigada, é realmente muito atencioso da sua parte, monsieur Chabanais. – Ela pegou as flores com ambas as mãos, e aproveitei o momento para acompanhá-la e insinuar-me no restaurante.

– Posso entrar por um momento? – De relance, notei uma mesa posta no fundo, em um nicho junto à janela, e sentei-me em uma das cadeiras de madeira da entrada. – Sabe, quando olhei o calendário hoje, pensei de repente... 16 de dezembro tem alguma coisa importante, alguma coisa importante. Então me lembrei. E imaginei que a senhorita fosse ficar feliz se eu lhe trouxesse um buquê de flores. – Sorri com simpatia, colocando a garrafa de Crément sobre a mesa ao lado. – Eu lhe disse que um dia passaria em seu restaurante, lembra? – Abri os braços. – *Et voilà*, aqui estou eu.

– É... aqui está o senhor. – Dava para notar que ela não ficara muito feliz com minha visita repentina. Olhou sem graça para as rosas graúdas e sentiu seu perfume. – É um buquê lindo, monsieur Chabanais... Só que... na verdade, hoje o restaurante está fechado.

Bati a mão na testa.

– Puxa, isso eu tinha esquecido completamente. Então é mesmo sorte ter encontrado você aqui. – Levantei-me. – Mas então o que está fazendo *aqui*? No seu aniversário? Não está trabalhando escondida, está? – Dei risada.

Ela se virou e pegou um grande vaso de vidro debaixo do balcão.

– Não, claro que não. – Percebi que seu rosto cobriu-se de um leve tom rosado, quando foi para a cozinha encher o vaso de água. Voltou e colocou as rosas no balcão de madeira, onde também estavam o caixa e o telefone.

– Bem, então... muito obrigada, monsieur Chabanais – disse.

Levantei-me.

– Isso significa que está me mandando embora, sem que eu tenha sequer a oportunidade de brindar à sua saúde? Que feio!

Ela sorriu.

– Acho que não vai dar tempo. O senhor realmente chegou em má hora, monsieur Chabanais. Sinto muito – acrescentou lamentando e juntando as mãos.

Fingi que só então havia percebido a mesa posta.

– Ah – eu disse. – *Uh lá lá!* Está *esperando* alguém. Pelo visto vai ser uma noite romântica.

Olhei para ela. Seus olhos verde-escuros brilharam.

– Bem, seja quem for, pode considerar-se feliz. Você está magnífica, Aurélie. – Passei a mão pela garrafa, que ainda estava sobre a mesa. – A que horas chega seu convidado?

– Às oito – respondeu, jogando os cabelos para trás.

Olhei para o relógio. Sete e quinze. Em poucos minutos, Adam ligaria.

– Ah, vamos, mademoiselle Bredin, uma taça, em pé mesmo, à sua saúde! – pedi. – Ainda são sete e quinze. Em dez minutos desapareço. Vou abrir a garrafa.

Ela sorriu, e eu sabia que não diria não.

– Então está certo – suspirou –, dez minutos.

Vasculhei o bolso das calças à procura de um abridor.

– Viu só? – perguntei. – Trouxe até a ferramenta.

Tirei a rolha, que deslizou com um estampido suave pelo gargalo da garrafa, e verti o espumante em duas taças, que Aurélie pegara de uma cristaleira.

– Então, mais uma vez, felicidades! É uma honra para mim – exclamei, e brindamos. Bebi o Crément a grandes goles e tentei permanecer calmo, embora meu coração estivesse martelando tanto que fiquei com medo que desse para ouvi-lo. A contagem regressiva estava correndo. Em breve, o telefone iria tocar, e então se veria se eu realmente estaria condenado a ir embora. Olhei expressivamente para minha taça e, depois, para o belo rosto de Aurélie. Só para falar alguma coisa, disse: – Não dá para perdê-la de vista nem por duas semanas, hein? Basta se virar e pronto, já tem um novo admirador.

Ela enrubesceu e abanou a cabeça.

– E então? – perguntei. – Por acaso eu o conheço?

– Não – respondeu.

E então o telefone tocou. Ambos olhamos para o balcão, mas Aurélie Bredin não fez menção de ir até o aparelho.

– Provavelmente alguém querendo fazer uma reserva – disse ela. – Agora não vou atender, a secretária eletrônica está ligada.

Ouviu-se um clique, depois a mensagem do restaurante. E então se ouviu a voz de Adam.

– Boa noite, aqui quem fala é Adam Goldberg. Gostaria de deixar uma mensagem para Aurélie Bredin – ele disse sem rodeios. – Sou o agente de Robert Miller e estou ligando a pedido dele – continuou, e vi como Aurélie Bredin ficou pálida. – Preferia dizer isso pessoalmente, mas Miller me pediu para desmarcar o compromisso de hoje à noite com a senhorita. Pediu para lhe dizer que sente muito. – As palavras de Adam caíram como pedras no salão. – Ele... bem... como posso dizer... está totalmente confuso. Ontem à noite, sua mulher apareceu inesperadamente e... bem... ela ainda não foi embora e, pelo visto, vai ficar. Acho que ambos têm muito o que conversar. – Adam calou-se por um momento. – É muito desagradável para mim ter de importuná-la com esses assuntos privados, mas Robert Miller fez questão de que a senhorita soubesse que ele... bem... que está cancelando o compromisso por uma razão importante. Mandou lhe dizer que sente muito e pede sua compreensão. – Adam ainda aguardou alguns segundos no aparelho, depois se despediu e desligou.

Olhei para Aurélie Bredin, que estava como que congelada, segurando sua taça de champanhe com tanta força que temi que fosse quebrá-la.

Ela me fitou, e eu a fitei, e por um longo instante não dissemos palavra.

Depois ela abriu a boca, como se quisesse dizer alguma coisa, mas nada disse. Em vez disso, bebeu a taça de um só gole e a apertou contra o peito. Olhou para o chão.

– É... – disse ela, e sua voz tremeu de maneira suspeita.

Coloquei minha taça na mesa e, nesse momento, senti-me um canalha. Mas depois pensei: *Le roi est mort, vive le roi*,* e decidi agir.

– Ia se encontrar com *Miller*? – perguntei desconcertado. – Sozinha, no seu restaurante? No seu *aniversário*? – Calei-me por um momento. – Não confiou um pouco demais nele? Quero dizer, no fundo você não o *conhece*.

Ela me olhou em silêncio, e vi seus olhos ficarem marejados. Então se virou rapidamente, desviando-se de mim, e olhou para a janela.

– Meu Deus, Aurélie, eu... eu... não sei o que dizer. Isso é simplesmente... horrível, muito horrível. – Aproximei-me de suas costas. Ela chorava baixinho. Com muito cuidado, coloquei as mãos em seus ombros trêmulos.

– Sinto muito. Meu Deus, sinto muito *mesmo*, Aurélie – eu disse, e percebi surpreso que era verdade. Seus cabelos tinham um suave perfume de baunilha, e eu teria preferido afastá-los com delicadeza e beijá-la na nuca. Em vez disso, afaguei seus ombros para tranquilizá-la. – Por favor, Aurélie, não chore – disse baixinho. – Eu sei, eu sei... Dói levar um fora desses... Está tudo bem... Está tudo bem...

– Foi o Miller quem me ligou. Ele queria me ver de todo jeito e disse coisas tão gentis ao telefone... – ela soluçou. – E eu preparei tudo aqui, reservei a noite... Depois da carta, achei que eu era... eu era especial para ele... Ele deu tantas indiretas, entende? – Virou-se repentinamen-

---

* O rei está morto, viva o rei (N. da T.)

te para mim e me olhou com os olhos rasos d'água. – E agora, de repente, sua *mulher* volta, e eu estou me sentindo... estou me sentindo... estou me sentindo *horrível*!

Ela cobriu o rosto com as mãos, e eu a puxei para meus braços.

Demorou certo tempo até Aurélie se acalmar. Foi muito bom ficar ao lado dela para consolá-la, passando-lhe um lenço de papel após o outro e torcendo muito para que ela nunca ficasse sabendo por que eu estava presente justamente na hora em que a secretária eletrônica do Le Temps des Cerises atendeu e catapultou Robert Miller a uma distância inatingível.

Estávamos sentados um diante do outro e, em determinado momento, ela olhou para mim e disse:

– Tem um cigarro para me dar? Acho que estou precisando de um agora.

– Sim, claro. – Peguei um maço de Gauloises, ela puxou um cigarro e olhou para ele pensativa.

– O último Gauloise que fumei foi junto com Mrs. Dinsmore, no *cemitério*! – sorriu e disse, mais para si mesma: – Será que algum dia vou saber o que esse romance realmente significa?

Segurei um fósforo aceso em sua direção.

– Pode ser – respondi vagamente, olhando para sua boca, que por alguns segundos estava bem próxima do meu rosto. – Mas não mais hoje à noite.

Ela se recostou e soprou a fumaça no ar.

– Não – ela disse. – E o jantar com o autor, também posso esquecer.

Concordei compassivo e pensei que as chances de um jantar com o autor eram boas, ainda que ele não se chamasse Miller.

– Sabe de uma coisa, mademoiselle Bredin? Esqueça o Miller, que, obviamente, não sabe direito o que quer. Veja as coisas por este ângulo: o livro é o que realmente importa. Esse romance ajudou você a esquecer seus problemas. Vamos dizer que ele caiu do céu para salvá-la. Portanto, acho isso maravilhoso.

Ela sorriu hesitante.

– É, talvez tenha razão. – Depois, endireitou-se na cadeira e olhou-me calada por um longo tempo. – De certo modo, estou muito feliz por você estar aqui agora, monsieur Chabanais – disse, então.

Peguei sua mão.

– Minha cara Aurélie, não pode imaginar como *eu* estou feliz por estar aqui agora – respondi com voz rouca. Depois, levantei-me. – Agora, vamos comemorar seu aniversário – continuei. – Nem pensar em ficar aqui sentada e triste. Não enquanto eu puder impedir. – Servi-nos o restante do Crément. Aurélie bebeu sua taça de um só gole e, decidida, colocou-a na mesa.

– Assim é que se faz – eu disse, ajudando-a a se levantar da cadeira. – Posso conduzi-la à nossa mesa, mademoiselle Bredin? Se me contar onde guarda suas delícias, vou buscar as bebidas e a comida.

Obviamente, Aurélie fez questão de dar, ela própria, o último toque em seus pratos; mesmo assim, fui autorizado a acompanhá-la até a cozinha, e ela me incumbiu de abrir o vinho tinto e colocar a salada em uma grande travessa de louça, enquanto tostava os cubos de presunto em uma pequena frigideira. Eu nunca havia estado na cozinha de um restaurante e fiquei admirado ao ver o fogão de oito bocas e o grande número de panelas, frigideiras e conchas, pousadas ou penduradas, sempre à mão.

A primeira taça de vinho tinto, nós a bebemos na cozinha mesmo, e a segunda, à mesa.

– Está uma delícia! – eu exclamava vez por outra, mergulhando o garfo nas folhas tenras que brilhavam sob os cubos de presunto, e assim que Aurélie foi buscar a caçarola com o perfumado ragu de cordeiro para colocá-la na mesa, fui até o pequeno aparelho de som que estava sob o balcão de madeira e o liguei.

George Brassens cantou com uma voz arrebatadora "Je m'en suis fait tout petit", e pensei que todo homem já encontrou algum dia na vida uma mulher pela qual se deixou dominar.

O cordeiro desmanchava na boca, e exclamei:

– Poesia pura!

Aurélie então me contou que a receita e, sobretudo, o menu inteiro daquela noite era de seu pai, que falecera precocemente em outubro.

– Ele fez essa comida pela primeira vez quando... quando... – embaraçou-se e enrubesceu de repente, não sei por quê. – Bom, em todo caso, há muitos e muitos anos – terminou a frase, pegando a taça de vinho tinto.

Enquanto comíamos o ragu de cordeiro, ela me falou de Claude, que a enganara descaradamente, e da história do casaco vermelho, que ganhara de sua melhor amiga, Bernadette, "a mulher loura que estava comigo na leitura, lembra, monsieur Chabanais?"

Olhei para seus olhos verdes e já não conseguia me lembrar de mais nada, mas fiz que sim com diligência e disse:

– Deve ser bom ter uma amiga tão legal. Vamos brindar a Bernadette!

Então brindamos a Bernadette e, depois, a pedido meu, brindamos aos belos olhos de Aurélie.

Ela riu e disse:

– Agora o senhor está falando bobagem, monsieur Chabanais.

– Não, de jeito nenhum – respondi. – Nunca na vida vi olhos como os seus, sabia? Pois eles não são apenas verdes, eles são... como duas opalas preciosas; e agora, à luz das velas, posso ver em seus olhos o brilho suave de um mar extenso...

– Meu Deus – ela disse impressionada. – É a coisa mais bonita que já ouvi sobre meus olhos. – E depois me falou de Jacquie, o rabugento chefe de cozinha com coração de ouro, que sentia falta do extenso mar da Normandia.

– Eu também tenho um coração de ouro – lancei, pegando sua mão e a colocando em meu peito. – Está sentindo?

Ela sorriu.

– Estou, monsieur Chabanais; acho que tem mesmo – disse séria e deixou sua mão por um momento sobre meu coração. Depois, levantou-se de um pulo e sacudiu os cabelos. – E agora, *mon cher ami*, vamos buscar os *gâteaux au chocolat*. É minha especialidade. E Jacquie sempre diz que um *gâteau au chocolat* é doce como o amor – e correu para a cozinha.

– Acredito em cada palavra sua. – Peguei a pesada caçarola e fui atrás dela. Eu estava inebriado pelo vinho, pela presença de Aurélie, por aquela noite maravilhosa, que eu desejava que não terminasse nunca mais.

Aurélie colocou os pratos no aparador e abriu a enorme geladeira de aço inoxidável para pegar o *parfait* de laranja vermelha, que, segundo me garantiu, ficava excelente com o bolinho quente de chocolate (*C'est tout à fait génial!*, disse ela) – essa mistura irresistível do doce do chocolate com o gosto ligeiramente azedo da laranja vermelha. Ouvi com atenção suas explicações e fiquei extasiado com o tom de sua voz. Com toda certeza, ela tinha razão quanto ao que dizia, mas simplesmente achei *tudo* irresistível naquele momento.

No restaurante tocava "La fée clochette", uma música de que eu gostava muito, e cantarolei baixinho quando o cantor explicava quantos uísques beberia e quantos cigarros fumaria para levar para a cama aquela garota que ele ainda procurava.

> ♪   *Je ferai cent mille guinguettes, je boirai cent mille whiskies*   ♪
>
> ♫   *Je fumerai cent mille cigarettes pour la ramener dans mon lit*   ♫
>
> ♪   *Mais j'ai bien peur que cette chérie n'existe juste que dans ma tête*   ♪
>
> ♪   *Mon paradis, ma fabulette, mon Saint-Esprit*   ♪
>
> ♫   *Ma fée clochette!**   ♫

Eu tinha encontrado minha *fée clochette*! Ela estava a um palmo de mim e falava com ardor sobre bolinhos de chocolate.

---

* Irei a cem mil bares, beberei cem mil uísques/ Fumarei cem mil cigarros para levá-la à minha cama/ Mas temo que essa pequena exista apenas em minha cabeça/ Meu paraíso, minha historinha, meu Espírito Santo/ Minha fada Sininho! (N. da T.)

Aurélie fechou a geladeira e virou-se para mim. Eu estava tão perto dela que nos chocamos.

– Opa! – disse ela. E, depois, olhou-me diretamente nos olhos. – Posso lhe perguntar uma coisa, monsieur Chabanais? – disse em tom de conspiração.

– Pode me perguntar tudo – respondi também com um sussurro.

– À noite, quando desço uma escada, nunca viro para trás, porque tenho medo de que haja alguém atrás de mim. – Seus olhos estavam bem abertos, e eu mergulhei de cabeça nesse suave mar verde. – Acha isso estranho? – perguntou.

– Não – murmurei, inclinando a cabeça em sua direção. – Não, não acho nem um pouco estranho. Todo mundo sabe que, na escuridão, não se deve virar para trás quando se desce uma escada.

E então a beijei.

Foi um beijo bem longo. Em algum momento, quando nossos lábios se separaram por um breve instante, Aurélie disse baixinho:

– Acho que o *parfait* de laranja vermelha vai derreter.

Beijei-a nos ombros, no pescoço, mordi levemente o lóbulo de sua orelha até ela suspirar baixinho e, antes de voltar para sua boca, sussurrei:

– Acho que agora vamos ter de conviver com isso.

Então, por um longo, *longo* tempo, nada mais dissemos.

15

Meu aniversário terminou em uma *nuit blanche*, uma noite em claro, uma noite que não queria acabar.

Já passava muito da meia-noite quando André me ajudou a vestir meu casaco vermelho e nos pusemos a caminhar abraçados e sonâmbulos pelas ruas silenciosas. A cada dois metros, parávamos para nos beijar, e levamos um tempo infinito até finalmente chegarmos à porta do meu apartamento. Mas o tempo não tinha nenhuma importância nessa noite, que não conhecia o dia nem as horas.

Quando me inclinei para abrir a porta, André me beijou na nuca. Quando o puxei pela mão ao longo do corredor, ele me abraçou por trás e procurou meu peito. Quando estávamos no quarto, André afastou dos meus ombros as alças do vestido e, com um gesto infinitamente carinhoso, pegou minha cabeça.

– Aurélie – disse ele e, de repente, me beijou com tanta intensidade, que fiquei completamente tonta. – Minha fada linda, linda.

Não houve sequer um momento nessa noite em que realmente nos tenhamos soltado um do outro. Tudo era toque, tudo estava para ser descoberto. Teria havido algum ponto de nosso corpo que foi ignorado, que não recebeu carícias, que não foi conquistado com prazer? Acho que não.

Nossas roupas caíram com um sussurro no assoalho, e quando afundamos na minha cama e nela nos perdemos por horas, meu último pensamento foi que André Chabanais era o erro certo.

Quando acordei, ele estava a meu lado, com a cabeça apoiada na mão, sorrindo para mim.

– Você é tão linda quando dorme – ele disse.

Olhei para ele e tentei gravar na memória a imagem daquela manhã, na qual acordamos juntos pela primeira vez. Seu sorriso largo, os olhos castanhos com cílios pretos, os cabelos escuros e levemente ondulados, que estavam totalmente despenteados, a barba, que caracterizava ainda mais seu rosto e era muito mais macia do que eu imaginava, a cicatriz clara em cima da sobrancelha direita, que ele ganhara quando menino, em uma cerca de arame farpado – e, atrás da porta da sacada, com as cortinas meio fechadas, uma manhã tranquila no pátio, os galhos da grande castanheira, um pedaço de céu. Sorri e, por um instante, fechei os olhos.

Ele passou o dedo carinhosamente por minha boca.

– No que você está pensando? – perguntou.

– Estava justamente pensando que quero conservar este momento – respondi, segurando seu dedo com os lábios para beijá-lo. Depois, deixei-me cair com um suspiro no travesseiro. – Estou tão feliz – disse eu. – Tão perfeitamente feliz.

– Que bom – ele comentou, abraçando-me. – Eu também estou, Aurélie. Minha Aurélie. – Então me beijou e ficamos por um tempo aninhados um no outro. – Não vou levantar nunca mais – murmurou André, passando a mão pelas minhas costas. – Vamos ficar só na cama, certo?

Sorri.

– Você não precisa ir para a editora? – perguntei.

– Que editora? – sussurrou, e sua mão deslizou por entre minhas pernas.

Dei risada.

– Seria bom você pelo menos avisar que vai passar o dia inteiro aqui na cama. – Meu olhar pousou sobre o pequeno relógio no criado-mudo. – Já são quase onze horas.

Ele suspirou e, lamentando, tirou a mão.

– Você é uma pequena desmancha-prazeres, mademoiselle Bredin, sempre suspeitei disso – disse, puxando a ponta do meu nariz. – Então vou ligar agora para madame Petit e dizer que vou chegar mais tarde. Não, melhor: vou dizer que, infelizmente, hoje não poderei ir. E então passamos um dia maravilhoso, o que você acha?

– Acho uma ideia excelente – respondi. – Você acerta sua vida, e, enquanto isso, preparo um café para nós.

– Então está combinado. Mas não estou a fim de sair do seu lado...

– Não é por muito tempo – respondi, e me enrolei no roupão azul--claro e curto para ir até a cozinha.

– Tire isso imediatamente! – exclamou André, e eu ri.

– Você é mesmo insaciável!

– Sou – ele respondeu. – Com você, sou mesmo insaciável!

E eu com você, pensei.

Senti-me tão segura nesse momento, puxa, tão segura!

Preparei duas grandes xícaras de *café crème* enquanto André telefonou e depois foi para o banheiro. Com cuidado, levei-as para o quarto. Empurrei para o lado o livro do Robert Miller, que ainda estava no meu criado-mudo, e depositei as xícaras.

Seria possível que o *menu d'amour* tinha dado certo? Em vez de um escritor inglês, jantei com um revisor francês, e, de repente, passamos a nos ver com outros olhos – quase como Tristão e Isolda, que, inadvertidamente, beberam juntos a poção do amor e não conseguiram mais viver um sem o outro. Ainda me lembrava muito bem de como fiquei impressionada quando, na minha infância, meu pai me levara para assistir à ópera. E a parte da poção mágica achei ainda mais emocionante.

Sorrindo, recolhi do chão as peças de roupa que estavam espalhadas por todo o quarto e as coloquei em cima da cadeira que estava ao lado da cama. Quando peguei o terno de André, alguma coisa caiu no chão. Era sua carteira. Ela havia se aberto, alguns documentos ficaram um pouco para fora e moedas rolaram pelo assoalho.

Ajoelhei-me no chão para pegá-las e ouvi André cantar bem-humorado debaixo do chuveiro. Sorrindo, coloquei de volta as moedas no compartimento da frente da carteira, e já estava para empurrar os documentos de volta na parte posterior quando notei uma fotografia.

No começo, pensei que fosse uma foto do André e, curiosa, puxei-a. Então, meu coração parou por um terrível momento.

Eu conhecia aquela imagem. Mostrava uma mulher em um vestido verde, sorrindo para a câmera. Era eu.

Por alguns segundos, fitei a foto na minha mão, sem entender nada, depois os pensamentos começaram a se encaixar um após o outro, e centenas de pequenos registros momentâneos se uniram formando um todo.

Aquela foto, eu a tinha colocado na carta que enviara a Robert Miller. Estava na carteira do André. André, que me despachara no corredor da editora. André, que colocara a resposta de Robert Miller na minha caixa de correspondência, porque este, supostamente, teria perdido meu endereço. André, que rindo e brincando estava sentado no La Coupole e sabia muito bem que Robert Miller nunca apareceria por lá. André, que não me dissera uma palavra sequer sobre a leitura – o único compromisso a que Robert Miller realmente comparecera em Paris – e que não via a hora de afastar de mim o autor visivelmente perturbado. André, que apareceu com um buquê de flores no Le Temps des Cerises justamente quando Miller encarregara seu agente de cancelar o encontro.

Miller?! Sei!

Vai se saber quem era o homem que monsieur Chabanais mandara ligar no restaurante. E a carta de Robert Miller? Como o autor pode ter me respondido se nunca recebeu minha carta?

E, de repente, me lembrei de uma coisa. Algo que eu já notara depois da leitura, sem, de fato, conseguir classificar.

Larguei a foto e me precipitei até o criado-mudo. Nele estava *O sorriso das mulheres*, e, dentro do livro, a carta de Miller. Com as mãos trêmulas, peguei as páginas manuscritas.

"Cordialmente, Robert Miller." Sussurrei as últimas palavras da carta e, ao folhear então rapidamente o livro, fiquei paralisada ao ver a dedicatória. "Para Aurélie Bredin, com um grande abraço do Robert Miller." Robert Miller assinara duas vezes. Só que a assinatura da dedicatória era totalmente diferente daquela da carta. Virei o envelope, no qual ainda estava colado o pequeno post-it amarelo de André Chabanais, e soltei um gemido. Fora André quem tinha escrito a carta de Miller, e eu havia sido enganada o tempo inteiro!

Perturbada, sentei-me na cama. Pensei em como André parecera sincero ao me olhar, com seus olhos castanhos, na noite anterior, no restaurante, e ao me dizer "Sinto muito *mesmo*, Aurélie", e uma raiva fria subiu-me à cabeça. Esse homem se aproveitara da minha credulidade, divertira-se me levando no bico, fizera seu teatrinho comigo só para me levar para a cama e eu caíra na lábia dele.

Olhei o pátio pela janela, onde o sol ainda brilhava, só que a bela imagem da manhã feliz estava destruída.

André Chabanais me enganara tanto quanto Claude, mas eu não ia mais me deixar enganar, nunca mais! Cerrei os punhos e comecei a inspirar e expirar rapidamente.

– Pronto, amor, o dia inteiro é nosso.

André entrara no quarto. Estava enrolado em uma grande toalha cinza-escura, e dos seus cabelos castanhos pingava água.

Fitei o chão.

– Aurélie? – Ele se aproximou, postou-se à minha frente e colocou as mãos sobre meus ombros. – Meu Deus, você está tão pálida. Não está se sentindo bem?

Tirei suas mãos dos meus ombros e levantei-me lentamente.

– Não – respondi, e minha voz tremeu. – Não estou bem. Não estou nada bem.

Ele me olhou perturbado.

– O que você tem? Aurélie... Amor... posso fazer alguma coisa por você? – e afastou uma madeixa do meu rosto.

Removi sua mão.

– Pode – respondi em tom de ameaça. – Nunca mais toque em mim, ouviu? *Nunca* mais!

Ele recuou assustado.

– Mas, Aurélie, o que aconteceu? – perguntou.

Percebi que uma onda de raiva subia à minha cabeça.

– O que aconteceu? – murmurei com ar temível. – Quer mesmo saber o que aconteceu?

Fui até o local onde tinha deixado cair a foto e, com um só movimento, peguei-a do chão e a estendi na sua frente.

– Foi *isto* o que aconteceu! – gritei, precipitando-me em direção ao criado-mudo. – E mais *isto*! – Peguei a carta falsa e a joguei aos pés dele.

Vi seu rosto tingir-se de vermelho.

– Aurélie... por favor... Aurélie – ele balbuciou.

– O quê?! – gritei. – Vai querer me contar *outra* mentira agora? Já não basta? – Peguei o livro de Robert Miller e tive vontade de bater em André com ele. – A única coisa verdadeira em toda essa história mentirosa é este livro. E você, André, revisor-chefe das Éditions Opale, é a última pessoa que quero ver na frente. Você é ainda pior que o Claude. Ele, pelo menos, tinha um motivo para me enganar, mas você... você... você se divertiu às minhas custas...

– Não, Aurélie, não foi *nada* disso... por favor... – ele gritou desesperado.

– Foi sim – afirmei. – Foi exatamente isso. Você abriu minha carta, em vez de encaminhá-la. Você me enviou uma carta falsa e depois, provavelmente, morreu de rir no La Coupole quando eu não quis lhe contar sobre a carta. Tudo muito bem tramado, meus parabéns! – Dei um passo até ele e o olhei cheia de desprezo. – Em toda a minha vida, nunca conheci uma pessoa que usasse de tanta hipocrisia para se divertir com a infelicidade alheia. – Vi como ele recuou. – Só uma coisa você ainda tem de me explicar. Realmente me interessa saber como você tramou isso. Quem ligou ontem à noite no restaurante? Quem?

– Aquele era mesmo Adam Goldberg. É um amigo meu – ele respondeu contrito.

– Ah, é amigo seu? Que ótimo! Quantos amigos dessa espécie ainda existem, hein? Quantos não devem estar rindo agora desta garotinha imbecil e ingênua, *hein*? Não vai me revelar? – Fui ficando cada vez mais furiosa.

André levantou as mãos para se defender e logo as deixou cair, quando sua toalha escorregou.

– Ninguém está rindo de você, Aurélie. Por favor, não pense mal de mim... Sim, eu sei, *menti* para você, menti *terrivelmente*, mas... não dava para ser diferente, você *tem* de acreditar em mim! Eu... eu estava entre a cruz e a espada. Por favor! Posso explicar...

Cortei-lhe a palavra.

– Quer saber de uma coisa, André Chabanais? Recuso suas explicações. Desde o começo você não queria que eu encontrasse Robert Miller, você sempre se colocou no meio e dificultou as coisas, mas depois... depois lhe ocorreu algo melhor, não foi? – Abanei a cabeça. – Como alguém pode inventar algo tão pérfido?

– Aurélie, eu me apaixonei por você, e esta é a verdade – ele respondeu.

– Não – rebati. – Não se trata dessa forma a mulher que se ama. – Peguei suas coisas da cadeira e joguei-as na cara dele. – Tome – eu disse. – Vista-se e dê o fora!

Ele pegou as peças de roupa e olhou triste para mim.

– Por favor, me dê uma chance, Aurélie. – Com cautela, deu um passo em minha direção e tentou me abraçar. Afastei-me e cruzei os braços.

– Ontem... foi... a coisa mais bonita que já vivi – ele me disse com voz arrebatadora. Senti meus olhos se encherem de lágrimas.

– *C'est fini!* – balbuciei furiosa. – Acabou! Acabou antes de realmente começar. E é melhor assim. Não gosto nem um pouco de conviver com um mentiroso!

– Para falar a verdade, eu não menti – ele afirmou.

– Como alguém pode mentir falando a verdade? É ridículo – respondi indignada. Pelo visto, ele estava tentando uma nova tática.

André colocou-se à minha frente enrolado na toalha cinza e felpuda.

– Eu sou Robert Miller – ele disse, desesperado.

Dei risada, e até aos meus ouvidos minha voz soou estridente. Então, examinei-o de cima a baixo antes de dizer:

– Você me acha tão idiota assim? *Você* é Robert Miller? Já ouvi muita coisa, mas essa mentira deslavada é realmente o cúmulo. Aliás, essa história está ficando cada vez mais absurda. – Pus as mãos nos quadris. – Para seu azar, eu vi Robert Miller, o *verdadeiro* Robert Miller, no dia da leitura! Li a entrevista dele no *Figaro*. *Você* é Robert Miller? Claro! – Minha voz esganiçou-se. – Sabe de uma coisa, André Chabanais? Você é simplesmente *ridículo*! Você não chega aos pés do Miller, essa é que é a verdade. E agora dê o fora! Não quero ouvir mais nada, você só está piorando as coisas!

– Mas entenda, o Robert Miller não *é* o Robert Miller! – ele exclamou. – Aquele era... aquele era... um dentista!

– Fora! – gritei e tampei os ouvidos. – Desapareça da minha vida, André Chabanais. Odeio você!

Quando André deixou o apartamento sem mais palavras e com o rosto vermelho, desabei soluçando na cama. Uma hora antes, eu tinha sido a pessoa mais feliz em Paris; uma hora antes ainda pensara que estava no começo de algo totalmente maravilhoso – e então, deu-se aquela virada catastrófica.

Vi as duas xícaras de café sobre o criado-mudo e voltei a chorar. Será que era meu destino ser enganada? Será que minha felicidade sempre tinha de terminar com uma mentira?

Fiquei olhando para o pátio do lado de fora. Em todo caso, minha carência de homens que mentiam para mim estava saciada. Suspirei profundamente. Uma vida longa e deserta abria-se à minha frente. Se continuasse desse jeito, eu ia terminar como uma velha amarga, que passeia em cemitérios e planta flores em túmulos. Só que não seria tão divertida como Mrs. Dinsmore.

De repente, lembrei-me de nós três juntos, sentados no La Coupole, no dia do aniversário de Mrs. Dinsmore, e a ouvi alegre exclamando: "Minha filha, este é o rapaz certo!"

Mergulhei a cabeça no travesseiro e continuei a soluçar. Um pensamento triste gerava outro, e fui obrigada a pensar que logo seria Natal.

Seria o Natal mais triste da minha vida. O ponteiro do pequeno relógio sobre meu criado-mudo avançava, e, subitamente, meu coração sentiu-se totalmente velho.

Em algum momento, levantei-me e levei as xícaras para a cozinha. Rocei nos papeizinhos na parede de pensamentos, e um deles planou até o chão.

"A mágoa é uma terra onde chove, chove, mas nada cresce", estava escrito no papel. Era uma verdade incontestável. Todas as minhas lágrimas não iam fazer com que as coisas não tivessem acontecido. Peguei o pedaço de papel e cuidadosamente o afixei de novo na parede.

Depois, liguei para Jacquie para lhe dizer que haviam cometido um atentado contra meu coração e que eu iria passar as férias de Natal com ele, na praia.

16

Quando bateram timidamente à porta e mademoiselle Mirabeau entrou, eu estava sentado à mesa, como quase sempre nos últimos dias, inclinado sobre ela e com a cabeça pesada apoiada nas mãos.

Desde minha saída vergonhosa do apartamento de Aurélie Bredin, eu me sentia atordoado. Eu fora para casa cambaleando, pusera-me na frente do espelho do banheiro e dissera a mim mesmo que era um grande idiota que tinha estragado tudo. À noite, bebera demais e quase não dormira. Tentara várias vezes falar com Aurélie pelo telefone, mas em sua casa só a secretária eletrônica respondia e, no restaurante, sempre atendia outra mulher, que me comunicava, de forma estereotipada, que mademoiselle Bredin não queria falar comigo.

Certa vez atendeu um homem (acho que era o cozinheiro rabugento), que gritou no fone que se eu não parasse de incomodar mademoiselle Aurélie, ele se divertiria muito em passar pessoalmente na editora e me dar um chute no traseiro.

Por três vezes mandei um e-mail a Aurélie, depois recebi uma resposta curta, dizendo que eu podia poupar meus esforços de mandar outras mensagens, pois ela apagaria todas sem ler.

Naqueles últimos dias antes do Natal, senti o maior desespero que um homem é capaz de sentir. Ao que parecia, eu havia perdido Aurélie irrevogavelmente. Nem mesmo sua foto me restara, e o último olhar que ela me lançara continha tanto desprezo que sinto um calafrio percorrer a espinha quando penso.

– Monsieur Chabanais?

Cansado, levantei a cabeça e olhei na direção de mademoiselle Mirabeau.

– Estou indo buscar um sanduíche para mim. Quer que eu traga alguma coisa para o senhor? – ela perguntou.

– Não, estou sem fome – respondi.

Florence Mirabeau aproximou-se com cautela.

– Monsieur Chabanais?

– O que foi?

Ela olhou para mim com seu rosto melindroso.

– Está com uma cara horrível, monsieur Chabanais – disse, acrescentando logo em seguida: – Por favor, me desculpe por dizer isso. Ah, coma um sanduíche... por mim.

Suspirei profundamente.

– Está bem, está bem – concedi.

– Frango, presunto ou atum?

– Tanto faz. Traga qualquer coisa.

Meia hora mais tarde, ela apareceu com uma baguete de atum e um *jus d'orange** fresco e, em silêncio, colocou ambos sobre minha mesa.

– Hoje à noite, o senhor vai à comemoração de Natal? – quis saber então.

Era sexta-feira, a noite de Natal caía na próxima terça, e, a partir da próxima semana, as Éditions Opale ficariam fechadas até o ano-novo. Nos últimos anos, fora instituído na editora reunir-se ao final do último dia de trabalho na Brasserie Lipp para encerrar o ano como se deve. Essa sempre fora uma ocasião muito animada, em que comíamos, ríamos e conversávamos muito. Só que eu não me sentia preparado para tanto bom humor.

Fiz que não com a cabeça.

– Sinto muito, não vou.

– Ah – ela lamentou. – É por causa da sua mãe? Ela quebrou a perna, não foi?

---

* Suco de laranja. (N. da T.)

– O problema não é esse – respondi. Por que mentir? Nas últimas semanas eu mentira tanto que perdera a vontade de continuar mentindo.

Fazia cinco dias que *maman* já estava em casa, em Neuilly, mancando habilmente com suas muletas pela casa e planejando o banquete de Natal, o Réveillon.

– Com a minha mãe está tudo bem – respondi.

– Mas então... o que é? – quis saber mademoiselle Mirabeau.

Olhei para ela.

– Cometi um enorme erro – respondi, colocando a mão sobre o peito. – E agora... O que devo dizer... Acho que meu coração está partido. – Tentei sorrir, mas não soou exatamente como minha melhor piada.

– Ah – disse mademoiselle Mirabeau.

Senti sua compaixão como uma onda quente vagando pela sala. Em seguida, ela me disse algo que ficou girando em minha cabeça por muito tempo, depois que ela fechou a porta silenciosamente atrás de si.

– Quando a gente se dá conta de que cometeu um erro, tem de corrigi-lo o mais depressa possível.

Não acontecia com frequência de o editor aparecer na sala de seus colaboradores, mas, quando o fazia, podia-se ter certeza de que era alguma coisa importante. Uma hora depois que Florence Mirabeau esteve comigo, Jean-Paul Monsignac escancarou a porta da minha sala e sentou-se ruidosamente na cadeira em frente à minha mesa.

Olhou intensamente para mim com seus olhos azuis. Depois disse:

– Que história é essa, André... Acabei de ouvir que você não vai à comemoração de Natal hoje à noite?

Desconfortável, deslizei em minha cadeira.

– É... não – respondi.

– Pode-se saber por quê?

A comemoração de Natal na Brasserie Lipp era sagrada para Monsignac, que esperava ver todas as suas ovelhas presentes.

– Bom, é que... para ser sincero, eu simplesmente não estou a fim – confessei.

– Meu caro André, eu não sou bobo. Quero dizer, qualquer um que tenha olhos vê que você não está muito bem. Não veio à reunião na editora; às onze horas ligou dizendo que não vinha trabalhar sem dizer a razão; no dia seguinte, apareceu aqui com uma cara de enterro e quase não sai mais da sua toca. O que está acontecendo? Esse não é o André que conheço. – Monsignac me examinou pensativo.

Encolhi os ombros e calei-me. O que eu poderia dizer? Se contasse toda a verdade a Monsignac, teria mais um problema.

– Pode se abrir comigo, André, espero que saiba disso.

Dei um sorriso amarelo.

– É muito gentil de sua parte, monsieur Monsignac, mas temo que justamente com o senhor não posso me abrir.

Ele se recostou surpreso, cruzou as pernas e segurou com ambas as mãos o tornozelo coberto por uma meia azul-escura.

– Agora você me deixou curioso. Por que não pode se abrir comigo? Que bobagem!

Olhei pela janela, onde a ponta da torre da Igreja de Saint-Germain perfurava um céu rosado.

– Porque provavelmente eu perderia o emprego – respondi melancólico.

Monsignac deu uma gargalhada.

– Mas, meu caro André, o que você fez de tão ruim? Por acaso afanou alguma colher de prata? Passou a mão em alguma colega de trabalho por baixo da saia? Surrupiou dinheiro? – e se balançou na cadeira, para frente e para trás.

Então, pensei nas palavras de mademoiselle Mirabeau e decidi pôr tudo em pratos limpos.

– Trata-se de Robert Miller. Quanto a esse assunto, eu... bem, eu não fui honesto com o senhor, monsieur Monsignac.

Ele se inclinou, prestando atenção.

– Ah, é? – perguntou. – O que aconteceu com o Miller? Há algum problema com o inglês? Vamos, fale!

Engoli em seco. Não era fácil dizer a verdade.

– A leitura foi um sucesso. *Mon Dieu*, chorei de rir – continuou Monsignac. – Qual o problema com o cara? Afinal, ele já estava querendo nos mandar seu próximo livro.

Gemi baixinho e cobri o rosto com as mãos.

– O que aconteceu? – indagou Monsignac, alarmado. – André, não vá fazer melodrama agora. Diga logo de uma vez o que aconteceu. O Miller vai continuar escrevendo para nós ou houve algum problema entre vocês dois? Por acaso vocês brigaram?

Abanei negativamente a cabeça, de modo quase imperceptível.

– Ele foi para outra editora?

Respirei fundo e olhei Monsignac nos olhos.

– Me prometa que não vai perder a cabeça nem gritar?

– Prometo, prometo... Agora *fale* de uma vez!

– Não vai haver outro romance do Robert Miller – eu disse, fazendo uma pequena pausa. – Pela simples razão de que, na realidade, não existe nenhum Robert Miller.

Monsignac olhou para mim sem entender.

– Agora você está realmente delirando, André. O que foi? Está com febre? Perdeu a memória? Robert Miller esteve em Paris, não se lembra mais?

Fiz que sim.

– Justamente. Aquele homem que esteve na leitura não era Robert Miller. Era um dentista que se fez passar por Miller, para fazer um favor para nós.

– *Nós?*

– É, Adam Goldberg e eu. O dentista é irmão dele. Chama-se Sam Goldberg e não mora sozinho em uma casa de campo com seu cachorro, mas com mulher e filhos em Devonshire. Tem tão pouco a ver com livros quanto eu com inlays de ouro. Foi tudo encenação, entende? Para que as coisas não fossem pelos ares.

– Mas... – os olhos azuis de Monsignac cintilaram inquietos. – Então, quem escreveu o livro?

– Eu – confessei.

Então Jean-Paul Monsignac gritou.

O lado ruim de monsieur Monsignac é que ele se torna uma força da natureza quando se irrita.

– Isso é o fim da picada! Você me enganou, André. Confiei em você e pus a mão no fogo por sua honestidade. Você me passou a perna, e isso vai ter consequências. Você está demitido! – gritou, saltando indignado da cadeira.

O lado bom de monsieur Monsignac é que se acalma tão rápido quanto se irrita e tem um excelente humor.

– Inacreditável – ele disse após dez minutos, nos quais já me vi como revisor desempregado, a quem o ramo editorial apontava o dedo. – Inacreditável o que vocês dois aprontaram. Levaram a imprensa toda no bico. Uma armação como essa é a primeira vez que vejo. – Abanou a cabeça e, de repente, começou a rir. – Para ser sincero, fiquei surpreso quando Miller disse na leitura que o herói de seu novo romance seria um *dentista*. Por que você simplesmente não me contou desde o começo que estava por trás disso, André? Meu Deus, eu não sabia que escreve tão bem. Você *realmente* escreve bem – repetiu, passando a mão pelos cabelos grisalhos.

– Foi uma ideia espontânea. O senhor queria um Stephen Clarke, lembra? E, naquele momento, não havia nenhum inglês que escrevesse algo engraçado sobre Paris. Também não queríamos deixar a editora na mão nem prejudicá-la. O senhor sabe que o adiantamento para esse romance foi extremamente modesto. Já foi quitado há muito tempo.

Monsignac fez que sim.

– Nenhum de nós podia imaginar que o livro venderia tão bem, que alguém fosse se interessar pelo *autor* – continuei.

– *Bon* – disse Monsignac, que o tempo todo ficara andando de um lado para o outro da minha sala e voltara a se sentar. – Isso está esclarecido. E agora vamos falar de homem para homem. – Cruzou os braços no peito e me olhou severo. – Retiro a demissão, André. Como punição, você vai hoje à noite à Brasserie Lipp, entendido?!

Fiz que sim, aliviado.

– Mas agora quero que você me explique o que essa história toda tem a ver com seu coração partido. Mademoiselle Mirabeau está muito preocupada. E eu, de minha parte, tenho a sensação de que chegamos ao ponto crítico.

Ele se recostou comodamente na cadeira, acendeu uma cigarrilha e esperou.

Foi uma longa história. Do lado de fora, as primeiras luzes dos postes se acenderam quando finalmente terminei de falar.

– Não sei mais o que fazer, monsieur Monsignac – concluí melancólico. – Finalmente encontrei a mulher que estava procurando, e agora ela me odeia! E mesmo que eu conseguisse provar que na verdade não existe nenhum autor chamado Miller, acho que de nada adiantaria. Ela ficou tão zangada comigo... tão ferida em seus sentimentos... Nunca vai me perdoar... nunca...

– Que nada! – interrompeu-me monsieur Monsignac. – Que bobagem é essa, André? Do modo como a história correu até agora, nem tudo está perdido. Acredite neste homem que tem um pouco mais de experiência de vida que você. – Bateu as cinzas no cinzeiro e balançou o pé. – Sabe, André, sempre superei momentos difíceis com três frases: *je ne vois pas la raison, je ne regrette rien* e, não menos importante, *je m'en fous!** – Sorriu. – Mas temo que, no seu caso, nem Voltaire, nem Edith Piaf, nem os canalhas vão poder ajudá-lo. No seu caso, meu caro amigo, só uma coisa vai ajudar: a verdade. E a verdade inteira. – Levantou-se e aproximou-se da minha mesa. – Vá por mim: escreva toda essa história exatamente como aconteceu, desde o primeiro instante, quando do a viu pelo vidro desse restaurante, até nossa conversa aqui. Depois, mande para sua Aurélie o manuscrito, dizendo que o autor preferido

---

* Não vejo por quê; não me arrependo de nada; não estou nem aí. (N. da T.)

dela escreveu um novo romance e faz questão de que ela seja a primeira a lê-lo.

Bateu em meu ombro.

– Essa é uma história incrível, André. É simplesmente grandiosa! Escreva-a, comece amanhã, ou melhor, hoje à noite mesmo! Escreva-a pela vida dela, meu amigo. Inscreva-se no coração dessa mulher, que você já seduziu com seu primeiro romance.

Dirigiu-se à porta e virou-se mais uma vez para mim.

– E não importa o que aconteça – piscou –, vamos tirar um Robert Miller disso tudo!

17

Há escritores que passam dias ocupando-se da primeira frase de seu romance. Segundo dizem, a primeira frase precisa ser boa, depois todo o resto vem por si. Acho que até já se fizeram pesquisas sobre como começar um romance, pois a primeira frase, aquela com a qual um livro se inicia, é como o primeiro olhar entre duas pessoas que ainda não se conhecem. Por outro lado, há escritores que não conseguem iniciar um romance sem conhecer a primeira frase. Dizem, por exemplo, que John Irving prepara mentalmente seus livros do último capítulo até o início, e somente então começa a escrever.

Eu, ao contrário, escrevo esta história sem conhecer o final, sem nem sequer poder ter a menor influência sobre como ela vai terminar.

A verdade é que ainda não há final da história.

Pois a última frase terá de ser escrita por uma mulher, que conheci em uma noite de primavera, há cerca de um ano e meio, atrás da janela de um pequeno restaurante com toalhas de mesa quadriculadas de vermelho e branco, e que encontrei na Rue Princesse, em Paris.

É a mulher que amo.

Ela sorria atrás do vidro - e seu sorriso me encantou tanto que o roubei. Passei a carregá-lo comigo. Não sei se algo assim é possível - apaixonar-se por um sorriso, quero dizer. Seja como for, esse sorriso me inspirou a escrever uma história - uma história em que tudo era inventado, até mesmo o autor.

E depois, aconteceu algo inacreditável. Um ano mais tarde, em um dia de novembro realmente horrível, a mulher com o belo sorriso apareceu à minha frente como se tivesse caído do céu. E o maravilhoso, e ao mesmo tempo trágico, nesse encontro foi que ela queria algo de mim que eu não podia lhe dar. Tinha um único desejo, e por ele estava possuída como as princesas nos contos de fadas diante da porta proibida, e justamente esse desejo era impossível de ser satisfeito. Ou será que não era? Desde então, muita coisa aconteceu. Coisas boas e ruins, e quero contar todas. Toda a verdade, após todas as mentiras.

Esta é a história do que realmente aconteceu, e a escrevo como um soldado que no dia seguinte deve ir para o campo de batalha, como um doente que não sabe se na manhã seguinte ainda verá o sol nascer, como um apaixonado que colocou seu coração inteiro nas mãos de uma mulher, na temerária esperança de por ela ser ouvido.

Desde minha conversa com Monsignac, haviam se passado três dias. Três dias foram necessários para que eu levasse essas primeiras frases ao papel, mas depois tudo se deu de forma muito rápida.

Nas semanas seguintes, escrevi como se estivesse sendo guiado por uma força superior; escrevi por minha vida, como o editor expressara de maneira tão pertinente. Contara do bar em que uma brilhante ideia fora armada, de uma aparição no corredor da editora, de uma carta a um escritor inglês em minha caixa de correspondência, que abri com impaciência – e de todas as outras coisas que aconteceram posteriormente nessas semanas emocionantes e importantes.

O Natal chegou e passou. Levei meu notebook e minhas anotações para a casa de *maman*, em Neuilly, onde passei os dias de folga e, na noite de Natal, quando estávamos reunidos com toda a família à grande mesa da sala, elogiando o *foie gras* com *confit* de cebola em nossos pratos, pela primeira vez *maman* acertara ao dizer que eu tinha emagrecido e não estava comendo o suficiente.

Aliás, será que cheguei a comer alguma coisa nessas semanas? Pode até ser, mas não me lembro. O bom Monsignac me dera férias até o final de janeiro – com uma tarefa especial, conforme ele dissera aos outros –, e eu me levantava de manhã, vestia alguma coisa e cambaleava até a escrivaninha com uma xícara de café e meus cigarros.

Não atendi o telefone, não abri a porta quando tocaram a campainha, não vi televisão; os jornais se acumularam sem serem lidos na mesinha ao lado do sofá e, em alguns dias, no final da tarde, andei pelo bairro para respirar ar fresco e comprar o necessário.

Eu já não pertencia a este mundo. Se houvesse alguma catástrofe natural, ela simplesmente passaria por mim sem que eu notasse. Não queria saber de nada nessas semanas. Sabia apenas que tinha de escrever.

Quando parava na frente do espelho do banheiro, via a imagem fugaz de um homem pálido com os cabelos desgrenhados e olheiras.

Não me interessava.

Às vezes, ia de um lado para outro do quarto para esticar os membros paralisados e, quando não conseguia avançar na escrita e o fluxo da narração se interrompia, punha o CD *French Café* no aparelho de som. Ele começava com "Fibre de verre" e terminava com "La fée clochette". Passei essas semanas todas ouvindo apenas esse CD. Por que exatamente ele, não sei dizer.

Obstinei-me a ouvi-lo, como um autista que sente a necessidade de contar tudo o que cai em suas mãos. Era meu ritual. Quando soavam os primeiros compassos, eu me sentia mais seguro e, após a segunda ou terceira canção, já estava de volta à história; a melodia se tornava um fundo musical que fazia meus pensamentos voarem como uma gaivota branca bem acima do extenso mar.

Às vezes, ela pairava bem próxima à água, e então eu ouvia a canção "La mer opale", com Coralie Clément, e via os olhos verdes de Aurélie Bredin diante de mim. Ou então "Un jour comme un autre", com Brigitte Bardot, e não podia deixar de pensar em como Aurélie tinha sido abandonada por Claude.

Sempre que tocava "La fée clochette", eu sabia que já tinha passado uma hora, e meu coração ficava pesado e, ao mesmo tempo, terno ao lembrar aquela noite mágica no Le Temps des Cerises.

A certa hora da noite, apagava a luz da luminária sobre a escrivaninha e ia para a cama. Muitas vezes me levantava por achar que tivera uma ideia fantástica, que no dia seguinte, também muitas vezes, não se mostrava tão fantástica assim.

As horas se transformaram em dias, e os dias começaram a se desvanecer, sem transição, em um mar transatlântico, azul-escuro, no qual uma onda se assemelhava à outra, e o olhar se orientava a uma linha tênue no horizonte, onde o viajante achava reconhecer a terra firme.

Acho que nunca um livro foi escrito em tão pouco tempo. Eu era impulsionado pelo desejo de reconquistar Aurélie, e ansiava pelo dia em que poderia colocar meu manuscrito a seus pés.

Nos últimos dias de janeiro, cheguei ao fim.

Na noite em que coloquei o manuscrito diante da porta de Aurélie Bredin, começou a nevar. Neve em Paris é algo tão raro que a maioria das pessoas fica feliz quando acontece.

Vaguei pelas ruas como um preso em regime semiaberto, admirei as mercadorias expostas nas vitrines iluminadas, aspirei o perfume atraente dos crepes feitos na hora, na barraquinha atrás da Igreja de Saint-Germain, e acabei me decidindo por um *gaufre*,* sobre o qual pedi para que passassem bastante creme de castanha.

Os flocos de neve caíam silenciosamente, pequenos pontos brancos na escuridão, e pensei no manuscrito, que havia sido embrulhado em papel pardo e que Aurélie encontraria naquela noite, diante de sua porta.

No final, eram duzentos e oitenta páginas, e pensei muito em que título daria a essa história, a esse romance, com o qual eu queria reconquistar a garota de olhos verdes para sempre.

---

* Doce semelhante ao *waffle*. (N. da T.)

Cheguei a escrever títulos bastante sentimentais, românticos e até meio kitsch, mas risquei todos da minha lista. Por fim, dei ao livro o título simples e tocante de *O final da história*.

Pouco importa como começa uma história, pouco importa que mudanças e que rumos ela toma; no fim, interessa apenas como termina.

Minha profissão carrega consigo a leitura de muitos livros e manuscritos, e devo admitir que os romances que mais me fascinam são sempre aqueles que têm um final em aberto ou trágico. De fato, esse tipo de livro nos faz refletir mais, enquanto aqueles com desfecho feliz são logo esquecidos.

Mas deve haver uma diferença entre a literatura e a realidade, pois confesso que, ao depositar o pequeno pacote pardo diante da porta de Aurélie no chão frio de pedra, deixei toda pretensão intelectual para trás. Enderecei uma jaculatória para os céus e pedi por um final *feliz*.

Com o manuscrito, deixei um bilhete aberto, no qual escrevi o seguinte:

Cara Aurélie,

Sei que você me baniu da sua vida e não quer mais contato comigo, e respeito seu desejo.

Hoje deixo diante de sua porta o novo livro de seu autor preferido. É um manuscrito recém-acabado, que ainda não foi lido nem tem um final definido, mas sei que vai interessá-la, pois contém todas as respostas às suas perguntas no que se refere ao primeiro romance de Robert Miller.

Espero que assim eu possa, pelo menos, reparar um pouco de tudo o que causei.

Sinto sua falta,

André

Nessa noite, pela primeira vez, dormi profundamente. Acordei com a sensação de que tinha feito tudo o que podia. Agora só me restava esperar.

Empacotei uma cópia do romance para monsieur Monsignac e, em seguida, depois de mais de cinco semanas, pus-me a caminho da editora. Ainda nevava, havia neve nos telhados das casas, e os ruídos da cidade eram abafados. Os carros no boulevard já não andavam tão rapidamente como antes, e as pessoas nas ruas também desaceleravam o passo. O mundo, tal como eu o percebia, parecia prender um pouco a respiração, e eu mesmo, curiosamente, estava repleto de uma enorme tranquilidade. Meu coração estava branco como o dia.

Na editora, fui recebido de maneira efusiva. Madame Petit trouxe-me não apenas a correspondência (eram pilhas inteiras), mas também o café; mademoiselle Mirabeau enfiou a face avermelhada no vão da porta e me desejou feliz ano-novo. Em sua mão, vi brilhar um anel. Michelle Auteuil me cumprimentou de modo majestoso quando nos encontramos no corredor e até me dignou um "Ça va, André?"; Gabrielle Mercier suspirou aliviada, dizendo que era bom eu ter voltado, pois o editor a estava deixando louca; e Jean-Paul Monsignac fechou a porta atrás de nós ao entrar em minha sala e achou que eu estava parecendo um autor que tinha acabado de terminar seu livro.

– E como é um autor que acabou de terminar seu livro? – perguntei.

– Completamente esgotado, mas com um brilho especial nos olhos – respondeu Monsignac. Então, olhou para mim com olhar questionador. – E então? – quis saber.

Entreguei-lhe a cópia do manuscrito.

– Não faço ideia se está bom – acrescentei. – Mas me dediquei de corpo e alma.

Monsignac sorriu.

– Dedicação é sempre bom. Estou torcendo por você, meu amigo.

– Bom, deixei na porta dela ontem à noite; tão cedo não vai acontecer nada... se é que vai acontecer alguma coisa.

– Será que você não está enganado, André? – disse Monsignac. – Eu, pelo menos, sempre fico muito ansioso com as leituras.

A tarde passou. Li toda a correspondência, respondi aos e-mails, olhei pela janela os grandes flocos que continuavam a cair do céu. Depois, fechei os olhos e pensei em Aurélie, e também com os olhos fechados torci para que meus pensamentos alcançassem seu objetivo.

❧

Eram quatro e meia, e do lado de fora já estava escuro quando o telefone tocou e Jean-Paul Monsignac pediu que eu fosse à sua sala.

Quando entrei, ele estava junto à janela, fitando a rua. Em sua mesa estava meu manuscrito.

Monsignac se virou.

– Ah, André, entre, entre – disse, balançando-se para frente e para trás, como era seu costume. Apontou para o manuscrito. – O que você escreveu... – olhou severo para mim, e, nervoso, comprimi os lábios – ...infelizmente, é muito bom. Que não passe pela cabeça do seu agente ir para outra editora e iniciar um leilão, do contrário você vai sair voando daqui, entendido?!

– *C'est bien compris** – respondi sorrindo. – Realmente fico muito feliz, monsieur Monsignac.

Ele se virou novamente para a janela e fez sinal para que eu me aproximasse.

– Aposto que vai ficar ainda mais feliz com isso – disse apontando para a rua.

Olhei-o interrogativo. Somente por um segundo imaginei que ele estivesse se referindo aos flocos de neve, que continuavam a rodopiar diante da janela. Em seguida, meu coração começou a bater mais rápido e fiquei com vontade de abraçar monsieur Monsignac.

Do lado de fora, do outro lado da rua, na frente do prédio em que ficavam as Éditions Opale, uma mulher andava de um lado para o outro. Vestia um casaco vermelho e olhava a todo instante para o portão de entrada da editora, como se estivesse esperando por alguém.

---

* Bem entendido. (N. do E.)

Nem perdi tempo em vestir alguma coisa. Simplesmente desci correndo as escadas, abri o pesado portão e atravessei a rua.

Então me vi diante dela, e minha respiração estava tão ofegante que por um momento achei que fosse ficar sem ar.

– Você veio! – balbuciei baixinho, e o disse novamente, e minha voz ficou totalmente rouca, de tão feliz que eu estava por vê-la. – Aurélie... – disse, olhando interrogativo para ela.

Os flocos de neve caíam sobre ela e prendiam-se a seus cabelos como pequenas flores brancas de amendoeira.

Ela sorriu, e busquei suas mãos, que estavam com luvas coloridas de lã. Senti como, de repente, meu coração ficou totalmente leve.

– Sabe de uma coisa? Para falar a verdade, gostei um pouco mais do segundo livro do Robert Miller que do primeiro – ela me disse, e seus olhos verdes cintilaram.

Ri baixinho e puxei-a para meus braços.

– Deve ser esta a última frase? – perguntei.

Aurélie abanou lentamente a cabeça.

– Não, acho que não – respondeu.

Por um momento, ela me olhou tão séria que, cheio de inquietação, busquei uma resposta em seus olhos.

– Amo você, seu bobo – disse ela.

Então me abraçou e tudo se perdeu em um casaco macio de lã carmesim e em um único beijo que não queria terminar.

Obviamente, em um romance, eu teria achado essa frase um tanto convencional. Mas ali, na vida real, naquela ruazinha coberta de neve de uma grande cidade, que também é chamada de cidade do amor, ela me fez o homem mais feliz de Paris.

Posfácio

Terminar de escrever um romance sempre traz um grande alívio. (Obrigado por ter ouvido, Jean!) E justamente por essa razão também traz tristeza. De fato, escrever as últimas linhas de um romance sempre significa despedir-se dos heróis que acompanharam alguém por um longo tempo. E ainda que tenham sido (mais ou menos) inventados, eles sempre estão muito perto do coração do autor.

Assim, ao olhar para trás e ver Aurélie e André, que após tantos enganos e tantas confusões finalmente acabaram se reencontrando, suspiro emocionado, fico um pouco sentimental e desejo a ambos boa sorte.

Muita coisa neste livro é inventada, mas muita é verdadeira. Todos os cafés, bares, restaurantes e lojas existem realmente; o *menu d'amour* sempre vale uma tentativa, por isso anexei a receita, bem como a do *curry d'agneau* do La Coupole (no original e exatamente como Aurélie Bredin a faria).

No entanto, se o leitor for procurar o restaurante Le Temps des Cerises, perderá a viagem.

Confesso que, embora eu tivesse em mente determinado restaurante com toalhas de mesa quadriculadas de vermelho e branco ao escrever este romance, o local deve continuar a pertencer à imaginação, a ser um lugar em que desejos se tornam realidade e tudo é possível.

O sorriso das mulheres é um presente do céu, é o início de uma história de amor, e, se posso desejar alguma coisa, é a seguinte: que minha querida namorada U. ainda possa vestir por muitos anos seu novo casaco de inverno e que este livro termine para os gentis leitores e leitoras do mesmo modo como começou – com um sorriso.

Menu d'amour de Aurélie
(para duas pessoas)

Salada de alface-de-cordeiro com abacate, cogumelos e macadâmias em vinagrete de batata

Ingredientes

- 100 g de alface-de-cordeiro
- 1 abacate
- 100 g de cogumelos pequenos
- 1 cebola roxa
- 1 batata grande (farinhenta)
- 10 macadâmias
- 60 g de toucinho em cubos
- 2 a 3 colheres (sopa) de vinagre de maçã
- 100 ml de caldo de legumes
- 1 colher (sopa) de mel fluido
- 3 colheres (chá) de azeite de oliva
- Um pouco de manteiga
- Sal
- Pimenta

Limpe, lave e seque a alface-de-cordeiro. Lave os cogumelos e corte-os em fatias. Descasque o abacate e corte-o em fatias. Toste as macadâmias em uma frigideira com um pouco de manteiga. Divida a cebola ao meio e corte-a em fatias finas. Cozinhe a batata com a casca, até que ela amoleça.

Doure os cubos de toucinho em uma frigideira até ficarem crocantes. Em seguida, ferva o caldo de legumes e misture o vinagre, o sal, a pimenta, o mel e o azeite. Descasque a batata, coloque-a no caldo e amasse-a com um garfo. Bata bem com um batedor de claras, até a mistura ficar uniforme.

Coloque a alface-de-cordeiro com os cogumelos, as fatias de abacate, as cebolas e as macadâmias nos pratos. Espalhe por cima os cubos de toucinho e o molho morno. Sirva imediatamente.

Ragu de cordeiro com sementes de romã e batatas gratinadas

Ingredientes

400 g de carne da coxa do cordeiro

2 cenouras

2 hastes de aipo

1 cebola roxa

200 g de tomate

1 berinjela grande

2 romãs

2 dentes de alho

3 colheres (sopa) de manteiga

1 maço de tomilho fresco

1 colher (sopa) de farinha de trigo

250 ml de vinho branco seco

400 g de batatas pequenas (que não esfarelem)

2 ovos

250 ml de creme de leite fresco

Inicialmente, tire a gordura da carne de cordeiro e, em seguida, corte-a em cubos. Descasque as cenouras, lave e limpe as hastes de aipo. Lave a berinjela e corte tudo em cubinhos. Descasque e pique a cebola e os dentes de alho. Corte a romã ao meio e separe as sementes.

Escalde os tomates, lave-os em água fria, tire a pele e as sementes. Corte-os em cubos.

Em uma frigideira, refogue os legumes (menos os tomates e as sementes de romã) com manteiga. Tempere-os com sal, pimenta e folhas de tomilho.

Em uma caçarola, doure a carne de cordeiro com azeite de oliva e tempere-a com sal e pimenta. Em seguida, polvilhe a farinha, misture tudo e, por fim, verta o vinho. Acrescente os legumes, os tomates e deixe a caçarola tampada, assando no forno a 150 graus por cerca de duas horas. Se necessário, regue com mais vinho. Coloque as sementes de romã apenas no final.

Enquanto o cordeiro cozinha em fogo baixo, lave as batatas, descasque-as e corte-as em fatias bem finas (ou em lascas com um fatiador). Unte com manteiga uma forma de gratinar e nela coloque as fatias de batata de modo circular, polvilhando-as com sal e pimenta. Por fim, bata o creme de leite fresco e os ovos, tempere a mistura e despeje sobre as batatas, distribuindo pequenos pedaços de manteiga por cima. Gratine a 180 graus por cerca de 40 minutos.

Gâteau au chocolat com *parfait* de laranja vermelha

Ingredientes

100 g de chocolate amargo, com no mínimo 70% de cacau

2 ovos

35 g de manteiga com sal

35 g de açúcar mascavo

25 g de farinha de trigo

1 pacotinho de açúcar baunilhado

4 pedaços extras de chocolate

Derreta o chocolate e a manteiga em banho-maria. Bata as claras em neve e acrescente o açúcar. Misture o açúcar baunilhado. Acrescente a farinha e o chocolate derretido, mexendo delicadamente.

Unte duas forminhas com manteiga e polvilhe-as com farinha. Em seguida, encha um terço das forminhas, coloque em cada uma 2 pedaços extras de chocolate e termine de preenchê-las.

Leve ao forno preaquecido a 220 graus de 8 a 10 minutos. Os *gâteaux au chocolat* devem assar apenas por fora e permanecer fluidos por dentro. Polvilhe-os com açúcar de confeiteiro e sirva-os mornos, acompanhados de:

❧

Parfait de laranja vermelha

Ingredientes
  3 laranjas vermelhas
  2 gemas
  100 g de açúcar de confeiteiro
  1 pitada de sal
  2 pacotinhos de açúcar baunilhado
  500 ml de creme de leite fresco

Com um mixer, bata as gemas, o açúcar, a pitada de sal e 3 colheres (sopa) de água quente, até a massa ficar espessa. Em seguida, acrescente o suco de 2 laranjas. Bata o creme de leite fresco e o açúcar baunilhado em chantili e acrescente o creme, mexendo delicadamente. Coloque tudo em uma forma e deixe na geladeira durante a noite. Sirva com o *gâteau au chocolat* e decore-o com fatias de laranja.

Bon appétit!

Curry d'agneau do La Coupole
Receita de 1927

Ingredientes (para 6 pessoas)

3,5 kg de coxa ou espádua de cordeiro

100 ml de óleo de girassol

3 maçãs tipo Golden (Aurélie usa 5)

1 banana (Aurélie usa 4)

3 colheres (chá) de curry em pó (Aurélie sugere curry em pó
indiano e recomenda provar para saber se apenas 3 colheres são
suficientes)

1 colher (chá) de páprica doce em pó

30 g de raspas de coco (e mais um pequeno pote cheio, a ser
acrescentado depois de servido)

3 dentes de alho picados

250 g de cebolas em cubos (Aurélie sugere o dobro da quantidade,
para dar mais suco ao molho)

½ colher (sopa) de sal

20 g de farinha de trigo

500 ml de caldo de cordeiro

200 g de tomates

50 g de salsinha (em folhas, de preferência um maço)

500 g de arroz Basmati

50 g de manteiga

1 maço de tomilho, salsinha e louro, chutney de manga, pimentão,
relish de frutas e legumes

Doure levemente a carne por cerca de 5 minutos e acrescente 1 maçã e 1 banana cortadas ao meio. Por fim, acrescente a cebola picada e o alho.

Cozinhe por mais 5 minutos, depois acrescente o curry em pó, a páprica e as raspas de coco.

Mexa bem e polvilhe a farinha por cima. Cubra com água ou caldo de cordeiro.

Acrescente as folhas de tomilho, salsinha e louro e, em fogo baixo, deixe cozinhar por mais uma hora e meia, até a carne ficar quase pronta. (Também é possível deixar cozinhando em uma caçarola por duas a três horas em fogo baixo – cerca de 180 graus – no forno, para que a carne fique bem macia e não seja preciso apurar o molho.)

Tire a carne do caldo e apure o molho. (Caso se prefira provar pequenas porções dos ingredientes, não é necessário apurá-lo.) Em seguida, volte a carne para o forno por mais 30 minutos e deixe-a cozinhar em fogo baixo.

Como acompanhamento, sirva o arroz com a maçã dourada na manteiga, os tomates cortados e a salsinha, bem como o chutney de manga, o pimentão e o relish em pequenas terrinas.